The Ghost Brush

北斎と応為

上

キャサリン・ゴヴィエ 著
モーゲンスタン陽子 訳

ニックへ

日本の読者の皆様へ

皆様の国の、二百年前の江戸を舞台にしたこの物語を手にしていただけて、たいへん光栄に思います。外国人である私にとって、変革の中心で芸術性に富み、活気にあふれていたこの町は、想像力をかき立ててやまないものでした。北斎の娘、お栄の存在を知ったとき、彼女の存在は語り継がれなければならないと強く感じました。そして調査と、日本での取材に五年を費やし、お栄に生命を吹き込んだのです。物語誕生の詳しい背景は「著者あとがき」に記されています。

カナダでの刊行以来、このお栄の物語は、英語はもちろんスペイン語、フランス語、ルーマニア語、ラトヴィア語となって世界をめぐりました。そして今、彼女の国へ、彼女の言葉で戻って来られたことを、心から嬉しく思います。

二〇一四年

キャサリン・ゴヴィエ

目次（上巻）

第1部——11
1 栄 13
2 寛政十二年、江戸 15
3 北斗七星 23
4 志乃 37
5 講釈 50
6 角玉屋 60
7 狂歌連 73
8 舞踊の稽古 89
9 別れ 95
第2部——107
10 海へ 109

11 紅毛人 119
12 波 128
13 帰京 137
14 最後の踊り 148
15 座頭 160

第3部 177

16 三馬 179
17 悪戯 188
18 芝居 196
19 絵描き競演 215
20 約束 227
21 夫 242
22 縁 252

（下巻）

第4部
23 フォン・シーボルト、一八二三年、長崎にて
24 出会い
25 贈物
26 嵐
27 逃亡
第5部
28 暗黒の日々
29 笑い絵
30 夜鷹のしるし
31 詫び入れ
32 十八屋
33 小布施
34 厄除け
35 年越し
36 友
37 縁切り
第6部
38 鐘の音
39 争い
40 黒船
41 家事
42 シャンペン
43 鯰
44 余震
45 再会
46 白い蝶
47 地下室
著者あとがき
謝辞
訳者あとがき

【主な登場人物】

葛飾栄　浮世絵師・葛飾北斎の三女。画号は応為。
葛飾北斎　浮世絵師。
志乃　角玉屋の遊女。

美与　北斎の長女。
重四郎　美与の息子。
辰　北斎の次女。
南沢等明　絵師。お栄の亭主。
加瀬崎十郎　北斎の次男。お栄の兄。
多知　崎十郎の娘。お栄の姪。
喜多川歌麿　浮世絵師。
渓斎英泉　浮世絵師。一時期、北斎に私淑。
歌川広重　浮世絵師。
谷文晁　画家。
式亭三馬　黄表紙や滑稽本の作者。「式亭正舗」を営む。
山東京伝　浮世絵師、戯作者。
曲亭馬琴　読本、黄表紙の作者。
蔦屋重三郎（二代目）　版元。
市川團十郎（七代目）　歌舞伎役者。

徳川家斉　第十一代将軍。
松平定信　老中。寛政の改革を行う。

葛飾為斎　北斎の門人。
露木孔彰　北斎の門人。
ムネ　北斎の門人・北明の娘。お栄の弟子。
小山岩次郎　十八屋の次男。お栄の弟子。
ヘイスベルト・ヘンミー　オランダ商館長。
ヨハン・ヴィルヘルム・デ・ストゥーレル　オランダ商館長。
フィリップ・フランツ・フォン・シーボルト　医師。
楠本滝　シーボルトの妻。
楠本イネ　シーボルトと滝の娘。
アレクサンダー・フォン・シーボルト　シーボルトの息子。
高橋景保（作左衛門）　幕府天文方。オランダ名グロビウス。
最上徳内　奥医師。
土生玄碩　眼科医。
高井鴻山　儒学者、小布施の豪商。
佐久間象山　蘭学者。

第1部

1　栄

「オーイ、おまえさんよ、そこの大アゴだよ、え、お栄っ」

ああ、また呼んでる。

ふん、返事なんかするもんか。まだまだ。

絵具皿に筆を浸して、持ち上げてはくるりと回してまた沈め、そしてまた持ち上げて、指先でトントンと叩き、それから皿の縁に回しながら押しつけると、筆の先から絵具が数珠玉のように連なって、静かな色の海に流れ込む。もう一度、筆の膨らみを潰すように、回しながら皿底に撫でつけて——。

「よう、そんなにぎゅうぎゅう押しつけんじゃねえよ」と老人が声を荒げる。

私は歯をむいて「だまってな、ご老体」と一言。まんまとこっちの気を引けたとでも思っているのか、老人は笑いだす。

なんの、私は仕事に夢中。当てこすりに長いことたっぷりと筆を浸して、持ち上げ……ほら、重すぎず、しっとりと絵具を含んで、それでも滴らない。紙の上に筆を構え、少し、また少し、上へ、そして下へ、指のなかで遊ばせ、ついに筆先が紙に触れると、そこから流れ出るのは花魁の細い細いうなじの髪。確かな指使いも堪《こら》え性もない爺さんにはとても無理な作業というもの。

「お栄っ」

全身全霊を毛先に集中させて、返事なんかしない。

私は栄。葛飾栄。葛飾は父の生まれの地で、栄が名前。でも父はたいてい「オーイ」か、顎が大きくて頑丈だから「アゴアゴ」と呼ぶ。画号には「オーイ」からとった「応為《おうい》」のほかに、もちろん「栄女」、それから「為一《いいつ》」、「酔女」——ええ、飲むのが好きなんで——なんてのもある。名ならたくさんあったが、これについちゃ、ほかのことと同様、北斎にはかなわない。

父は自分を北斎と呼んでいる。それから、雷震、画狂人……二十回以上も改名ときた。まあ、私にとっちゃあ、ただの「爺さん」だね。

よく気難しいと言われているけれど、私に言わせれば、気難しいどころじゃない。救いようのない偏屈者だよ。

そりゃあ、私だって容易《やす》い玉じゃない。妥協もしなけりゃへつらいもせず、高飛車でごまかし屋で愛想も悪いときてる。女になる躾《しつ》けを受けなかったと、父北斎はみなの同情を集めてはもうえらい騒ぎ。「絵は描けども縫わず」だと。アッハッハ。碑文にでもなりそうな名文句じゃあないか。もしかしたら本当に碑文として使われているのかもしれないけれど、それには私の墓を改めてもらわないことにはね。

それにしてもその肝心の墓が見つからないってんだから、まあ、どうしようもないね。

2 寛政十二年、江戸

暁の町の喧騒のなか、数多《あまた》の江戸っ子の一人として、私は生まれ落ちた。地球は平らで、将軍様の治める、高潔で慈悲深い御世。万事が将軍様の手中にある御世に。

文無し絵師の三女、美与と辰の妹の栄として、産声を上げる。二人の姉のほかに兄が一人いたが、その母親はとうに亡くなっていた。そう、私の母は後妻である。

初めての子だというのに、母ときたら、顔をしかめて私を眺めている。

「大きな耳だねえ」って、父は嬉しそうに言う。私を抱き上げて、「こいつァ俺のもんだ」って。

そりゃ、母はもちろんいい気はしない。

「福耳なんて男だけだよ、女なんて」

「犬みてえだな。ムク犬だ」と父。それから私の、赤子らしからぬ大きな顎をひょいとつまんで、「こいつを見ろ。アゴアゴだな、こりゃ」だって。

アゴアゴ。難癖ばかりつけられて、母の機嫌は悪くなるばかり。私はといえばふてぶてしくも、ますます顎を突き出してみせる。

「気が強すぎる顔つきだよ」と母は言う。「へし折ってやらないと」

でも父は面白がって、嬉しそうに笑うだけ。ああ、そのなんと甘いこと。腕に抱かれれば私はもう永遠に父のものなのだ。

まるで初めての赤子ででもあるかのように、私の口に指先で粥を含ませ、布でくるんで小脇に抱えて歩き回る父。もちろん、仕事中は背に負ぶわれる。生まれたその日から、私たちは一心同体だった。水草をすり抜ける鯉のように、二人してこの大江戸の喧騒のなかを練り歩く。父は私を幸運の御守と呼び、強気をへし折るどころかますます調子にのせる始末。

黒目を休めることもなく、きょろきょろと辺りを見回す私。

その後も父は思い出したように私をアゴアゴと呼んだが、たいていは「オーイ、おまえ、こっちへ来い」と言うのだった。


そう、それはたいへんな時世だった。

私たち庶民といえばなんの権勢もない、取るに足らないものだった。所業が記された捨札を首から下げた科人《とがにん》の、獄門広場へ向かう引き廻しの列を眺めるだけ。糧飯《かてめし》を食らっては心中《しんじゅう》話に胸をときめかせる。役者の顔には真っ赤に割れた口もあったが、下々の者はといえば、姓もなければ顔さえもなかったのである。

私が生まれるもうずっと前に、写楽という絵師がいて、黒く深くなぞられた目と、憤怒か恐怖か、はたまた欲に裂かれたかも分からぬ大口の、巨大な白塗りの顔面をこしらえたが、あまりに真に迫りすぎたのか、ほとんど売れもせず、やがて写楽とその作品は消えてしまった。写楽は能楽師で、舞台化粧の白い顔料にやられて死んだと言われているけれど、なかには写楽が私の父だと言う者もいる。最初のしくじりのあと改名したのに違いない、その証拠に北斎は絶対に顔を描かないではないか、とこう言うのである。

さあ、実のところどうだか。口の達者な父だけれども、そのことについては一言も触れない。顔が決め手になるのやら、正直言って分からない。父は動くものを描く。動かぬものにはあまり興味がない。踊り子、象、舟漕ぎ、山、神、魑魅魍魎《ちみもうりょう》。滝も波も父の前では動きを止め、富士は百の姿を見せる。さりとて、顔は描かない。目も鼻も口も父にとってはただの線。まあ、顔は売れないといわれるし、もしかしたらあの風聞は本当で、過去を水に流したかったのかもしれない。はたまた私たちみなを遠くに押しやりたかったのか。父にとって私たちはしがない顔無し者、曲がった背に頑丈な尻、痩せこけた腿、縮こまったつま先に柳腰、そんなものなのだった。

そう、みな、そんな体をしていたのである。体ってのは私たちのすばらしいお宝、おかげさまで人らしくいられるというものだ。私が生まれる前までは、お上にとって人は人に非《あら》ずだった。二百年も前に戦場に張られた幕の府には今でも徳川様がいて、変わらぬ治世となっている。もはや刀を振り回す類いの戦はないが、そのかわりに言葉と絵とで戦っているのである。びた一文にもならない私たちの絵と草双紙だけれども、これがまた非常な力があって、急報訃報に艶聞醜聞となんでもござれ、私たちに許された数少ない娯楽の芝居見物や色恋沙汰に、それからちょこっと己の体を誉めそやしもしたものだった。

町じゅうに溢れるそんな私たちだから、もちろん徳川様は直接お縄になどできやしない。そのかわりに読売や私たちの絵を、自堕落ゆえに破棄すべし、とまあこういう具合である。

それにしても、お偉いお侍たちが刀を振り回して、薄っぺらい紙切れ相手に悪戦苦闘しているさまを思ってごらんよ。おかしいじゃないか。絵と言葉は歴史を恐れる者以外の誰をも傷つけやしない。石にも火にも鋏にも負けじと、紙は生き続ける。

「不可視の御世」を保ちたい幕府だから、徳川様の絵はご法度《はっと》。幕府の成り立ちなどに触れようものなら、それはもう死罪。国を滅ぼしかねない飢饉や洪水などの厄災の描写も、神世の森羅万象を司る将軍様への非難ともなるので、これまたご法度。

私たちはといえば表向きだけはこれにしたがって、説話や幽霊話に興じたり、太夫の恋物語の芝居に行ったりするのだった。鬼も神も霊も信じている。風聞は耳から耳へとささやかれ、草双紙の黄表紙となり、それから歌い、踊り、とんでもない着物を考え出す。幕府のお偉いさん方が近々の取締りを布告する。私たちを止められたためしもないのに繰り返す。この取締りってもんは生まれてこのかた私の生涯につきまとい、成長した今ではもう気にも留めなくなった。そして、それは突然収まった。でも、それについてはまたこの物語の最後に話すことにするよ。

これが始まり。暁の赤朽葉《あかくちば》色の光のなか、裏長屋で雑魚寝する一家の物語。

私の誕生は幸でもあり不幸でもあった。父の言葉と絵とによって定められた、この手妻のような運命のなかに生れ落ちたことは幸。重苦しい権力に押さえつけられる定めは不幸。それから女であることも。

醜い浮世の、幸と不幸。

それが私、栄の物語。


初めての記憶とでもいおうか、私は、じめじめと肌寒い闇のなか、布団に寝かされている。父は行灯《あんどん》のそばで仕事中だったが、やがて立ち上がって火を吹き消すと、引戸を開けて闇夜の町を眺めた。天がひっくり返ったかのようにあとからあとから、羽毛のように大きな雪が降り注ぎ、積もりもせず優しく屋根を撫でつけて、瓦の細い筋をあらわにしていた。

父は私を抱え上げ表に出ると、空を見上げた。雪は筋となり、瞬きもせず真っ直ぐに、それを受け止める葉もない枯れ木の合間を落ちてきた。提灯に落ちた雪はその温もりに溶け、父の足元に次々と落ちる雪は土の色を吸い取りながら地を染め、やがて固くなった地面にぬらぬらとした輝きを残しながら消えていった。父の腕に温かく包まれた私の目や頬や唇に、冷たいふわふわの雪が降りかかる。ちょこっと舌を出して舐めてみたけれど、その冷たさと父の温もりとの差についつい笑いだしてしまった。なんという安堵と幸福感だろう。私たちは一心同体なのだった。

まるで授け物のような雪。唇を舐めるとその甘いこと。じっと動かず、ため息をつく父。幸福な夢のなかの私は、父も幸せに浸っているのだとばかり思っていたが、なんの、その雪景色をどう筆に収めようかと考えあぐねていただけのことだろう。

「何刻《なんどき》だい」母が呼んでいる。

「子の刻だ」と父。「色恋の時刻だ」そう言うと、私に向かって「または、色恋を避ける時刻でもある」とささやいた。それから天を見上げて気に入りの星を探すが、見えるわけもない。

そりゃ、私の夢にも少しばかりひびが入ったね。

「遊女も今夜は間緩《まぬる》いこったろう。ぐずぐずと鏡の前で繕ったり、空いた杯片づけたりな。ま、それにしても色恋時は色恋時だ。無慈悲にも銭で買われる色恋の時」

いったいなんのことだろう。

「入るのかい」と母がまた。

すると父は笑いだす。その笑いなら自分自身の笑いよりもよく承知しているつもりだ。冷たくはないけれど陰気で、すべてを承知の上でなんの含みもない笑い。父は世間知らずではなかった。皮肉っては落とし、しがらみのない人間のように高笑いしてはそれを哀れむ、自虐の笑い。

「まだだね。読売が来るぞ」

「だからどうだってんだい。おまえさんのために来るんじゃないだろう」と、母は唇を尖らせる。

ぺちぺちと濡れ石を叩くような足音が聞こえてきた。編笠を被った名も知れぬ読売の男は闇夜をどこからともなく現れ、橋の上で読み上げてからまた顔を隠し、闇のなかを走り抜けていく。いかなる知らせもご法度だから、瓦版ももちろんご法度で、だから読売はもっぱら夜に現れる。今宵はおそらく北の飢えか、はたまた南の米一揆か。河内か京辺りの地震や大火かもしれない。牢問い、死罪、悪徳藩士の醜聞——ただの風聞飛語にすぎないという者もいるが、天下一の町といわれるこの大江戸にやって来る、飢餓に苦しむ百姓たちの話に耳を傾ければ、自ずと明日のわが身も知れるというもの。

読売が来た。雪の帳《とばり》をくぐって現れる男の黒装束が目に入る。こんなことをして恐ろしくはないのだろうか。恐ろしいわけがない、生業をまっとうしているだけだ、と父は言う。

男の声がする。言葉の響きは分かるけど、まだその意味までは分からない。

「明日、注目！　新たな御触。またもや禁止令。絵描き物書き注意すべし。明日！」

父はいっそうきつく私を抱きしめ、神頼みした。それから床へと戻っていった。

夜が明けると、辺り一面美しい雪化粧だった。私は雪をすくっては口に詰め込む。高札場の脇では父が、字の読めない女たちに囲まれて、誇張するように何度も間を取りながら触書を読み上げている。

将軍にかわり老中より達す。

読本の類、すでに十分あり。草双紙ごときに時を費やし法外な料金を課すのは誠に無為。堕落異端の類を呈する新刊本は必要なし。

人情本これ然り。

邪悪なる御伽草子これ然り。

赤本、青本、黒本、黄表紙、出版を望むあらゆる読本は検閲されるべし。原画には極《きわめ》の印を受けて印刷製本されるべし。

検閲を通らぬ原画はすべてご禁制とし、版木は没収、破棄されるものとする。従わぬ者は奉行所にて吟味。

新刊を刷る必要の高じた場合は町方に問い合わせるべし。

これは以前同様の御触、常に念頭におくべし。貸本屋にある「真相本」などは事実無根の代物。貸本屋も今後は禁止。


「へえへえそうですかい」と、父は女たちに向かって言う。「ここんとこはすっ飛ばして、尻を読もうじゃねえか」

すべてを聞きたい女たちは、もぞもぞと不満そうに動き回る。

冗長な段落を指しながら「ここんとこはたいしたこっちゃねえよ」と父。「こっからだね、ますます偉そうになりやがるのは」


老中はここに古き良き作法の復古を断言す。善悪の境がなくなりつつある今、よき民は先人を見習うべし。腐敗堕落を一掃し、厳格、貞節の世とす。太平天下より私欲と忌むべき欲望とを取り払うべし。

父は終わりまで読むと振り返って、深々と芝居がかったお辞儀をした。人々は笑ってよいものやら恐れてよいものやら、困った様子でそれを眺めていた。

3　北斗七星

まるで自身の影であるかのように、中心にいるかと思えば一歩下がった、何につけても二面性のあるのが父という人だった。人ごみは好きでも傍観者、お茶らけた自分の姿を眺めるもう一人の父がいるのである。食らう自分、横たわる自分、濡れ事に精を出す自分。自分自身も他人も同様に面白がるのだ。結局、頭のてっぺんからつま先まで絵師なのであり、その中間にまあちょこっと、並の男の部分があるのだろう。

その夜家に戻ると、父は私を降ろしてから母の傍らに寝転んだ。

「それで、御触はなんだって」

「春画はなし、草双紙はなし、貸本もなしだ」

母は叫び声を上げて、褞袍《どてら》で頭を覆ってしまった。

「まったく、これだから女ってのは」と、あくびをしながら無頓着に言う父を見て、母は憤慨する。

父はいっとき、暦を売って生計を立てていた。毎年変わる大小の月を見事に表した暦だったが、下々の者は知る必要なしと、それもお上に禁じられてしまった。将軍の許しを得た暦だけが認可され、将軍一人が歳月を勘定し天の動きや季節を決め、唯一無二の暦ができあがる。そんな御公認の暦など、お大名やその奥方にしか手に入りっこないってのに。

　でも父は諦めなかった。

「暦ってぇのは便利なもんだ。みな日付を知りたいに決まってっから、たいした儲けになるはずだ。なんとか道はあるってもんよ」

　父は雄鶏だの菊だのの簡単な絵を描き、脚や花びらの渦に数を表す文字を隠し入れた。それは庶民にはりっぱな暦となり、そのちょっとした謎解きが楽しまれたものだった。お上には知れずに、私たちの暮らしもしばらくは安泰だった。

　ところが今回は本。草双子に読本。私たちの稼ぎどころである。

　母は泣きながら「お上は私らの最後の拠り所までお奪いになる……」と、大仰に言う。

「ちょいと待ちねい」と父。これは芝居を真似た父の口癖で、大言を吐く前触れだ。しかめっ面で黙りこくって、何か名案はないものかと考えている。

　それから手足を大きく広げて布団から飛び出し、私たちを笑わせた。

「そんじゃ、お上の思いつかない何か新しいものを考えようや」

　ああ、よかった。これで今回もなんとか切り抜けられる。

　私たち子供は団子になって、暖をとりながら眠りについた。


　ある別の夜、ご老体は仕事中だった。そんなふうに親を呼ぶのは無礼かもしれないけれど、実際、もういい年だった。おおかたの男の寿命が四十五歳という時世に、私が生まれたときですでに四十だったのだから。私たちはいつも一緒だった。母はといえば、上の三人の子供たちに添い寝して、明け方、ようやく床につくところの父をつかまえては夫婦の営みをねだるのだった。馬鹿だねえ、もうすでに育ち盛りの子を四人も抱えているってのに。まあ、おっちょこちょいな女だったから、父におあつらえの、割れ鍋に綴じ蓋ってところだね。

可愛がられていたからこそ、私はよく父の苛立ちを肌で感じることがあった。

「この絵を見ろい、だめだろ、こりゃ。だめだだめだ」と、大儀そうに筆を置いて拳を目に当てながら言う父。それは町を横切る大川の絵で、川原には牛車と人影があり、至るところに橋がかかり小舟が繋がれている。なかなかのもの、と私は思うのだが、父は認めない。

「絵が死んでる」と、大仰に言う。「皮なめし場の悪臭も寺の香もにおってこなけりゃ、艪を漕ぐ船頭の唸り声も聞こえねえ」

己に厳しい父だった。あの時世、看板やら舞台やら木版画やら、安仕事を請け負う絵師はほかにもごまんといたものだから、師匠に楯突いて破門されたあと独自の道を切り開いてはきたものの、それはたいへんな日々だった。

いっとき、唐辛子の仲買人をして凌《しの》いだこともあった。百姓から赤唐辛子を買いつけては横流しにするのだ。個人から春画の注文を受けることもあった。流行《はや》っても廃っても結局はその日暮らし、絵師とはそんな定めなのだ。

名が売れたかと思えば、次の日はもう忘れ去られる。名のあるままでいられないから、ころころと改名するのである。最近では父は宋理と名乗っている。

その絵だが、私は感心しているのに、父は気に入らない様子。絵が端正すぎるのかもしれない。

「牢屋敷で敲《たたき》にあう野郎どもの叫びが聞こえねえ。軽くて五十回、重罪で百回ってのによ。だめだだめだ。黒い川面に映る提灯の光はどうだ。俺はなあ、この絵を見るもんに、手込めにされる夜鷹の悔し泣きを聞いてもらいてえんだよ」

まだほんの子供だったけれど、川原で不法に客を取る女たちのことは私も知っていた。

父はのしのしと歩き回っている。

「雨も感じられねえ」

あら、雨はいいと思うけどね。お父っつぁんの雨は。

「どうすりゃ描けるんだい、ええ。全部描きてえのに、どいつもこいつも教えてくれねえ」

私は腕を広げて抱っこをせがむ。父の胸に埋まりたかった。

私の背をポンポンと叩きながら小さく歩き回る。どうやら落ち着いてきた様子。そう、真の師は自分自身の目と耳なのだ。

「分かってんだよ」と父。「でもいったい、何年かかるってんだ」


こんな父親を持った娘の役目といえばもう、始終あれこれ目を配らせるよりほかはない。逝って久しい今も、目を閉じて深く息を吸い込めば、まるですぐそばに父がいるように思われる。走り回る父にしがみついていたこの内腿に、あの背と腰とを感じる。この腕に首の汗を感じる。私の胸は父の背骨にぴったりと寄り添い、尻は、負ぶい布を絶えず押し上げる、後ろ手で組まれた父の手のひらにすっぽりと収まっている。ああ、なんと心地よいのだろう。包まれた尻の、その安泰なこと。温かく、当時の私の齢では知る由もなかった、あの甘美な疼き。

船宿に打ちつける冷たい水しぶきの音が、炭売りの呼び声が、今も耳に残っている。かび臭い秋の臭気、菊の苦味、石の上で湿って朽ちる枯葉のにおい。何もかも、今はなくなってしまった何もかも、あの重さのない紙の世界、狂った色彩の世界が、私のなかにある。

兄や姉は母とともにあったが、私は父だけのものだった。父は私を負ぶって町じゅうを練り歩いた。それはそれはすばらしい世界。丸木橋の上で下駄が鳴る心地よい調べ。居職の者たちは、絹や別珍の切り細工、櫛、提灯、手籠、碗、祝いの色紙などの美しい工芸品を作る。纏《まとい》を掲げて走る火消の男たち、大名行列のために人々を道端へ押しやる旗持ち。女中の亡霊が橋の下に生き、刀を持った神々が雲間から顔を出す世界。

河口のぬかるみ、橋と堀の行き交う下町の、木造長屋の六畳二間に私たちは暮らしていた。日中はとてもきれいだ。小屋に垂れかかる柳に川沿いに茂るイグサ、白壁の蔵は光り、鏡のような水面を猪牙舟《ちょきぶね》が滑りゆく。夏の夜には蛙の歌や、ねぐらについた鳥たちのささやきが、あちらこちらから聞こえてくる。ただ、冬はじめじめと陰気で侘しかった。

小路のずっと奥を入ったところには、講釈小屋、結床、矢場などがある。楊弓《ようきゅう》というのは恋仲には評判の娯楽とみえて、連れの女の肩に腕を回して弓の握り方を指南する男たちを、姉たちと一緒に眺めたものだった。そして小路の行き止まり、堀を背にして立つのはお稲荷様を祭った小さな社。水際には野良猫が住みついていて、鼠と塵とを食らって生き延びていた。その抜け目のなさが私には好ましく思われたものだ。

その向こうには商家や屋台が並び、藍色の木綿の反物、木碗、ありとあらゆる刀類に唐紙に草鞋と、なんでも揃っている。客を呼ぶ香具師《やし》の粗野な声、道を掻き分ける叫び声、野良犬や猫を蹴散らす怒鳴り声が絶えず聞こえ、人、大八車、馬、荷馬、そしてまた人と、あらゆるものが流れていく。

山の手の台地には城がそびえ立ち、かつてあった天守は徒歩で三日ほど離れた富士の頂よりも高く見えたそうだ。しかし私の、いや父の生まれるずっと前に、その天守も下町の大半とともに焼け落ちたと言われている。橋という橋を炎が包みこみ、堀の狭間に残された人々が行き場を失くしてしまったそうで、今でも風の強い夜などには、その怨霊の叫びが聞こえてくる。

城の外堀のか細い流れは隅田の大川に注ぎ込み、辛抱強い漁師たちが竹馬で水中を歩き回る内海へと流れ込む。その先は果てしない海が広がるのみ。その向こうに異国があると父は言うけれど、さて、父の言うことだから、どうだか。

ここ江戸は諸国の隅々まで延びる街道の起点だが、私たちにはそれがどのようなものなのかさっぱり見当もつかない。庶民に地図はご法度で、将軍の力の及ぶ範囲など知ってはならないのである。

大川を北に遡る潮をたどることが唯一、私たちに許された旅であり、実際、よく川沿いを歩いたものだった。大川は広く力強く、数多の塵芥を呑み込んでなお黒光りしている。絶え間ない通行人や係留する舟底のせいで平らに均された河川敷は江戸の町を水から遠ざけ、そしてそこは暗黙の了解で下々の者に許された、いわば自由の土地、長々と広がる遊び場だった。ありとあらゆるものがあった。八卦見、乞食、凧を上げる子供に踊る女たち、それを渡し舟の上から飽くこともなく眺めたものだった。

北斗七星、そう、あの大きなひしゃくの探し方を教えてくれたのも父だった。ひしゃくの外側を描く線を探し、それを追って妙見様、天帝の輝く瞳を見つけた。不動の妙見は物書きの星であり、父はそれを崇拝していた。

ある夜、父は再び改号することにした。今度は妙見様、北辰星にならって北斎にすると言う。

「北辰についていくぜぇ」

辻駕籠に乗ろうにも銭がなかったから、私たちはいつも歩いた。肩車してもらうにはもう大きくなりすぎてしまっていた。歩けば川のせせらぎや父の足音や猫の鳴き声が聞こえたものだが、あまり多くを見ることはできなかった。ある冬の午後遅く、もう夜の帳が降り始めていたが、軒先では飯炊きがへっつい竈を囲み、子供たちがその着物の裾を引っ張っていた。娘が木綿を砧《きぬた》打ちする音、水面にこだまする舟歌。

それから茶屋や本屋から漏れる行灯の明かり、炭売りの男の熱い鉄壺の明かりのなかへと進み行く。町は霞んではまた浮かび上がり、ついに芝居小屋の並びにやって来た。幟《のぼり》を掲げた大きな小屋には観客がひしめき、轟く太鼓がまもなく始まる演目を告げている。

「歌舞伎も俺たちの描く絵も、俗悪というならさして変わらんと思うが、お上は芝居小屋は潰さないね。潰せるもんかい」

そう父は言うけれど、芝居小屋も蔑《さげす》まれていたのは同じだった。役者も絵師同様「人に非ず」で、町の中心のこのかぎられた界隈に留められていた。それでも金持ちの商人とその女房が訪れ、貧しい庶民も飯代を削ってはやって来る。良家の奥方でさえ忍んでやって来ては、役者と恋に落ちるということだ。ご法度であるがゆえの人気、とまあ、まるで冗談のような本当の話。

「昔はここでも描いたもんだ」と、父がぼそりと言う。「おまえが生まれる前のこった。役者だの力士だのを描くのは嫌な仕事だね。客席にじっと座って、目ぇ光らせてなきゃなんねえ」

陰間のか細い少年が二人、くすくすと笑いながらこちらにやって来た。その甲高い声に耳をそばだててみる。

「金一両と言ってたよ、もしあのお方と――」

「そんなにくれるわけないじゃないか。馬鹿も休み休み言え」

そりゃあそうだ。一両といえば人ひとり一年間米にありつける値だ。

兄貴分の少年が甲高いかすれ声で言う。「役者なんだから泣くんじゃないよ。あんなのはすべて芝居、

まやかしだ

「でもお腹が空いたんだよ」

小さいほうの少年が兄貴分の、上等の着物の袖をつまみ、兄貴分はその子を急《せ》かす。頭上では提灯が強風に揺らぎ、けばけばしい光を落としていた。私は二人の歩み去るのを眺めた。空腹ならこっちも同じだけれど、私には父と家がある。この界隈に暮らすあの少年たちには身を売るよりほかに生きる術《すべ》はないのだ。

ああ、疲れた。まるで眠りから目覚めへ、夜から昼へと歩いてきたかのよう。道の前方で提灯が揺れる。そこは不夜城、享楽の都。貧しい野暮な百姓男を、別の自由な生き物へと変えてしまう、悦楽と絢爛の町へとたどり着いた。ああ、確かに今「男」と言った。どこへ行こうが女は囚われの身だ。

太鼓、か細い歌声、大爆笑が聞こえてくる。父の手を取り、小走りに歩く。ここは吉原、お上に年貢さえ納めれば、いかなる禁じられた快楽も許される、魔の一画。

父はここで仕事を探しているのだった。

私は吉原が好きだった。ここでは私たち庶民も殿様だ。銭さえあれば殿様以上。土手に立っていると、あとからあとから猪牙舟が押し寄せ、大きく巻いた舳先《へさき》と艫《とも》が闇から現れ、長い艪を漕いで風に向かい立つ船頭たちの掛け声が響いてくる。旅人、百姓、閑侍——多くの客が群れを成し、日没とともに風のなかを北に向かう。そして明け方に大門から追い出されるまで、この地に留まるのである。

吉原の快楽には銭がつきものだ。銭があれば絹や別珍の夜具も、飯も音曲も酒も、そして女も買える。女は銭を集めはするが、それを自分のものにすることはない。それは廓の楼主やら女中やら幇間《たいこもち》やら仕出やらに支払われるのである。客とて、快楽の長い夜の後には最後の一滴まで搾り取られ、用心棒に追い出される始末。ためしに昼日中にここへ来てごらん、負け犬がとぼとぼと南へ向かう姿が見られるよ。まあでも、今は夜。いい時分だ。私たちは橋の高みに立ち、目の前に広がる遊里を眺めた。

中央を抜ける仲之町通りでは、提灯が赤い光の珠を雪の上に落としていた。

「元気をつけて、さあ一発！」とまあ箱看板にそんな戯画の描かれた蕎麦屋には明かりも灯っておらず、ただ火口に鎮座した、日がな一日ぐつぐつと茹だつ大釜だけが顔を覗かせていた。その隣の彫師の湧《わき》の店も灯《ひ》を消していたが、湧その人はといえば暖簾《のれん》の下、通りから差し込む辻行灯の明かりが四角く光を落とすなか、三和土《たたき》に横たわっていた。父は湧のすぐ耳元まで歩み寄り、「おう、湧、何してんだい」と言って、つま先で湧を小突く。

どう見ても湧は眠っているのだけれど、父といったらもう、怠け者は見るに耐えないのだった。

湧は肘を突いて起き上がった。「龍の尻尾と雷の絡み合った図案を編み出しているとこなんでさあ。針仕事には何時間もかかりましょうが、そりゃあ見事な出来になりますぜ」そう言って、その図案を思い浮かべてでもいるのか、眼を閉じたままニヤリと笑った。

「そうかい」北斎はそう言って私の手を離し、辺りの空気に溶け込むように伸びをした。

湧は暖簾をめくり、私たちを招き入れた。そこには客が横たわる台があり、小さな行灯に火が点ると、壁に張られた図案の数々が浮かび上がった。湧は一攫千金を夢見て西国からやって来た純朴な百姓だったが、父はこの男が気に入っていた。暖簾の横でお辞儀をし、いつもの癖で寄せ口上を始める。

「あっしは西海道の縫物師の家に生まれました。針はお任せください。武家の別珍も錦も手にかけました。それに比べて柔肌の繊細なこと」

もう何度も聞かされているのだけれど、頷きながら聞いてやる。

「それにしても」湧は私を見ながら、肩を後ろに回したり横に動かしたりしている。「肉体の動きというのはなんと不思議なんでしょう。たとえば、男の左肩から腕にかけて、龍を被せるとしましょう」湧はその仕草をやってのける。「肩甲骨の玉のような筋肉の上で、龍の体もうねります。肘の尖った骨が龍の尻尾の鰭先になるでしょう」

「手間はかかるだろうが、粋だろうねえ」と父。

「次に根性があるのが来たら、早速やってみましょ。値はどうしましょうかね、金一両ってとこですかい」

「そりゃ人足のひと月分の稼ぎだ」

「人足なんか来やしませんよ。千文でどうです」

「五日分だ」

「出来を考えたら高くはないでしょう」

「そりゃ、銭持ったやつには高くないだろうよ」

するとそのとき、男が一人店先にやって来た。番傘を前倒しにさしているので、着物に包まれたその寸胴とすねしか見えない。

「なんの御用ですかい」と、湧は冷たく言い放つ。

男は傘を上に傾け、光のなかに歩み入った。一同、息を呑む。男の額には「犬」の字がくっきりと彫られている。そんなことをするのは世間広しといえどただの一箇所、幕府の牢屋敷。科人の証の墨刑に決まっている。

「こいつを取ってくれ」とその男は、いったい何をされたのか、ひどく潰れた声で言う。

できない、と湧は言った。お上の入れたその刺青は、二度と落ちることはない、と。

男はまた一つ歩み寄る。「それなら目立たぬように肌の色にしてくれ」

「できません」と湧。怯えているのが私にも伝わってくる。「そんなことをしたらあっしが牢屋敷行きになります」

男はぶつぶつ言いながら暖簾を払いのけ表に出ると、切見世の並ぶ堀の方へと走り去った。私たちはその背を黙って眺めた。

「あんな男の相手をしなきゃならねえ女郎の気の毒なことよ」と父。父は女に慈悲深い。とくに、身内ではない女には。

湧は行灯の日を消した。「ともかくうちは店じまいですぜ」そう言って父と私を追い出すと、男の走り去った方向を心配そうに見やった。

「おまえさんの考えた龍の図柄を思い出せ。うろこに描く帆立模様のことでも考えるんだな、そうすりゃ眠れるぜ」と北斎。


隣の小間物屋の前ではミツが忙しそうに立ち回っていた。黒い旅装束の男がこちらに背を向けて立っており、店先の品を覗き込んでいる。ミツは大きな口をにんまりと広げた。その眉は太く濃く、涙袋は腫れて黒ずんでおり、まるで目と眉とがもう一対あるかのようだった。気分にあわせて表情も大仰によく変わるので、まるで舞台化粧のようだと父はよく言っていた。昔は遊廓の内儀だったので、この世界のことはよく知っている、とも。

「こちらなどいかがでございましょ、まあまあ、ご覧くださいな」

ミツはおおげさに目をむいて、手に持った木箱のなかの象牙の張形をちらりと見せる。別珍の上にはたつのおとしごの干物が優雅に並べられ、それから子安貝、ああ、あれは母のお産のとき薬を飲ませるのに父が使っていたものだ。一番後ろには妊婦の腹をさする熊の手が木箱に納められていた。上客には覆い布を取ってこれらすべての品を見せるが、男がこちらを向いた様子ではまあ上客どころか、私たちと同じ貧乏人だ。男が立ち去るとミツはきゅっと唇を結んで顎を突き出し、またお宝に布を被せながら男の背を睨みつけ、その形相のまま私たちのほうに目を向けた。

「おやまあ、いったい今夜はお揃いでなんなんだい」と、ミツは私のほうに顎をしゃくる。ミツは子供が嫌いだった。商売になりゃしないからね。

痩せてみすぼらしい父だけれど、私にとっては誇りそのもの。偉大な絵師があったかい布団にも旨い飯にもありつけないなんて、そんな道理はないだろう。もっといい暮らしをして然るべきなのに……でもそんな世の常はとっくのとうに学んでしまった。

背すじを伸ばしてミツを睨みつける。お父っつぁんを辱めようってんなら、ええ、この私が相手だよ。

「目新しいもんはないかと思ってね」と、父はそっけなく言う。

「新しいだって？　なんでも新しいよ。古いもんなんて喜ばれないのさ」と言ってミツは肩をすぼめる。それについては一理ありと、北斎も頷く。「人の心なんて移ろいやすいもんだよ」とミツ。

父の装いといえば江戸の町なかを行き交う野暮な貧乏人そのもので、なんら目を引くところなどなかったが、誰もがこぞって着飾るここ吉原では、かえってそれが目立っていた。だからといって蔑まれるいわれはない。父は飲んだくれでも放蕩者でもなければ、遊女を囲うために借入をして子供たちにひもじい思いをさせたりもしない。まあ、どっちにしろひもじい思いはしていたけれど。とにかく、冷やかしの買い物だったら銭はいらない。

「娘たちが蛍を捕まえる可愛らしい図案を考えたもんでね」と父が話し始めたとたん、ミツは退屈そうな顔をした。「それと、橋の上で夕立にあう女……」

ミツはぶっきらぼうに「ああ、それなら傘屋に売れるでしょ、油紙の上に描いて、傘屋の屋号を入れてさ」

と言う。

ため息をつく父。「こうなりゃ傘だって考えるさ。御触が出てからこのかた、本は刷ってもらえねえ」

「三日法度だよ。すぐ治まるに決まってるね。お上があたしらのことを長々と気にかけたことなどありゃしない」

ミツは父の心配そうな顔を眺めて、優しい言葉でもかける気になったようだった。「鏡を覗く花魁なんかどうだい、みんな欲しがると思うよ」

「そんなもん、どいつもこいつもやってらあ、歌麿だって」

ミツはまた肩をすくめた。「そんならもっといいのを描けってことだよ。いっとう銭持ってんのだって最近じゃなかなか喜ばないんだから。吉原に財産つぎ込むのはもう粋じゃあないってことだよ。なんだって値切るんだから」と、さもうんざりというように吐き捨て、きりきりと歯ぎしりした。それから拳を握ると「そうだよ、旦那、いい時は過ぎちまったんだよ、ああたいへん、たいへん」と言って、えらの張った顔を横に振った。

「なんか変わったことをしなきゃいけないねえ」と、ミツは忠告する。「たとえば——」

父は聞く耳を持たない。誰のことも、母の言うことさえも聞きゃしないんだから。突風が提灯を突上げ戸のつっかい棒に叩きつけた。安っぽい明かりが前に後ろに揺れる。私たちはしばらく突っ立ってその赤く縁取られた影を眺め、それから先へと進んだ。茶屋ではほかの絵師たちが、酒を飲まない父に茶を振る舞ってくれた。休んでいると、そこはなんとものどかで、浮き足立つ旅人、壮麗な花魁道中、廓から聞こえてくる太鼓の音、女中のささやき、そしてまるで歌い手が穴に落ちたかのように、上り詰めては突然消える声、そんなものが聞こえてくるだけだった。

ミツが言ったことなど、父にはなんの助けにもならない。ここ吉原に来ること、ここに居ることこそが助けとなるのだ。そこにただよう金と欲望への陶酔、それが父の描きたい人間の有り様だった。遊女や千両役者などを描くこともあったが、本当に描きたかったのは、普通の人々、汗水垂らして働く庶民、醜く恵まれない、面白おかしい、見捨てられた者たち。

でもそんな絵など、どこに欲しがる者がいるというのだろう。

4
志乃

ある午後の遅くに吉原へ着き、仲之町通りの脇に腰掛けて大行列の来るのを待っていた。まだ始まってもいないのに、たいそうな人出だ。ときは三月、提灯祭。広小路のどの茶屋も、青と黒に染め上げられた提灯を軒先に下げている。どっしりと壮麗なお引きずりをまとった花魁とその世話人が、各々の廓から定められた目的地へと行進する。

写生用の綴り紙を手に座る父は、ここでじっとしているよう言いつけたまま、私のことなどすっかり頭から抜け落ちてしまったようだった。

通りに面した格の高い見世から花魁たちが出てきた。先頭には鉄槍を持って道中を導く男と、それからまだ暗くはないが、提灯持ちの男がいる。傍らに立つ禿《かむろ》たちの、まるで海と空の青をすべて呑み込んでしまったかのような、鮮やかな絹と別珍の着物の見事なこと。山車の上では白塗りの女たちが三味線を弾いている。太鼓の音は祭を盛り上げ、大道芸人がまるで牛車の車輪のように手足をついてくるくると、遊女たちのそばを回る。先頭を行くのは輝く衣装に着られたかのような初々しい振袖新造の娘たちだったが、あとに続く花魁の、私の腰の高さまでもあろうかというぽっくり下駄に、蜂の巣のようにふっくらと結い上げた髪を金の簪で飾り立てた姿に比べれば、それはもう小芋のよう。誰もがため息をついて花魁の麗姿を見つめている。

片足で平衡を保ちながらあたうかぎりの遅さで歩み、その後ろを傘持ちの男がついていく。それからさらに遣手《やりて》、廓の下女、そして別の、これまた巨大な下駄に巨大な髪の遊女が続く。

私は行列を追いかける。片足をそれぞれ二度ずつ回し、着地寸前に後方に粋に蹴り上げる外八文字の遅々とした歩みのおかげで、難なく追いつくことができた。遊女のなかにはほやほやの新参者もおり、懸命に彼女たちの目を捉えようとしたが、無駄だった。遊女は誰のことも見つめてはならないのである。それはもう、人に非ずの呈。禿たちが互いを押し合って泣き事を言う。父の元に駆け戻ってみると、もちろん父は花魁道中などには目もくれず、その見物人のみを描いている。

父が眺めている見物人のなかに、杖をついた座頭がいた。

その大男は、盲人のしるしに頭をまるめている。まるで首に卵が逆さに載っているようで、丸い顎は突き出て、後頭部は後ろに大きく反っている。太く短い眉は眠っている犬のように目の上に被さり、突き出た耳は奇妙に巻き込んだ肉の塊のようだ。目が見えずともありかが分かり勝手がよいとみえて、片耳に数珠を引っ掛けている。獣のような大きな手をして、まるでそれらを失いたくないとでもいうように、空中に掲げ、手首を突き出して、長い指と手の甲をそっと垂らしている。

その男を見た瞬間、嫌悪を覚えた。恐怖と言いたいところだが、恐れを持ってはならないと父に戒められていた。

座頭の生きる道には二つある。一つは高利貸し。座頭は庶民のあいだで唯一、その認可証を幕府から購入することを許されていた。銭を扱うことは表向きは卑しまれていたので、これが盲人にはうってつけとのお上の考えだろう。

しかし御公認かどうかなど、どこに気にかける者がいるだろう。放っておいても銭は銭、商人は平然と銭を扱い、年々厚かましく偉そうになっていく。武士のように豪華な羽織をまとい、道楽に耽る。本物の武士はといえば、公私ともに倹約に励んでいると聞くのに。武家にとって、忠誠を尽くして幕府に仕えるのは困難になる一方。そこで高利貸しの出番。忙しく儲けては、飯を買い酒を買い、吉原で女を買うというわけだ。

しかしながら、この座頭その人は格別銭を持ったふうではなかった。座頭に開かれたほかの職といえば、髪結か按摩である。では、この座頭は相撲取りの按摩、ということにしておこう。それならばこの男のごつごつとした手だけが、じっと動かぬ体の胸の前に垂れ下がり蠢いているのも、説明がつくというもんだ。盲人はじっと行列を見つめている。その表情は傍らの、目の見える男のそれとなんら変わらず、品定め、値踏みをする目をしている。きっと小娘のか細い太腿の上に太い腹を擦りつけるさまでも夢想しているのだろう。

目の切れ込みから白い瞳だけが覗いている。黒目は頭の裏側にでもひっくり返っちまったんだろう。これまた分厚く寸詰まりの唇を丸く開き、そこから大分上に団子鼻が鎮座している。その口と鼻との隙間はまるで男の顔全体が空洞であるかのように間抜けている。

数珠を持ってはいても、祈願するかは疑わしいものだ。信心深いようには見えない。遊女に夢中で見入ってはその体を嗅ぎ、喘ぎを聞き、感じ入っているのだろう。

ああ、気持ちの悪い。女はこんな男からも姿を隠すことはできないのである。

少し大きくなって、再び吉原を訪れた。墨堤〔隅田川の土手〕に向かう父の傍らを走り、渡し舟に乗り込む父の後を追って、冷たく澱んだ水の渦巻く上をあえて、岸から飛び乗ってみたりする。父は手を差し伸べて支えてはくれるが、その実、私のほうなど見てもいない。それから暖をとるために、舟底で父の膝のあいだにうずくまる。

それはもう冬が訪れようという時節だった。舟を降り、風のなか背を丸めて吉原へと向かう。

書物問屋は大門のすぐ外にあった。堀の水は雨に濁り、通りは暗くぬかるんでいたが、廓の建ち並ぶほうを見やると、遊女が一人、下駄履の素足を泥だらけにしながら勤めから戻るところだった。足袋を履くことが許されない遊女を見て、私の汚い足袋でさえもありがたく思えた。時は巳の刻、普段ならこのような午前《ひるまえ》に遊ぶお偉方などいないのだが、今日にかぎっては、棒手売《ぼてふり》の男が重たい豆腐の木箱を難儀そうに店に運び入れている。ミツは軒先を洗い、近隣の組の男たちが枯木を提灯で飾っている。

父が本屋の隣の茶屋に腰を下ろすと、女が父に茶を出し、私にはスモモの菓子をくれた。寒く、うす汚れて、おまけに喉が渇いていたというのに、心ここにあらずの北斎は茶に手を出すこともしない。せめて湯呑みで手を温めればよいのにと言っても、黙っていろとはねつけられては、小さく縮こまるよりほかにない。

すると、頭のはげかかった男が、てっぺんの疎らな髪をまるで塵でも払い落とすかのように手でなでつけながら、おどおどと現れた。

「長いこと雲隠れしてたと思ったら、いきなりおっ母さんの茶屋にのこのこ出てくるとはな」

「雲隠れしねえでどうやって仕事しろってんだい。新しい絵柄を考えたんだがね」

版元の男はゆっくりと戸口から歩み寄る。「いい加減この腐れ縁もなんとかしたいもんだね」

父はずるがしこそうに微笑んで、「こんだけ腕の立つ絵師は江戸広しといえどもほかに見つからねえってこったろ」と一言。

「腕が立つかどうかは、まず物を見せてもらわんことには」

父はむっとしたが、とにかく包みから絵を出して、私の手の届かないところに並べた。緊張が走りぬける。はげ頭の男が立ち上がり、覗き込む。月下の遊女、花と遊女、堀沿いを歩く遊女。「ふうむ」と、版元はがっかりしたように唸った。「ふむ。ううむ」

それなら、ともっと絵を見せる。馬に乗る高麗風の男、茶汲み女。

「心中物が欲しいんだがね」と蔦屋。

父がめくって見せるのは、落ち葉拾いの少年、海辺の子供。蔦屋はいらいらと咳払いをした。

この男はたいへん名の知れた版元、蔦屋重三郎の養子である。先代が亡くなってずいぶん経つが、絵師たちはいまだにそれを嘆き悲しんでいた。しかしながら息子のほうはといえば、天賦の才があるとは人の言うところだが、はてどうだが、私にはどうも胡散臭く感じられてならなかった。もとは廓の楼主の息子なのだから、性根悪く欲深いのが本性に決まっている。先代蔦屋が賢明だった、ただそれだけのこと。息子のほうは吉原細見《さいけん》の版権を買い取り、遊廓と遊女の揚げ代、芸などをこと細かな印で格づけし、豆知識などを添えて出版していた。

吉原を訪れた際、どの遊女を買うかの決め手になるので、細見は人気があった。大門をくぐり、この小冊子を買い、耳を赤らめ息を荒げて丁に見入りながら歩くのである。途中で提灯にぶつかったり、花扇の花魁道中に出くわしたりしても、どうせそれと分からないのだろう。

ふん、そんな輩にはうんざりだね。「景色も見ずに地図ばっか見てやがる、このすっとこどっこいが」と、父もよく怒鳴ったものだ。

細見は初めての客ばかりでなく、自分の買った女の格づけが上がったかどうかが気にかかる常連にも売れた。

そしてもちろん、細見は遊女にとっても重大事。己の格づけが上がったか、あるいは——こちらのほうがよりあり得ることだが――下がったかを常に確かめなければならない。老いればそれも記される。もっとも、年なんかもともとごまかしてあるけれど。そう、細見に真《まこと》などこれっぽっちもない。それは引札であり、吉原の商人の利益のために作られた小冊子、客のためではないのである。

だから、こんな具合である。「朧月、十八歳、細い姿に豊かな乳、前歯に隙間あり。慎み深いが炎のように燃え、悦び易く反応またよし」

下の話ばかりである。そんなものを読みたがり、買う浅ましさ。一冊買えばまた一冊、最新版が欲しくなるものだ。新しい娘、古参の遊女の死、それから滅多にはなかったが、請け出されて年季明け……細見は年に二度改訂された。

蔦屋はそれはまあたくさんの人にへつらわねばならなかった。遊廓の楼主、引き手茶屋の店主、それからお客。それを思えば細見の信憑性など端からたかが知れているというものだが、肉欲に憑かれた男たちは、そのようなことは考えもしないようだった。

そんなものを作るのに天賦の才もへったくれもあるもんか。むしろその逆だろう。しかもこれは先代の蔦屋ではなく、その間抜けな養子。そんな男が父に対して偉そうにする道理がどこにあるというのだろう。

その男の頭を穴が開くほど睨みつけてやった。ああ、忌々しい、うんともすんとも言わない。ええ、何がいけないってんだ。北斎は蔦屋の抱えるどの絵師よりも優れているじゃないか。ただ難点は、媚びへつらわない、ってことだけだ。「やりたくねえことを楽しむふりができるかってんだ」と。

私たちはなにも多くを望んでいるわけではなかった。北斎は食い物をほとんど口にせず、博打も打たず、朝早くから夜遅くまで働き続けている。以前は応援してくれた蔦屋も、今は指図をするばかり。

「ああ、それ――それなんかいけるかもしれないな。その娘、まわりは取っ払ってその娘だけにして、もっと大きく、鏡を覗き込んでる姿にすりゃ売れるだろう」

北斎は真っ赤になった。私は父の脚に擦り寄る。父が絵を掻き集めて帰り支度を始めたので、太腿にきつく抱きついた。蔦屋は偉そうに腕組みしている。その場を取り繕うため表に駆け出そうとしたそのとき、戸口に娘が現れた。

この新造に一同救われた、とでも言うべきか。

「誰がおまえさんを出したんだい」と、蔦屋の厳しい一言。

遊女は大門の外に出てはならない。とはいえ、大門はすぐそこだし、それに門番も見ている。

「どうぞお許しくださいませ」

「何用だ」

「お二三《ふみ》のお客人のために、特別な茶を手に入れてくるよう言われたものでございますから」

見習い遊女は深々とお辞儀をし、上品な、澄んだ高い声で言った。それがなんとも不様でしゃっちょこばっており、すぐに新参者と分かった。首は細く、まるで問いかけでもするかのように軽く傾いでおり、そのせいで大きな髷が片側の耳にずり寄っている。素足で、高く赤らんだ鼻からは鼻汁がたれていた。しかも、言葉遣いがいやに上品なのだ。遊女といえば田舎から売られてきた貧しい娘というのが相場で、その野暮ったいお国訛りを里詞《さとことば》でごまかすのが常である。

蔦屋はふんと鼻を鳴らして「ちょいと待ってな、じきにおっ母さんが来るから」と言った。

娘はもう一度、優雅なお辞儀をした。「お母上とは、これはまたかたじけのうございます。しかしながら、私がすでにここでお待ち申し上げているとお取り次ぎ願えませんでしょうか」

これには蔦屋も笑い、父も薄ら笑いを浮かべた。「これだから村上の奥方様は」

娘はさらに首を傾げた。「はて、どこぞでお目にかかりましたでしょうか」輪をかけた慇懃さが娘の激しい動揺を物語っている。

蔦屋は娘を見下ろした。それから通りを、橋を、その向こうの江戸の町の喧騒を見やった。しかしながら大門のまわりは閑散としていて、蔦屋の機嫌は悪くなるばかり。

「奴《やっこ》め！」と、冷たく言い放つ。「この蔦屋を知らないな。なに、そのうち分かるさ。吉原のことならなんでもお見通しだ。遊女に女中に主人に芸者に外商いと、その評判もみな知っている。なんといっても、俺がその評判ってやつを決めるんだからな」その声はまるで氷のよう。「細見の出版人、それがこの俺だ。この町で生き残りたいか。それなら注意することだな。おまえをぶちのめすことだってできるのだぞ。おまえがいっぱしの遊女になったとき、俺がいいことを書いてやれば売れるだろう。醜女《しこめ》と書きゃあ、それまでだ。実際、おまえは醜いがな」そう言って、にやにやと自分の口上を楽しんでいる。「それが俺様よ」

娘は黙って聞いていたが、やがてゆっくりと優雅に膝を突き、手を揃えて深々と頭を垂れた。「たいへんなご無礼、なにとぞお許しくださいませ」

娘は長いことそのまま下を向いていた。私たちはその大きく艶やかな美しい髷を眺めた。鬢《びん》は少し乱れている。やがて顔を上げるとその表情は重く、瞳は悲しみに暮れているようだったが……はて、その実その瞳には知の光が、灰の下で静かに燃え続ける炭のような、暗い輝きが秘められていた。

私はほくそ笑んだ。この娘は反省なんかしちゃいないね。いやいや、ちっとも。

蔦屋は娘の瞳を覗き込めるほど低く屈んではいなかったが、それにしても何か癇に障るものがあったのだろう、「こっちへ来い」とひとこと言いつけた。

娘は目を閉じた。この無礼な申しつけをはねつけたかったに違いない。そりゃ、私だってそうしてもらいたかったさ。とんでもない下衆野郎だ。父も怒っているはず。こんな男とは手を切るしかないね。

でも、この娘に言いつけを退けることなどできるわけがない。なんとかその場を取り繕おうと、私は思わず走り出した。

「おいこら、何すんでい」父は私の後を追いかける。よかった、蔦屋は面白がっているようだ。

「絵描きじゃだめだが、せいぜい吉原一のおっ母さん、ってとこだな、おまえさんは」と、蔦屋は父の背に言い放った。外に出ると、蔦屋がまた娘に何か言うのが聞こえる。

「おまえはここじゃあやっていけないな」と、また同じことを繰り返す。さらに落ち着いて、さらに冷酷に。

「顔は歪み、体は貧弱」

細見の格づけを考えているようだった。

「まあそのりっぱな礼儀作法ぐらいは褒めてやれるだろうよ」

娘はまた面を伏せてしまい、何も言わない。

「立て」と蔦屋。

言われたとおりにする娘。父と私はその顔を盗み見る。離れた目、高い鼻、おちょぼ口。厄難顔、と母なら言うだろう。負けん気の強いのは一目瞭然だ。

「かわいいじゃねえか。俺なら描きたいねえ」と父。

「売れると思うのかね、ええ」と蔦屋。

娘は非常にか細く、脚は長く背は弓なりで、大きすぎる着物が足元にたぐまっていた。

「根性はありそうだし、おもしれえや」

父までがその顔と性格の品定めに加わり、娘はうつむいてしまった。

「品もあるしよ。手を見てみろい、でかいがきれいなもんじゃねえか」

「どうとでも言え」と蔦屋。「とにかくそんな絵は売れないよ、宗理さんよ」

「そいつぁ俺の名じゃねえ」

蔦屋と父はしばらく睨み合っていが、蔦屋が先に目を逸らした。

私たちはまた茶屋のなかに入った。父は座って茶を飲もうと湯呑みを口元に運んだが、もう冷え切った茶に興醒めして、そのまま戻した。絵を見ながらまた湯呑みを手にし、また飲まずに戻す。蔦屋は薄い髪を掻きながら、新しい絵の画号を覗き込んでいる。

「それじゃあ今度はいったいなんなんだい」と、蔦屋はうんざりした口調でたずねた。

「北斎ってのはどうだ」

蔦屋は唸った。「名の売れた宗理の二世として売り出してやったんだぞ。それで名が通っているから、銭になるのだ。今さら変えられまい」

にやける父。「だから売っちまったのよ。銭になるからよ」

蔦屋は呆れて手を振った。「また一からやれってことかい、勘弁してくれよ」

「しばらくは『宗理改め北斎』ってすりゃいいだろう。そのうち宗理をやめるから」

結局、蔦屋は帯から銅銭を出して二枚買い取った。支払いはさっさと終わり、父はそれを数えもしない。数えたためしがないのである。


蔦屋の母親がやっと茶を渡し、私たちはみな一緒に表に出た。

「かわいい子」と言って、娘は私の頬を撫でた。父は昔のように私を肩車していた。脚が父の胸元でぶらぶらと揺れる。私は画号を売った父をなじった。

「とんでもねえ娘だ」そう言って父は私のすねをぺちぺちと叩き、私たちは笑い出した。橋を渡って大門をくぐる。

「私にも新しい名がございます」と娘。「本当の名は奪われてしまいました。今は志乃と申します」

「志乃さんよ、この子がかわいいってんなら、ひとつ買わねえかい」

私は六つだったが、四つのようにも見えた。私たちを知らぬ者は、飢えた父が私を売りたがっていると思っていたようだった。そう、売られるのにちょうどよい年頃だったから。しかし後日志乃はよく、本当によく、この日の話を繰り返していた。偉そうに肩にまたがる私、そのすねをしっかりと握り締める父、それを見て、ああ、北斎は決してこの娘を手放すことはないだろうと分かった、と。

志乃は父の冗談を真に受けず、行ってしまった。

私は父の胸を蹴った。「降ろしてよう！」

地面に足がついたとたん、志乃の後を追って走り出す。

「お栄！」父が呼ぶ。「こら、どこ行く！」

父は私を抱え上げ、そのまま股のあいだを後ろへ前へ、猿のように揺さぶった。私は嬉しくてはしゃぎ声を上げた。

「いい子にしてねえとお父っつぁんは働けねえんだぞ。お父っつぁんが働けなきゃ、おめえが宗理になって働け」

志乃は振り返ってこの悪ふざけを眺めている。その笑顔と、大きな笑い声の素敵なこと。それからさっと、手で口を覆った。

「ほら、昔は別の誰かさんだったそこのお志乃さんよ、こっち来て手ぇかしてくんねえかい。ちょいと絵を見てくれるといいんだが。どうだい、高貴な奥方はどんなのが欲しいのか、教えてくんねえかい」

蔦屋に馬鹿にされたので、父も誰かに褒めてほしかったのだろう。

それから縁台に腰掛け、絵を眺めた。ここ東の都、江戸の町の風景である。船宿のそばの川原で別れを告げる男女、芝居小屋で物語を読み上げる二人の大男の足元に頭を寄せる、見渡すかぎりの人の海。どれもよく知った眺めである。

「中村座の前までは行ったけど、入ったことはないの」と私が言うと、「それはそうでしょうね」と志乃。一枚一枚じっくりと、絵に眺め入っている。その少しぽっちゃりとした顔は悲しげで、それでも絵を楽しんでいるようだ。今は囚われの身だが、前にそんな場所に行ったことがあるのかもしれない。

夏祭りの行列のために集まった、白装束の遊女たちを描いた吉原の風景にも興味をそそられたようだ。「では、夏にはこんなふうになりますのね」と志乃。

父はいつも面白半分に、老いて背の曲がった、皺くちゃではげ頭の自分の姿を絵に描き込む。そして、「そいつぁ俺だ」と言うのである。なぜそのようなことをするのか分からない。もちろん老いたらそのような姿にもなろうものだが、今はまだまだ生気にあふれ、頭からは硬いふさふさの髪が草のようにぴょんぴょんと生えている。

「出版されたほかの野郎の絵を見てみろい、俺のほうがずっと上手いってもんよ」と、調子に乗る父。娘は笑う。「私にはそれほど深い造詣もございませんが、とても美しゅうございます。吉原だけではなく、お城でもこのような絵を拝見したことがございます」

「ほれ見ろい。高貴な奥方はこういう絵がいいんだよ」

私には友というものがなかったから、志乃と一緒に笑いころげるのが楽しくて仕方なかった。姉たちと、今では弟もいたが、それはもう喧嘩ばかり。北斎は志乃にもう一枚絵を見せた。

「これは長崎屋、オランダの商人が江戸にいるあいだに泊まるところだよ」と、私は思い切って告げた。それは大胆にも、下々の者がその目で拝むことはご法度の、紅毛人《オランダ》の姿なのだった。これはちょっとした賭けだった。志乃が大声でたしなめ、立ち去るかどうか。

ところが志乃は絵にしっかりと見入るだけだった。「あなたも行ったのですか」

「うん！」と私。「お父っつぁんが描くあいだ、肩に乗ってたの。もうちょっとで窓のなかが見えそうだったんだよ。赤い髪の蛮人が唸り声上げてたんだよ」

「あらまあ、いつもそんなにお転婆なのですか」と、志乃は興味深げに笑った。

5 講釈

父のために顔料となる種をすり潰したり、井戸から新鮮な水を汲んできたりしなくてもよいときには、私は姉たちとよく路地のつきあたりの講釈小屋に忍び込んだ。それは長くて狭い小屋で、しゃがめば簡単に積荷や木戸口にいる客の足のあいだに紛れ込むことができた。親方に見つかってつまみ出されないよう注意する。

巷の物語を語るこの男たちが私は大好きだった。この日の講釈師はらんらんと輝く瞳の持ち主で、辺りを鎮める、何か内なる力を秘めていた。通路に座りこんで舞台のほうを覗くと、その男は何人もの登場人物の声色を次々に真似て、本番に臨む準備をしている。鈴を鳴らして静粛を請うと、まるで穀物でも挽いているかのように平手を回しながら、ひらりと正座した。石のように固まる私。

埃のごとく苦き粉雪の舞うなか、お乗物に入られる高貴なる若き女人。戸が閉まり、御簾の陰から殿に別れを告げる声。

「おまえはこの世の極楽へと行くのだ」とおっしゃる殿。「漆に当たらぬよう、せいぜい用心するがよい」

そう言って笑われる殿。なんたる禍々しき戯言《ざれごと》。原宿から吉原へと続く日本堤沿いには両側に漆並木。漆は毒、死に至ることもございます。されど殿は真には漆のことを申されているのではございませぬ。奥方様を待ち受ける気を病むような御奉仕を申されているのでございます。この殿は奥方様がお気に召さなかったのでございます。御奉行所にお遣りになりました。そして申し渡されたのが、五箇年の廓奉公。

「こりゃいいや、軽いじゃねえか」長柄を担ぐと、陸尺が申します。

「米俵ほどの重さもねえや」相棒も申します。

走る男衆。

お乗物のなかで右に左に揺られます。陸尺の素足が濡れた石畳を叩く音。頬か尻でも叩く音でございましょうか。ぺち、ぺち、ぺち。音は止みませぬ。

絹と別珍の小袖に埋もれる吉田様の御歳十五の奥方様。破滅に向かう女人の、咽びを聞く者はおりませぬ。

堤に沿った土手を行き、御簾の隙間から漆並木をご覧になられる奥方様。衣紋坂の上にて叫ぶ陸尺。お乗物を下ろし、年長の男が御簾越しに申します。

「こっから先は歩いてくんなせえ。吉原で乗物はご法度でごぜえます」

御簾を上げ、首を覗かせて辺りを見回す奥方様。辻道の両側には茶屋、坂のたもとのお堀には橋。極楽もたいした様相ではございませぬ。湿地に浮かぶ、お堀に囲まれた幾許かの区画のみ。幼少の折、親御様と見た眺め。幼子のいる家はよく祭見物をしたものでございます。奥方様の記憶にございますのは、桜の花と、着飾った女人の練り歩く御伽の国。

奥方様は陸尺の手を取り、お降りになりました。お堀には思案橋、恋仲の衆が袂を分かつ見返り柳。橋の向こうには番人。丸木橋の高みへと歩み寄る奥方様。携えられた短刀を認め、番人が小屋から出てまいります。

「刀をお渡しくださいませ」

「渡さねばなりませぬか」

「御武家の方々は刀を預ける慣わしにございます。女人も同様」

「なぜでございましょう」

「侍も庶民も等しい遊里にございます」

「何言ってんだい」とあとから来た陸尺が申します。「なかの女があんまり不仕合わせなんで、刀があったら首かっ切っちまうことくらい誰でも知ってらあ」

番人は幅広の頬にひょろ長い頭をしており、まるで畑にころがる瓢箪のよう。名は四郎兵衛。このお役に就く者は誰でも四郎兵衛なのでございます。四郎兵衛の着物のなかから飛び出す一房の尖った銀毛。胸元が生き物のように動いたかと思うと、尖った鼻先が顔を出しました。それは白狐、胸元に隠された白狐。奥方様の悲鳴が響きます。

「心配ございません。白狐は幸運の神にございます」

奥方様はさらに強く己を抱きこみ、不遜な顔で申されます。

「なかにお入れなさい」

「門は閉ざされております。子の刻にございます」

「だからこそこの時刻に連れて来られたのです。何者の目にも留まらぬように」

「何用でございましょう」

「角玉屋へ参ります」

「御入廓されるのでございますか」まじまじと奥方様に見入る四郎兵衛。高貴なる女人を遊女に貶める奴《やっこ》の沙汰とは前代未聞。

「いったいどういうわけでございましょう」と、男は申します。どのような惨事でありましょうか。「飢餓か、火事か、はたまた洪水か」しかしこのようなことは武家には及びますまい。「不面目、内通、人攫い」否と？　それではご自身で何か仕出かしたに違いありますまい。「役者と不義密通でもなさいましたか」

凛と顎を上げる奥方様。

「その昔、そのような高貴なお方がやって来られたこともございましたが、最近はめっきりございませんでした」と四郎兵衛。

門を開け、短刀を受け取る。四郎兵衛の顔に浮かぶ奇妙な表情。この世にそのようなものなどないと未だ知り得ぬならば、奥方様はそれを憐れみと解釈したことでしょう。小袖を喉元に引き寄せました。

「有難うございます」小さく御辞儀をし、四郎兵衛もまた御辞儀。背を伸ばし番人の側を過ぎ、浮世への別れに振り返る奥方様。

己を捨てた殿はもうよろしい。悔やまれるのは御両親。恥辱に死することなくば、また会えるというものでございましょう。五箇年のあいだ、吉原の遊女となるのでございます。

聴衆は同情の嘆き声でどよめいた。講釈師はくるりと後ろを向き、水を飲む。そのあいだに私たちは体勢を変えて、握り飯をほおばる。

そこに立ちます男は角玉屋の楼主。奥方様の肩に手を置くと、上へ下へと眺めまわし、後ろへ、前へと体を返します。着物に手を掛けると思いきや、今度は頬に手を伸ばし、ゆっくりと、右へ、左へ。

講釈師はここで吉原言葉を真似る。居丈高《いたけだか》で、いやらしい声。


「たいした玉じゃねえなあ」と楼主。「極上だって聞いたのによ」

「ご覧のとおりにございます」

「いらねえっつうから引き取ってやったまでだ」

「身に余る賜り物だったのではございませんこと」

手を伸ばし、奥方様の簪を手荒に引き抜く男。それから指を入れて豊かな髪を引き伸ばしました。それは長い長い髪。男の指が櫛のように梳くと、それは膝まで流れ落ちるのでした。

誇り高く、まるで挑むように顎を上げる奥方様。御髪《おぐし》の美しさを御承知でおられるのです。男は今にも手を上げそうに見えましたが、その美しい着物でしょうか、何かがそれを思いとどまらせ、睨みつけただけで済んだのでした。

無用ならば手を放しなさい――その言葉を飲み込む奥方様。いいえ、口答えしてはなりません、とご自分を諭します。口は災いの元と、親御様から何度教わったことでしょう。

「おめえを置くのに銭がかかる。夜具も買わなきゃなんねえ。着物は持ってこなかったのか」

「家からは何も持たされませんでした」

黙って奥方様の先に立ち、大通りを歩いていく男。そこは小道が格子のように交わり、区画になっているのでありました。中央の大通りは仲之町通り、短い距離をまっすぐに延びて堀で途切れております。右へ左へと小道が分かれ、右に江戸町一丁目、左に江戸町二丁目。お次は右に揚屋町、左に角町。

「ここにあるのは全部、御公認の青楼だ。この最後の通りは京町、一番格下の女郎が商うところだ。うちに置かれてよかったろ、ええ。ちょいと待ってな、用がある」

寒さのなか、ミツの店の前にたたずみ、待つ奥方様。白くうっすらと地面を覆う雪。その下にはもう、勇み足で出てきてしまった緑の芽。しかしここは寒い、水に囲まれて、町よりももっと寒い。

店から奥方様を眺めるミツ……。

ミツだって？　あのミツなのかい。なんだってミツが出てくるんだい。私は一、二列前に出ようともがいた。お美与と辰が私の上掛けを後ろから引っ張って顔をしかめる。え、もう帰るって？　やなこった。私は親指と人差し指を広げて、そのあいだに顎を載せた。年寄りくさいって母がいつも言う、あの格好。

……もう一度覗き込み、出てきて静かに戸口に立ちました。

着物に積もった軽い綿毛のような雪を払い落とす奥方様。下駄は半分白い雪に埋もれております。

「新しい足袋はございませぬか」と奥方様。「濡れてしまいました。足がとても冷たいのです」

「そんなものは置いてないね」とミツ。「それにここじゃそんなもん要らないよ」

奥方様は籬《まがき》にもたれかけ、ゆっくりとかがんで片足を手に取ると、懸命に両手で擦ります。その足は真っ白ではありませぬか。

「でも、そなたは履いているではありませぬか」

「それとこれとは話が違うよ。あたしゃ隠居した身だよ」

奥方様の手も真っ白。そして顔も。

「新顔だね。大門をくぐったことがないってのかい。いったい、ここで何してんだい」

「角玉屋に置かれるのでございます」

「あらまっ」

講釈師は口に手を当てて目をひんむいてみせる。あんまりミツにそっくりだったんで、大笑いしちまった。

「あんたのことは聞いたよ。吉田様の負けん気の強い奥方だろう」

「どうしてそれを……」

「流言飛語、四方山話、なんでも知ってるよ」

うなだれる奥方様。

「ここで出がいいのはあんただけじゃないよ。でも少ないね。昔は遊女ってえのは生まれがよくて品がよかったんだ。それが今じゃ安くなっちまったもんだ。みんな銭をケチるんだ。夢をケチってどうすんだろうねえ」

奥方様は足を雪の上に戻し、少しよろめきました。今度は反対の足を手に取ると、均衡を失って今にも倒れそうになりました。

「遊女は素足って決まりなんだよ」

「馬鹿々々しい」奥方様は苛立たしげに申します。

唇に指を当てるミツ。「素足はきれいで色っぽいだろ。すぐ慣れるよ。覚えときな、吉原ではなんでもかんでも型破りなんだ。それが遊里ってもんだろ」

黙り込む奥方様。それを見つめるミツ。

「いったいあんた何しでかしたんだい」

蒼白な奥方様は首を傾げました。「なんのことでしょう」

「分かってんだろ、ここへ」ミツの手は芝居がかった調子で空を切ります。「――送られて来たってことだよ」

「主人の言いつけに背いたのです」

客のあいだからひそひそと声が湧く。それが何を意味するのかよく分かっているのだ。

「何やらかしたんだよ」

「芝居へ……芝居へ行ったのでございます」

これは偽りでございました。殿に手を上げてしまったのでございます。それは許されようもない無礼。

「芝居だってぇ。それだけのことなのかい」

名目上禁止の芝居見物も、隠れて観に行くのが女というもの。

「殿はお怒りになり家来が呼ばれました。そして私は御裁きを受けるべく連れて行かれたのでございます」

「どの御奉行だい」

奥方様は打掛を胸の辺りにきつく寄せ、その冷たい手を袖のなかに入れました。「定信様にございます」

「なんてこった！」奥方様の片腕を取って叫ぶミツ。「ああ、なんてこった。あの悪徳老中かい。それでこんなことになっちまったのか」

雪のなか足を取られながら、お堀のほうへ戻ろうと走りだす奥方様。慌しく宙に揺れるそのお腕。

「出られやしないよ」とミツ。「手遅れだよ」

立ち止まる奥方様。石を拾うと、それを水に投げ入れます。黒い水面にポトンと落ち、消える石。あとには細波が幾重もの輪となり揺れ広がるのみ。そして奥方様は凍りついたように身動きせず、今やそのお美しいお召物以外は全身真っ白となったのでした。

「おかしなもんじゃあないか」とミツ。「真《まこと》の夢には決まり事なんてないもんだがね、でもこれは真の夢じゃなくて……」ここで荒々しいため息。「いや、真の夢でもあるんだが、あたしらの夢じゃあないんだね。人様が買う夢のなかで、夢みたいな役を演じてやってるだけさ」

叫ぶ楼主。「あのアマ、どこ行くってんだ、戻ってきやがれ」

「どこにも行きゃしないよ」とミツ。「化け物になっちまったのさ」

それで終わり。聴衆は大声で続きをせがむが、講釈師は引っ込んでしまった。姉たちはもういない。家に帰ると母の雷。誰も私の問いかけに答える暇などありゃしない。今さっき聞いた話が本当だってことは分かっているけれど、でもそれがこんな自分の身近に起こり得るのだろうか。あれは本当にあの娘、私の志乃のことなのか。本当に……。部屋の隅に座り込んで、ゆらゆら揺れながら顎を引っ張った。

「ほら、またやってるよ、あの子ときたら。顎がますます長くなっちまう」と母が言う。

その次に吉原に行ったとき、私は駆け回って志乃を探した。

「栄っ。戻ってきやがれ」

父は困って筆を置き、私を捕まえようと走り回る。その楽しかったこと。

「このクソガキめっ」あんまり大声で言うもんだから、回りの者も振り返る。「なんでこんなもんしょっちまったんだ」そしてがに股で筵《むしろ》を取りに行き、あの決まり文句をどなる。「いい子にしてなきゃお父っつぁんは働けねえんだぞ。お父っつぁんが働けねえと、おまえは食えねえんだぞ」

そこへ志乃が現れた。

「この子を仕出し屋へ連れて行ってもよろしいでしょうか。今晩の菓子を取りに行かねばならないのです。そのあと角玉屋に戻りますが」

「おう、連れてけ連れてけ」父は紙から顔も上げずにそう言う。

そんなわけで私は角玉屋のなかを見ることになった。

6 角玉屋

角玉屋は仲之町通りと、二番めに大きい江戸町二丁目通りの角にあった。表の石段を三つ上がってその妓楼に入ると、そこには辺り一面、赤い飾り棚と絹の座布団が置かれている。黒檀の碁盤と香炉を指し、

「支那のものですよ」と志乃がささやく。

「どうして分かるの」

「似たようなものが家にもございました」

一角の窪みには卓が置かれ、困り顔の女が正座している。年増のようだが着物は豪華絢爛で、別珍と柄物の絹地が幾重にも重なっている。書き物をしながら禿に用を言いつけては、肩越しに階上の誰かに怒鳴りつけてと、三つの仕事を同時にこなしている。これは遣手のカナ、遊女上がりで楼主の内儀となった女であると、またもや志乃がささやく。

「おや、あんたかい、志乃」と言うカナの口調には棘がある。「やっとお帰りかい。それをさっさと厨《くりや》に持ってきな」

私のことには気づかない様子。とても小さかったからね。

厨は暖かく、土間には井戸水が撒かれていた。屋根の通気孔から光が差し込んでいる。志乃は厨夫を見ると、持っていた包みを渡した。

部屋に戻る途中では、男がそろばん片手に熱心に帳簿をつけている。

「あの男が私に夜具を売りつけたのです。御銭《おあし》などありませんのに。陰気臭い鼠色の、粗い木綿の布団で、ごわごわしてて。本当にいやなものです」と志乃。

私には自分の布団というものがなかった。二人の姉とボロ布をあちこち引っ張り合いの取り合いだった。

「『見習いなのだから、どんなものの上に寝ようが構わない、客を取るようになったら上等のを買うんだ』とこう言うのですよ。そしてそのお代は私の名の横に記されるのです。『おまえの出費だ』って。しかも、もうすでにあれやこれやの寸借がつけてあるのです。『これはなんなのですか、私はここへ参ったばかりではありませんか』とたずねますと、あの者は一つひとつ印をつけながら『月の糧、夜具、陸尺へのお代』ですって。お栄、分かりますか、私はこの牢獄までの路銀を自分で払ったのですよ」

志乃は自分の話に笑い出した。初めて会ったときみたいに大きな口を開けて笑うかどうか見てみる。うん、そのままの笑いだ。

「ここへ来るまで御銭のことは何も分かりませんでした。女が扱うことはございませんでしたから。ああ、でも、たとえば、こっそり絵を買いに行くときなど以外は」

父が無頓着だったものだから、私は銭の数え方を少しは知っていた。文《もん》、匁《もんめ》。志乃の手のひらの銅銭を指し、「少しは分かるよ」と私。四角いのが一つあり、大きくて茶色い、穴のあるやつは、両国橋のたもとで高利貸しが紐に通してぶら下げているやつだ。

「それでは手伝っていただきましょうか、おませさん」

私は大喜び。

二階へ上がると、階段のまわりにはだだっ広い空間が広がっていた。衝立と帷帳に囲まれた小さな一区画が遊女たちの部屋だ。声が聞こえてくる。衝立の隙間から、土瓶をのせた火鉢と畳んだ布団が見える。花魁の花扇の部屋、そして二番手の二三《ふみ》の部屋があり、その横が志乃の小さな部屋だった。

身なりの乱れた、脂ぎった髪の男が立ち上がった。男がちらりと志乃を見やると、志乃は目を伏せる。志乃は十六にもならぬ見習いで、今のところは出入り禁止の身分だった。

男が通り過ぎると後ろから遊女が現れた。階段の吹き抜けで男が身を返すと、階段を下りるあいだずっとそのまま二人は見つめ合っていた。遊女は胸に手を当て、ため息をついてみせる。男の頭が階下に消え、足音が遠のき、卓の上に銅銭をばらまく音がすると、遊女は口を歪めて「金玉縮んで竿まで落ちて、もう二度と、二ン度と来んがよろしおす」と言い、踵を返して帷帳の裏に引っ込んだ。

若い遊女が二人、階段の吹き抜けを覗き込む。

「こんなこんな、おまえさん、またお出でなんす！」

「嘘おつきなんし」

「来なんし」

「およしなんし」

「ああ好かねェ、はよう行きなんし」

「恋心にありんす」

「あの娘はよろしおす、ほんによろしおす」

みながクスクス笑いだす。

遊女たちは通りを見下ろす中央の窓にもそもそと寄り集まり、表の石段のなかほどで男が立ち止まるのを眺めた。男は二階を振り返る。

「あれ見なんし、此方を見ていんす」

「早う行きなんし、わっちのいい人、わっちのお芋、わっちの団子――」

「おタカ、出てきなっ。お見送りせんか」階下から遣手が叫ぶ。

件の遊女は内掛を巻きつけながらまた囲いから出てくると、露台から身を乗り出した。「待ち長うありんす、はやくお出でなし」と、回らぬ舌で言うが、最後の「ああ苦しい、気が遠のくようでありんす」というのは少し白々しかった。

ほかの娘たちはモゴモゴ言って、肘で互いをつつき合う。遣手がドンドンと音を立てて上がってきて、そのうちの一人の横っ面をピシャリとはたいた。

「おタカっ。もう少しなんとか言えないのかね、頼むョ」

「ああ、すみんせん。承知しておりんすが、疲れんした。昼まで眠れんし、昼は昼でやかましいんす」

そこへ、不機嫌そうな美女が衝立の陰から出てきた。私たちを見かけると、その表情が緩む。

「ああ、志乃でありんすか。こちらへ来て茶をいれてくれんせんか。掃除も手伝ってくれんせんか。おいでなんし……あれ、その子は誰でありんすか」

これが二番人気の二三だった。細見で読んだことがある。二三の絵、または二三の絵として通っているものも見たことがある。こんもりふくらんだ着物に包まれて大通りを行くのも見た。二三は華奢で、猫背に見える。

「こちらは栄にございます」志乃は私を手前に突き出しながら、鈴のような声で言った。「通りを描いているあの北斎という絵師の娘にございます。私が連れて参りました」

「優しおすね、志乃」二三はうつろな表情で私の頭に手を置いた。「何もよいことはありんせんでしょうが、その子も来なんし」

私は床に座った。

そこには黒塗りの化粧箪笥と、丸い手鏡が二枚あった。二三はそれぞれの手に鏡を持つと、あちらを向きこちらを向きして後ろ姿を確認した。「あの髪結に行こうにも、御銭《おあし》がありんせん」

それから、小さな刷毛を志乃に手渡し、首筋に白粉を塗るように言った。次に簪を手渡し、うなじの解れた毛を留めるよう指示する。

「あの老人の子でありんすか。昔はここにも一人、わっちらのすべてを見た者がありんした」と二三。「着付から舞踊から月見まで、四六時中見るんでありんす。何もかも。でももうお出でになりんせん。もしや過料〔罰金〕か牢送りか、恐れをなしたのかもしれんせん。はたまたお白洲に行ったんか、消えたんか」

二三の顔が悲しそうに歪んだ。「よろしおすか、ただ描いただけでありんすよ。ここはほんに悪所でありんすから」そう言って眉を上げてみせる。「だからわっちはひとり、着飾ってここにおりんす。誰が見るでありんしょうか。傾《かぶ》き者ばかりでありんす」

「とにもかくにも、お美しいではございませぬか」と志乃。

まるで二三の顔を直に見ることができないとでもいうように、私たちはみな鏡を覗き込んでいた。私の座っている位置からだと、ちょうど太陽が鏡に反射して、二三の顔がまったく見えない。

「そうでありんすねぇ」と言うと、二三は満足げに青銅の輪を覗き込んだ。二三がわずかに横にずれたので、今ではその美しい顔の後ろに私の顔が見える。ああ、なんたる光景。

「でも、美がすべてではありんせん」

「そう思われますか」志乃は読み取りがたい表情をしている。

「もちろん。男は美が欲しいと言いんす。美を夢見て、湯水のように銭を使いんす。でも本当に欲しいのは、優しさなのでありんす。優しくて思いやりがあれば、ここでは大丈夫。自分のことはすべて忘れて、男のためだけを考えればいいんす」

志乃は立ち上がって、土瓶を火にかけた。

「私は人を悦ばすのがあまり得意ではございません」と志乃。「本当の主人を悦ばすことさえできなかったのに、どうしてこの遊里で偽りの主人を悦ばすことができましょう」

鏡のなかで、二三の唇が引きつる。微笑みだろうか。

「問いかけるのはよろしおす。ただ目をよおく開けて見なんし」と二三。「志乃は賢い。きっと道は開けるでありんしょう」

それからというもの私は、父の仕事中に退屈したのつまらんのと言っては角玉屋に志乃を訪ねていった。ある日の朝など、たまたま夜更かしをして朝寝をしていた志乃の布団にもぐり込んだ。温もりに包まれて丸まっていると、女たちが一丸となって志乃を捕らえにやって来た。

「えい、志乃奴め、起きないかっ」

五人ほどの女たちが衝立を押しのけながらドヤドヤと入ってくる。そのなかにはカナもいた。ぐっすりと眠っていた志乃は寝ぼけ眼で起き上がった。髪は緩く編み上げられ、その先が布団の上にまるで縄のように伸びている。

忍び笑いをする女たち。

「見なんし。しゃっちょこばって。お武家様のようでありんす。男ができるわけありんせん。こんな女、欲しがるお方はありんせん」と、女の一人が言った。

カナがその女の腿をひっぱたく。

「この田舎者の恥知らずのすっとこどっこいが。志乃はいろいろ知ってんだよ。なんでもだよ。読み書きも音曲も絵も舞踊もさ。ちったあ見習ったらどうだい。志乃は大丈夫だよ。二三がそう言ってんだから」そう言ってカナは私たちから布団を剥ぎ取った。

「奴、ガキと一緒に降りてきな。飯の時間だよ」

志乃は起き上がりながら不平を言う。

「なぜそのようにお呼びになるのですか。お名前を与えられたではありませんか。その名をお呼びにならないのですか」

「奴のほうが呼びやすいんす」と、欠伸をしながら誰かが言う。「それに、ほんにまあ……その……」

「ええ、男勝りなのは分かっております」志乃は静かにそう言った。

私たちは立ち上がった。みなドヤドヤと階下の厨へと急ぐ。

その日は月に一度、遊女たちが食事処へと上がれる日だった。ふだんなら、客がたっぷりと腹ごしらえするのを無関心を装いながら正座して待つのだが、この日だけは好きなだけ食べてもよいことになっている。遊女たちの腹が鳴る。女たちは押し合いへし合いして、湯葉と雑穀、揚げ魚、白蕪に茄子の田楽、わずかばかりの焼鴨などをつつき合う。口いっぱいに汁を含み、そのおかしな言葉でしゃべっては唾を飛ばす。

「ここで最も大切なのは美ではないと二三がおっしゃいました。たとえ私が美しくなくとも、善を尽くすことでやってゆけるとも」と、志乃が言う。

「二三の言うんは見当違いでありんす。美こそがいっとう大切でありんす」と、誰か。

遊女たちはいつも「ありんす」と言う。母をからかおうと、私も家で使い始めた。仕事中に私を廓に置き去りにしているってんで父は困ったことになったが、それでも母は私に家にいろとは言わなかった。「それが真だとしても」志乃は持ち前の用心深さをもって切り出した。「私はまだ納得できません。誰が美の基準というものを定めるのでしょうか」

私は蕎麦をすすりながら聞いていた。絵師が定めたのではないだろうか。

「たいへん結構な問いでありんす、奴」と二三。

みなが笑い出した。志乃、と呼ぶべきところだったからだ。

「誰も定めはしやんせん。定める、と言うんではありんせん。もうハナっから分かりきったことでありんす」

「嘘を言いなんし、男が定めるんでありんす」

「ありんせん」

「ありんす！」

「ありんせん！」

「美しいというたらもう、花扇に決まっておす」花扇は最も位の高い花魁である。

「または、二三」

カナが訳知り顔で言う。「でも妙なことに、そりゃ変わるんだよ。誰がどうして美しいかなんて、毎年毎年、変わるんだよ。ああ、覚えてるよ……今じゃ女は細くなきゃってなもんだけど、あたしが商売始めた頃にゃあ、有名なのは丸々としてたよ」

「馬鹿な。嘘を言いなんし。肥えていたとおっしゃいんすか」口いっぱいに頬張ったおタカが言う。

「おまえは小さかったから覚えてないんだよ。ああ、ほんとだよ、丸かったんだよ。丸！」

方々から幻滅の声が上がる。

「そんで男はそんなんがよかったんだよ」取ってつけたように言うカナ。

笑いだす一同。

「ならば、どなたが痩せろと決めんしたか」

「お教えしんしょう。わっちらでありんす」と、ある娘。

「わっちら？」

「そうでおす。わっちらが流行りを決めるんす。もしわっちが、竹の葉模様の着物に赤い蹴出《けだ》しをちらと見せ、紫と緑の帯を幅広う、ほんに誰よりも幅広う巻きんして、それから大通りを練り歩いて、絵師がその絵を描きんしたら、お武家の奥方とてそれが流行りの豪華な装いとお思いになりんす。そうじゃありんせんか」

「花扇が男のなりで春祭りに行ったことを覚えていんすか。あれも美しいと思われんした」

また大笑い。

「ええ、きっとそのとおりでありんす。わっちらが決めるんす」

「なんと胸のすくことでありんしょう。悪徳であるわっちら、そのわっちらを真似るんでありんす。お武家のお子たちも真似るんでありんしょうか」

「そしてわっちらのように話しんす。言葉を真似るんでありんす。なんと乙な――」

「わっちらは賢いんす。流行りも決めんす。しかもわっちらはおかしいんす」

「ある日突然わっちらが体に悪いと気がつくまでは、おかしいんす」

またもや大笑いだ。

「そのとおり。体に悪いんでありんす」

あまりに腹一杯だったので、横折れになって笑い転げる者もいた。

「笑いごっちゃない、あたしらの体だって」と言って、カナはある娘に目を落とした。その子は痩せぎすで青白く、おまけに咳込んでいた。「早苗、おまえどっか悪いんじゃないかい」

「そんなことおっしゃらんでおくんなんし」と、娘は嘆く。「家に帰されてしまいんす」

「定信がやるって噂の取締りが始まったら、どうせあたしらはみんな家に帰されちまうさ」

「されど本気ということはありんすまい。廓が潰されるなど決してありんせん」

「お上を潰すには、燃やしてしまうしかないんでありんしょうね」

「それは名案でありんす」と誰かが呟く。

笑いの渦は収まらない。


満腹になった私たちはごろごろと転がって呻いていた。

「それでつまるところ、美とはいかなるものなのでしょう」と志乃。

「これという定めはありんせん」

「でも目安ならありんす」

二三が言う。「年は十五と十八のあいだが最上」

みな、それより年がいっているように見えるけれど。

「花のような薄桃色の肌」

桃色っていうより土気色だね、誰も外になんか出やしないんだから。

「大きな漆黒の瞳、形は瓜の種がよろしおす。鼻は……顔立ちによりんす。大きくもなく、小さくもなく。

蜂にさされでもしたような、ぷっくりとした唇のおちょぼ口。寄り気味の眉根」

娘たちは押し黙った。いったい自分たちはどれだけ夢の女御からかけ離れているというのだろう。そういう私もだ。

「真っ白な歯にゆるやかな鼻。福耳はよろしいが、ぼってりしたのはいけんせん」

「あれェ」

ぼってりした耳、という表現にみなが固まる。

「髪を上げんしたら、うなじは清く長く」

「どうしてそのようなことを――」と志乃。

「目安表に書かれてありんす。わっちらはみいんな秤に掛けられて、品定めされているんでありんすよ」

「たいそう細い腰、胴より長い脚、頭のてっぺんは皿が載るほど平ら」

何人かが立ち上がって頭に皿を載せて歩いてみるが、皿は滑り落ちてしまった。

「足も忘れちゃいけんせん。可愛らしい土踏まず」

「つま先はピンと上向きで！」

ここで女たちは口に手を当ててくすくすと笑う。志乃には何がおかしいのか分からない。もちろん、私にも。

二三がささやく。「上向きのつま先は浮気女の証にありんす」

「私は違います」と、憮然として志乃が言う。「そうじゃありんせんか」

うーん、と声を上げる一同。二三は志乃の膝をぽんぽんと叩いた。「よい娘でありんす」

互いを見つめ合う志乃と私。志乃の目は瓜の種とはほど遠い。上部は平らで目尻は吊り気味、まるで静寂な海を渡る小舟のよう。鼻は緩やかどころか、せっかちそうに盛り上がっている。私は自分の顎に手を置いてみた。突き出ている。

「指！」また続きが始まる。「指は長く先細り、華奢がよろしい」

「ああ、それなら」志乃は優美な長い指をしていた。みなが覗き込むが、どうもそれだけでは十分とは言えないよう。

「志乃奴も、もう何年かすればもちっときれいになりんしょう」と二三。

「まさか。元の顔が変わることなどありんせん」

「ええ、でも物差しが変わるということもありんすよ。昔は離れ眉こそ尊くありんしたが、今じゃ一目瞭然、寄った眉根こそもっとも美しいじゃありんせんか」と、年上の遊女が言う。「引き抜いて繕っては寄せていくんでありんす。見たことがありんす」そう言って、ここで一息。「それにしても大きな鼻でありんすね」

志乃はちっとも嬉しそうじゃない。

「待ちなんし。諦めてはいけんせん」と二三。「その手をごらんなし」

志乃は手を掲げる。その美しいこと。

「大きな手」と、訝《いぶか》しげに言う遊女。志乃は指を外側に曲げてみせる。

「あんれまあ、柔らかいこと」

「琴を嗜みます」

「絵も描くんだよ」と私。「漢字もいっぱい書けるんだよ」

「ほらごらんなし。カナが言いんしたとおり。志乃はほんに多芸でありんすね。わっちら貧しい娘らにはなんの取り得もありんせん。もしや、詩歌も詠むんでありんすか」

「考えを書き留めるのは好きです」と、志乃は恥ずかしそうに言ってみる。

くすくすと笑い声が広がった。

「おやめなんし、おやめなんし。遊女の考えを聞く者など、どこにありんしょう」

志乃は私を父の元に連れ戻し、その手を離した。父はいつもどおり丸くなって、その射るような筆で猿と曲芸師を描きながら、一人ほくそ笑んでいる。

「お行きなさい」と、私を押しながら志乃が言う。「またすぐに会えますから」

「でも、志乃！」私は大声で泣きつく。志乃がいるときの父の反応が見たかったのだ。ほらやっぱり。父が頭を上げると、その顔は赤味がさしてほころんでいる。誰のためにも手を休めることのない父が筆を置き、そそくさとやって来た。背は志乃よりいくぶんも高くないが、志乃が天に向かう新芽さながらにしゃきっと背を伸ばすものだから、父は膝を曲げてゆらゆらと縮む始末。

「これはこれは。お美しい志乃奴さんのおでましかい」と父。「娘を連れて帰ってくれるたあ、お優しい」

「こちらこそ栄のおかげでいろいろと楽しい思いができました」

静かに笑う二人。そのあいだに何かがあるのを感じ取る。

「いつの日か大通りに出て来られることがあったら、そんときゃ俺もきちんと礼ができるんだがな」

志乃はわずかに首を傾げて、そのことを考えているようだった。

「勝手に出歩くことはできませんが、来る祭《きた》の日、二三の茶と菓子を取りに、ちょっと出ることがあるかもしれません。あの、初めてお会いしました店の茶が、二三はことのほか好きなものですから」

7　狂歌連

八月、寒さのやって来る前の暖かい日に、狂歌連は大川の土手に座り込んでいた。父、版元の蔦屋、絵師の喜多川歌麿、そして多芸な物書きの式亭三馬。三馬は生薬や紅白粉を売る、江戸一番の「式亭正舗」を営んでいて、役者が使う鉛の白粉を商っていた。芝居を書いたり、役者の批評も書いた。おまけに、大流行りの不死の薬まで売っていた。いつもおちゃらけては周りを笑わせる。黄表紙作家の山東京伝も、自らの商う煙草屋で本を売っていた。それから彫師の湧も、今では美しい絵や歌を作っている。

誰かが連れ出してきた夕湖という遊女は、遠眼鏡を目にあてがった。町外れの馬場に照準が合わされている。夕湖は恋人の賭けた馬の名を呟く。もし勝てば男は夕湖を身請けして自由の身にしてくれるのだ。とにかく、この女はそう信じていた。愚かでみじめな女だが、歌の腕はなかなかだった。

花魁の
母音のように
長々と

伸びる柳の
葉の緑かな

遊女の考えなんか誰も聞きやしないと誰かが言ったけれど、そんなことはない。遊女は洒落た生き物、江戸じゅうが吉原の暮らしに興味津々なのだ。だからご法度だっていうのに、ありとあらゆる身分の者が忍んでやって来る。遊里は大きな汁桶、いくら幕府や武家が私たちを蔑んでいるといったって、侍は商人と混じり、その娘たちも百姓に混じって喜んでいる始末。

奇妙なやつらと一緒にいるのはなんとも乙ってところだろう。彫師の湧の隣りには朱美という商人の娘が座っているが、この娘の父親が差し入れてくれたので、食い物はたんとある。みなで紅毛人のように脚つきのビイドロの盃から葡萄酒を飲んでいる。文人が詠《よ》み、絵師が描き、版元が刷る、こんな便利なこたあないと、次の本の話で盛り上がるのだった。

眼下には乾いた河川敷が広がっている。土手の上の私たちのところから、旅芸人の一団が莫蓙を敷き、女たちが楽器の音合わせをするのがよく見えた。

蝉やコオロギの鳴き声を聞きながら、私は草のなかでごろごろしていた。もうすぐ寒さがやって来て、虫の寿命も尽きるだろう。ほんのときたま、誰かがこちらを見ると、私は寄り目をしてみせた。狂歌連はすっかり話に夢中、しらふじゃ不甲斐ないくせに、今じゃ酒が入ったもんだから大口叩いている。たいして年端もいかない掛茶屋の茶汲み女たちは私には見向きもしない。歌はいつだって房事のこと。

「女郎花《おみなえし》　艶《なま》めきたてる前よりも　後ろめたしや藤袴腰」

父のこの一節に一同大笑い。藤袴ね、ハッハッハ、と私も笑ってみせる。

まるで私がそこにいることを今思い出したかのように、北斎が顔を上げる。女を避ける男の歌が私にはまだ早いとでも思っているのか。私は睨みつけた。こんなのいつだって聞いてんだ、どうってこたあない。

父はまた歌を詠み始める。

絵でも描くことにした。紙と筆をひったくって、小さな入り江を渡る小舟を描いてみたが、どうも気に入らない。距離と形がおかしいのか、目の前の光景の再現というにはほど遠い。父に持っていって見せると、さっと見てどこをどう直せばよいか教えてくれた。

「今度ァそれに合う歌を詠んでみな」

私は、入り江のすぼまりのことについて書いてみたが、それを見た歌人たちはますます大爆笑。何か淫らなことを考えているに違いない。

「そんなんじゃないやい」と私は言ってやった。「まだ十歳だよ」

「十でいいときは十、でも二十のがいいときは二十だ」と父。

なんのことだかさっぱり分からんでありんす、と言ってやると、女郎みたいなしゃべり方はやめろと言う。私は夜鷹の声色を真似て、「よう、よう、旦那、ちょいとどうだい」と言った。

みなが笑う。どんなもんだい。

「おめえの娘はすれっからしだな」と、誰かが言う。

北斎は冷たい目で私を見る。

「ちょっとあのきれいなスズメバチを見てみな」三馬が上手く北斎の気をそらす。「黄色と黒、長い脚。刺されねえよう気ィつけな」

「虫と房事の本はもうやっちまったからしょうがねえな」

「あの本はよく売れた」と版元が呟く。

「俺がやんなかったらだめだったろうよ」

「居丈高な物言いもほどほどにしなよ、歌麿さんよ」

「俺は江戸一番の絵師だ、居丈高のどこが悪い」

「一番上手《うま》いわけじゃないだろう、一番高いだけだ」と蔦屋。

「安物買いの版元なんて銭失って商売上がったりよ」

本当に、歌麿は最高の絵師だった。江戸じゅう探しても歌麿にかなう者はなかった。下々の者のあいだだけでなく、幕府でも大人気。大奥の女たちにも愛でられていた、と志乃は言う。父も歌麿の画法を取り入れようとしてみたけれど、どう頑張ってもそれは猿真似でしかなかった。

「いつまでもうかうかしてらんねえぜ。新手はいつでも出てくるんだから」誰かがぽつりとそう言う。

「そこいらの廓を片っ端から覗いて回るあのすっとこどっこいのことかい。蟻んこみたいにチョロチョロしてるやつらのことか」と、天下の歌麿は物憂げに呟く。「やつら、女着飾らせて化粧させて、筆の力の足りなさをごまかしてんのよ。ところがどっこい、この俺様が筆の力で、簡単な墨絵でも描こうもんなら、それは永久に生き続けるってもんよ」

下流のほうの澱んだ水面には、まるで芋虫のようにたくさん脚のついた丸木橋が架かっていた。その高み、槍を持った徒《かち》のあいだに、馬にまたがって仰々しく着膨れた男の姿が見える。侍の一行だ。

「よっ、お出ましだ」

一同の目が釘づけになる。それは定信だった。「たそがれの少将」と人は呼ぶ。御触好きの吉原嫌いの民《たみ》嫌い、それからあの講釈師の語った、武家の若妻を陥れた張本人。あれは志乃のことなのだろうか。

志乃は何も言わない。

「たいしたこっちゃねえ」と、のんきな口調の歌麿。

定信は将軍が幼少の折に老中、輔佐を勤めた人物である。ところが将軍が成人し役目についてみると、これが庶民など足元にも及ばぬほどの自堕落さ。それでせっかくの改革も水の泡。

「ないがしろにはできねえぜ、まだ力はあるんだからよ」

「ここんとこいったい何やってたんだ」

「柔術に励んでらっしゃるのさ。御裁きのできねえあいだの暇つぶしよ」

「だからどうだってんだよ。また御触を出すってんなら、片っ端から破るまでのことよ。何度ご法度になったって、瓦版はあとからあとから出てくるじゃねえか」

瓦版と、それより早く知らせを伝えてまわる読売は、なんとか幕府の弾圧を免れてきた。

「幕府ってのは猫みてえなもんだ。飛びつく隙を狙ってやがる」

「一度かまれたぜ」と京伝。「もうたくさんよ。それ以来、俺はおとなしい鼠になったのよ」

たそがれの少将は京伝の煙草屋に立ち寄り、吉原での営みについて描かれた黄表紙を買った。話によると老中はそれを自分でお読みになったそうで、そのあと家来が京伝を捕えにやって来た。文壇の花形だった京伝は見せしめにもってこいだったのだ。年老いた父親とともに白洲に送られた。

京伝は浮世絵と堕落本を制作したかどで有罪となった。

過料と手鎖の刑を乗り越えた京伝は一段と有名になった。しばらく巷から姿を消した京伝の本も、版木が燃やされたにもかかわらずまた刷られ始めた。しかし、風刺本はもう書かなくなってしまった。少なくとも、頻繁には。

「おとなしいだと。意気地なしってんだよ、おまえのは」と三馬。「道徳本書いてると思ったら、時たま粋な小噺を書きやがる。両方はいけねえぜ」

「どこが悪いってんだい」京伝はニヤリと笑う。「二枚舌なら定信だって同じじゃねえか」

「そんなに悪いやつじゃないですぜ、定信は。貧しいもんに積立もしてやったし、米一揆んときにゃあ米商人の蓄えをばらまいた。謀反人に情けをかけてやったりもしたんですぜ」と湧。

「でも俺らのことは嫌いだろ」

「やっかんでんのさ」

夕湖は遠眼鏡を下ろした。小さな紅い唇を突き出して、「ふう、ふう、ふう」と息をする。恋人の馬は勝たなかった。「これで何もかも水の泡」

男たちも狼狽したふりをしてため息をつく。

元気づく夕湖。「まあ、よかったんでありんしょう。これでよい歌が詠めるというもの」

「あんなくだらねえもんばっか書いてどうすんだよ」と、歌麿が京伝にふっかける。「でもって、見習い新造の年端もいかねえ娘を片っ端から食いやがって」

男たちは笑って、土手の斜面に仰向けに寝転んだ。みな自分たちのことを老人と呼んだが、本気でそう思っていたわけではない。京伝と北斎は今五十歳。おそらく真の意味で老人だったのは歌麿だけだろう。歌麿には妻がなかった。

「女郎の生活から救ってやるために寝てやるのよ」と京伝。

北斎と歌麿は大笑い。

「本当だって」

「格好つけてんじゃねえよ。おめえが小娘と寝るのは、一つ、若いのが好きだから。二つ、本に使えるネタを吐かせるのに都合がいいからだ」

京伝は笑い飛ばした。「じゃあ、おめえはどうだってんだよ。若い男が好みか」

歌麿は、そんな問いに答える必要はないとでも言わんばかりにただ手を振っただけだった。

「俺は節操なしかもしれねえよ」と京伝。「朋輩にもよ。でも一つだけ忠実なもんがある。生まれだよ。

俺は江戸っ子でぃ。もう一日くんな、幕府も気に入って、売れるもんを書いてやらあ。『胸算用』ってんだ。銭こさえたら、言いたいこと言ってやらあ」

「そんな日が来ると思ってんのかい」

「来ないかもしれねえよ。いったいいつから江戸っ子に仁義を買い戻す銭があるってんだ」

「そりゃいい質問だ。その買い物、高くつくぜ」

狂歌人たちは笑いながら、筆を濡らして歌を書き始めた。みな承知の上だった。自分が来た道、誰かが来た道、どれもおかしなものだった。自分のことはひたすら高く買い、一番高く上がるために他人の凧糸を切るのを厭わなかった。

「仁義の切れねえ男は気の毒なこったな」と父。

何を偉そうに、とでも言わんばかりに、男たちは鼻を鳴らした。父は死んだ鴨とあわびの殻を描いている。人が描くような絵は描かないのが父だった。

「お優しいこった。失くすもんが何もないってのはいいこったな」と京伝。

父はにっこりと微笑む。「失くすもんが何もない、それよ」

確かに、父は江戸で最も人気の絵師というわけではなかった。それでもオランダ人に絵を売って、羨望の的となった。侮辱することなどできはしない。父はいつか自分が一番になると信じていたし、私もそうだった。

橋のたもとでは定信の周りで隊列が崩れ、立ち止まった。こちらを見ているようだ。従者たちはその周りをうろうろと歩く。馬がもたついているようだ。定信はぎこちなく馬から下りると、こちらに向かって歩き出した。

「噂をすれば！」

「こんなところにお出ましとは、落ちぶれたもんだねえ」

歌麿の言うことには賛成しかねた。定信はもはや老中ではないかもしれないが、その権力が衰えることなど決してないだろう。定信の祖父もまた将軍だったのだ。自分は酒と女郎買いを楽しむくせに、それを禁じるので偽善者呼ばわりされていた。

定信が近づいてくる。「俺の本まだ読んでんのかねぇ」と、煙草屋京伝が呟く。

笑い声が風に乗って流れていく。

「いいや、読んじゃいないね」と三馬。「早朝は柔術の稽古、それから午後は儒学の講義。早く寝なきゃなんねえから読む暇なんてねえよ」

「書く暇もなし、だろうな」

「やつが書いたあのひどく下手くそな読本を出してやればよかったと、つくづく思うよ」全員が定信の巨体を眺めるなか、蔦屋が言った。「知っていたかね。俺んとこに持ってきたんだよ。だけどやつは徳川の出だ、そんな本が出せるものか。つき返してやったね。今じゃ捨てちまったって話だ」

「眉唾だな。書いたもんを捨てる物書きなんざいねえさ。どっかに写しがあるはずだ」と京伝。「いつかどっかで日の目を見て、天才と呼ばれることを夢見てんのさ」

「忠臣が持ってるのかもしれねえな」

「こんな節があったぜ」蔦屋はうっとりとした調子で言う。「『やっと分かってきた。今まで浴びせられてきた褒め言葉は、見返りを求める輩の追従以外の何物でもなかったと。私には才もなければ財もない』」

爆笑。「よく分かってんじゃねえか」

定信はもうそこまで来ている。

狂歌連の面々はくるりと背を向け、河原の旅芸人に見入った。湧はこめかみに汗をかき、小刻みに震えている。

　定信が立ち止まる。見たのではなく、そう感じたのだ。息が荒い。大男で、横から見るとまるで妊婦のよう。

「言伝を持って参った」と、定信が言う。誰も動かない。「歌麿という男に言伝だ」

「そんな男はここにはいやしません」歌麿が叫ぶ。「そんな男は。その名の絵師なら不滅ですがね」

　のしかかる沈黙。

「ならば今度その絵師に会うときに」皮肉たっぷりの重苦しい響き。「用心するよう伝えておくがよい。一線を越えてしまったと」

「一線を越えたって。いったいなんのことで」

「遊女の絵じゃ。まるで伝説の天女のように描き、その顔は知れ渡る。承知のとおり、遊廓は悪所、それを描くことは長年ご法度である。用心するがよい」大男は息も切れ切れだ。

　誰も何も言わない。定信はまた家臣たちに囲まれて行ってしまった。

　馬のいななきが聞こえなくなると、みなが笑いだす。

「それみろ、俺が一番だ。これが証拠だ」と、得意げな歌麿。

　しかし、誰も話にのってこない。葡萄酒ももうない。空《から》のビイドロの杯から冷気が昇るようだった。着物のなかにも寒気を感じる。茶汲み女がひざまずき、杯を片づける。鳥が鳴く。もう夕暮れだった。そこはかとなく悲しみが漂う。夕湖は膝に手を置き、無表情で座っている。歌麿だけがしゃべり続けた。

「言わせておけ。俺は大丈夫だ。何年女の絵を描いてると思ってんだ。捕まったことなんかねえじゃねえか。京伝は言葉を使うからとっ捕まったのよ。言葉はあからさまだから無視するわけにはいかねえからな。でも、絵は嬉しいもんよ。厳密に言やぁご法度かもしれねえが、俺様のすごさには変わりねえ」と、私たちが荷造りするなか、しゃべり続ける。

「栄、絵をもってきな」と、父が優しく言った。目の前に掲げて、しげしげと眺める。「なかなかのもんだ。本に入れてもおかしくねえぜ」

私は志乃の部屋で、筆と墨で漢字を書いていた。志乃は七輪で湯を沸かしている。志乃は今では水揚げされ、客もあるれっきとした遊女だった。年季明けも間近なはずなのに、借銭を返し終えるまでは働かなければならない。遊女がどんなに気をつけても、この借銭というやつは膨らむばかりで、その稼ぎを食いつくすのだった。志乃はいつも疲れていたが、私に礼儀作法を教えてくれた。たった今も、志乃の部屋と二三の部屋とを分ける衝立の周りできょろきょろしないよう言われたばかり。それでもつい見てしまう私。

二三のむきだしの背が見える。ぽってりとした指が二三の髪をその美しいうなじのところで分け、揉み始める。二三は按摩を呼んだのだった。花魁道中をよく見物している、あの座頭だ。私はもっと奥を覗き込んだ。男は卵のような顔に恍惚とした表情を浮かべている。きっと二三の細い肩にかかる乱れ髪のせいだ。それとも、二三の香りのせいかも——。

「こっちへいらっしゃい、栄っ」志乃が怒る。「ほら、お茶ですよ。ここに座って、ほら、お話ししましょう」

引っ込んで座るが、隙間からなおも覗き見る。盲目男の尻は大きな米俵、指はまるで御種人参だ。白目をひんむいて、まるで志乃の言葉が聞こえたかのように微笑む。やっぱり私の思ったとおりだ。どんなに静かにしゃべっても、志乃の声は男のつまらない顔にあの表情をもたらすようだった。

男の手が姉さん遊女の背骨へと下りていく。呻き声を上げる二三。骨のあいだを押されて、また柔かい喘ぎ。志乃が私を引っ張る。茶を挟んで向かい合い、作法を教えようとする。私を立派な娘にしようと躍起なのだ。

「温かいお茶を手にすると、寒さを追い払ってくれますね」

「ほんと。冬の日の志乃の笑い顔みたいだよ」そう言ったあと、ついうっかり口を滑らせてしまった。「私、あの按摩嫌い」

「そんなことを言うものではありません。恵まれない人を見下すと、罰が当たりますよ」

私は盲目の人たちが嫌いだったわけではない。この按摩が嫌いだったのだ。あいつは志乃を奪おうとしていた。でも志乃は父のものだ。それから私のものでもある。父には客として払う銭なんてなかったけれど、二人が逢瀬を重ねているのは知っている。秘密なのでどこでどう会っているのかは分からない。それでもたしかに志乃の言うとおり、あんなこと言うもんじゃなかった。憎しみはあまりにも強くて激しくて……まるで肌に押された烙印のよう。

座頭の足音が聞こえてくる。

「志乃奴はどこでございましょう」

知っているくせに。見えない目の埋め合わせをするかのように、その声はよく通る。

「お持ちしたものがあるのですが」

志乃は私をちらりと見た。着物の裾《すそ》を押さえて立ち上がり、申し分ない物腰で衝立を開く。男は袋から包みを取り出した。

「お収めくださいましたら光栄に存じます」

「まあ、ありがとうございます」と志乃。「ですが、物を頂くことはかたく禁じられているのでございます」

「ただの魚にございます」

すると、衝立の後ろから娘たちのクスクスと笑う声。何を言っているかは想像に難くない。

「聞きなんし？　魚でありんすよ」

オオ～ゥという小さな冷やかし声が響く。

「におうでありんす」

「恋でありんす……志乃が欲しいんす」

もちろん男にも聞こえている。目は悪いが耳は達者だ。冷やかしのせいで志乃はますます慇懃にならざるを得ない。

「本当に、かたじけなく存じます。魚と言われてはお断りもできません。しかしながら、悲しいかな煮炊き用具がございません……」

「厨夫に任せればよろしいでしょう」男は包みを志乃に押しつけ、志乃はそれを受け取った。相手に見えないと分かっていても、深々とお辞儀する。

男が足音を立てながら手探りで階下へ降りると、あとは大喝采。

「部屋で焼かんでくれんしよっ。におうったら」ふすま越しに娘が叫ぶ。

志乃は一部始終を私に聞かせると、包みをよこした。

「お持ちなさい。お母上が焼いてくださるでしょう」

「わっちは食べんせん。志乃のもんでありんす」里詞を使うと志乃が激怒するのを知りながら、言ってみる。

結局、魚を受け取った。玄関に向かうと、隣部屋で新造が二人、かるた遊びをしている。と、奥のふすまが開いて男が現れた。

「誰だい、あれ」私はここのすべての人間を知りたかった。

「本問屋組合で検閲を担当されるお当番の、行司の方ですよ」と志乃。

聞いたことはあったが、実際に見たことはなかった。階段を下りるとき、こちらを振り返る。その顔には小さな口ひげがあった。お上の役人はみなそんな口ひげをたくわえている。見紛うはずもない。

「きっと幕府の回し者だよ」

「またそんなことを言う！」志乃がたしなめる。「あのお方は情け深いお人です。昔は内密で絵を売ってくださっていたのですが、今ではご自身でそれらを検《あらた》めなければならなくなってしまいました。仕方がなかったのです。私たちはみな同じ穴のむじな、仕方ないのです」

「ずいぶん優しいんだな」と、また不満がこみ上げる。「くたびれてんのかい」

志乃は咎めるように私を見る。「くたびれているのは栄ですよ、その様に不機嫌とあっては」

「ふん、じゃああいつはここで何してるのさ」

「みな様と同じことです」

「絵師の敵で幕府の回し者、そんなやつが廓通いってのかい」

志乃はあの、愉快そうなしたり顔をした。私や父が不条理に対して激昂しているときに見せるやつだ。

「妓楼に来なければ、どうしてその絵の検め役ができましょう」

「お父っつぁんは行司が大っ嫌いなんだよ」

「おや」と志乃。「お厳しいですね。でもあなたよりもっと、世の常を理解するべきですよ、お父上は」

志乃は私の頭をくしゃっと撫でた。

「あの行司は素朴なお方です。みなと同じ、恐れおののく小さな存在。恐れのために諜者の職を断ることができないのです。絵を見たとて遊女ともお戯れになる。何もおかしくはございません。それどころか、この二つはかかわり合っているとお思いですよ。二つの川に足を浸しておられるのです」

「一つの川はあっちに流れて、もう一方は反対側に流れるんだよっ」

私は片足を前に、もう片足を後ろに引いて股を開くと、壁際に倒れた。すると、すねたような声の女が不平を言う。まったく、紙みたいに薄っぺらな家だよ、こりゃ。私は起き上がった。「そんなの、馬鹿な立ち方だ」

「ええ、もちろん流されないよう気をつけねばなりません」と志乃。「でも私たちはみな、そんな無理な格好をさせられていますでしょう」

「志乃は違うよ。立派じゃないか」

「立派？　何を言うのです」志乃は優しく笑った。「私は遊女ですよ」

「志乃の絵はきれいじゃないか。もし偉い人だったらもっと絵を作らせるね」

「でも力あるご身分でしたら、絵師と同じようには物事を見ないものですよ。ご自分とご自分の治世に対する批判かと、疑わしくなるものです」

「絵に何ができるってんだい。刀持った侍とは違うよ」

「本当にそうお思いですか」志乃は頭を振る。「それでは幕府のほうが一枚上手《うわて》ですね」

「絵を恐れることが上手ってのか」

「もちろん」

志乃は私を戸口に送り、帰宅を促す。

「絵に何ができるってんだい」帰りたくない私は口論を続ける。

「お上のように考えろというのですか」当惑する志乃。「あくまで私の考えですが……きっと絵ではなく、それが呼び起こす考えを恐れているのですよ」

「考えなんて見えやしない。幽霊みたいなもんだ」と私。「どこにも行けないじゃないか。ひげの役人に止められることもない」

「それはそうでしょう。それでもおひげのお役人はやめないでしょう。幽霊と考えはじわじわと心に染み込んで、そうと知らぬ間に人々は畏れを抱かなくなるのです」

「北斎はみんなに笑われてるよ」

「ええ、そして北斎どのの狙いはそれです。笑いのおかげでやっていける」

「幕府より強いからやっていけるのさ」

志乃が私の口に手を当てる。

「威勢がいいこと、娘さん。でも、愚かというものです。ええ、私もほんの少し前までそうでしたよ。それがどんな結果になったかご覧なさい！」そう言って、志乃はあの軽い笑い声を上げた。

「お父っつぁんは誰のことも恐れちゃいないよ。とくに幕府のやつらはね」

「そんなことはありません」

「お父っつぁんがそう言ってたもん」

「あなたのお父上も愚かです」志乃は断固として言う。「以前はそれでよかったのです、あのおかしなやり方を貫いても。あの頃はまだ知られていませんでしたから。今では名が売れ始めています。みな知っていますよ。幕府はいつでも獲物を探しています。獲物になるのはいつだって、最も名のある者たちですよ」

「江戸を出てくって言ってたよ」

志乃は少し喜んでいるように見えた。

「吉原では居心地が悪くなったのでしょう、これ以上。あなたもよ」

「寂しくないのかい、私たちが江戸からいなくなっても」

私は志乃の顔に悲しみの痕跡を探してみたが、何もない。

「私とお父っつぁん、どっちが好きなのさ！」

志乃は吹き出した。「まあ、なんて子でしょう。大人の話に口を出すなんて」

「どっち」

「お父上も同じことを聞かれました、とだけ言っておきましょう」

それから志乃は困ったように、唇をきゅっと結んだ。長い鼻先が少し下を向く。厚いまぶたの下の瞳はいつもより黒くなり、細い顎は着物に沈む。それから髷を直すかのように手を当てた。

悲しい……のだろうか。

「銭さえあったら志乃を請け出してやれるのに」思わず私はそう言った。

志乃が優しくたしなめる。「お父上は妻のある身です。そしてあなたにはお母上が」

「でも妾はいないよ――志乃以外」

「私みたいなつまらない遊女でさえも囲えやしませんよ、北斎どのは！」志乃は笑った。「私が吉原を去る日など、そう簡単には来やしません」

「請け出してくれる人が現れるかもしれないよ」

「それは、とても裕福なお方でなくてはなりません。そして裕福なお方はお好みの女をお選びになるでしょう。とても私など」

盲目の按摩ののっぺりとしたつまらない顔が頭をよぎった。でも、あいつは裕福じゃない。私はほっとした。

私は例の魚を、仕事が多いときに父がときどき借りる、寺の小部屋に持っていった。小僧たちはみな忙しそうだった。火鉢に魚を載せる。皮がじゅわっと嫌な感じにめくれ、網にこびりつき、身は骨から外れて火のなかに落っこちてしまった。小僧がそれを見て笑う。腹が減った。残りを食ってみたが、小骨が喉にささるばかり。

ああ、料理なんてやってらんないね。

8　舞踊の稽古

　それは再びあの、月いちの食べ放題の日だった。カナは外出中で、遊女たちを見張る者はない。娘たちは大はしゃぎ。

「ああ、なんと豊かな味わい。カナは肥えていて、わっちらは痩せていんす。わっちらが食うのを見とうなかったんでありんしょうか」

「ほれ、豆腐をおくんなんし」

「全部食べてはいけんせんよ、あ、これ」

「分かっていんす、分かっていんす、もう一つだけ……ああ」

　前の晩、廓内で暴力沙汰があった。夕湖は腫れた顎に濡らした手拭いを当てている。

「ああ、あの男ったら憎らしい。なんという悪党でありんしょう。叩き出してやりたかったんでありんすが、力が足りんせんでした。どうしてあのようなならず者を入れたんでしょう。無理強いをやめなければ甚三を呼ぶと申したんでありんすが、聞く耳持ちんせん。ほかに脅しに使えそうな物もありんせんでしたし」

「固い物、鋭い物、尖った物をお持ちなんし」

「ここじゃそんなモン持たしちゃくれんせんよ」

「鏡などいかがでありんしょう」指を舐めながら誰かが言う。

「鏡？　割れたらどうするんす」

「自分の姿が見られんで好都合」

「それは結構！」

夕湖は飯台の上に乗り出して、向かい側に座っていたその遊女をひっぱたいた。「面白くもなんともありんせん」と言って、手拭いをまた元の場所にあてがう。

「私の家では」と、志乃がおもむろに口を開いた。「みなが護身術を学んだものです。弟などは十ですでに刀を持たされておりました。女人も護身術を学びます。万が一に備えて」

「万が一とは」

「昨日の友は今日の敵。お家とり潰しで切腹を申し渡されるかもしれません。ともに茶を飲み、散策をする朋友でさえも殺める術《すべ》を学んでおかねばならぬと父が申しておりました。そのような場合には特別の型《かた》があります」

「なんというんでありんすか、その型とは」夕湖はほれぼれと聞き入っている。

「例えば、雨と雷、僧侶歩き、友の歩み語り」

「志乃も刀をお持ちでありんしたか」

「ええ、小さなものを。ですが」そう言って志乃は大門のほうを指した。「四郎兵衛に取り上げられてしまいました。でも、よいのです。刀など必要ありません。名誉を守るためならば、いかなる物も役に立ちますよ……それこそ、鍋釜でも」

どっと笑い声が上がる。

志乃は髪から真鍮の飾りを抜き取り、顔の前で構えた。「簪でも」

「あれまあ！」

志乃はある娘の顔の前にそれを突き出して見せた。「しっ、あちらへお行き！」それで終わりと思いきや、また別の方向に突き出す。娘たちはあっけに取られて見ていたが、次第に興味を覚えたようだった。

「お粗末さま」志乃は可愛らしい声でそう言うと、簪を髪に戻した。

しかし夕湖の目はまだぎらぎらしている。

「まるで妖術のようでありんす……わっちにも教えてくれんせんか」

これが、事の始まり。腹のくちくなった娘たちはまるで酔っているかのようだった。全員で二階に上がり、それぞれの結い髪から簪を抜く。油の染み込んだ黒髪の束が次々と肩に落ちる。簪は八寸ほどの長さで、先が細く尖っている。位の高い遊女ほどたくさん挿しているものだ。二三は八本持っていた。盛装したときにはそのすべてを髪に飾る。志乃は今六本。朱塗りで、美しいものに目のない志乃が借銭を増やしてまで購入したものだ。

私はそんなもの持っていないので借りるしかなかった。長く細く、重くも丈夫でもないが、とても鋭く尖っていた。

「たよりない武器でありんすね」

「あら、そうでしょうか」と志乃。

志乃が最初に教えたことは、素早く、気づかれぬように簪を抜くことだった。右手で左に刺さったものを、左手で右に刺さったものを抜くという、斜めの動きが骨法《こつぽう》だ。むだな動きは抑え、素早く抜き取り、手首を折って袖に隠す。このとき堂々と顔の前を横切らせるとよい。自惚れた動作のように受け取られるかもしれないが、そこがミソなのだ。

さて、練習。志乃が強く、かつ柔軟な指使いを教える。輪を描くように簪を動かす。小刀のように見えないこともない。

「さあ、踊ってみましょうか」と志乃。両手に一本ずつ持ち、輪を描くように歩き、膝を折って沈み込み、そして後ずさり。「いつも必ず顔の近くで構えるように」

二三は笑っている。

「顔の近く。離してはなりません」

「顔を隠してはいけんせん。腕で顔を縁取るだけでよろしいじゃありんせんか。『顔は見るもの、楽しむもの』と、カナもおっしゃいんしたよ」

「そうですか。されど、守らなければ、傷つきますよ！」

娘たちはめいめい考えをめぐらす。「徒者《いたずらもの》がおタカの鼻を折ったんをお忘れでありんすか」

「それで、まっすぐ元どおりになりんせんで、家に戻されんしたね」

「あの男は、眠っていたと言いんした。寝返りを打ったら鼻に当たってへし折ってしまったと」

「白々しい」と、志乃が静かに言う。

それから志乃は各々に簪の構え方を教えた。手の内側に、ほとんど見えないように指に沿わせる持ち方である。武器を手のひらに滑り込ませ準備をしながら、ゆっくりと輪を描いて歩く方法も教えてくれた。こぶしを握って腕を目の前で十字に交え、防御する方法。片足を後方に折り曲げ、もう片足で立ちながら均衡を保つ、鶴とよばれる構え。

「父が教えてくれました。こんなところで役に立つなんて」と、志乃は悲しそうに言った。

それから前方に腕を突き出し、耳に、あるいは両耳に簪を突き刺す方法。

「このような技、使うことがなければそれでよろしいのです。ただ身を守るため。知っているというだけで、強くなれる気がするものではありりんせんか」

志乃が里詞を使ったので、娘たちは嬉しそうだった。

みなで歩く稽古をする。手で弧を描き、回り、沈み、片膝を伸ばして浮かんではまた沈む。優雅に見えるといいのだけれど。

カナが戻ってきた。

「いったいなんの騒ぎだい」

志乃は動きも息もまったく乱すことなく、たった今教えたまさにその巧みな指さばきで、簪を手のひらへ、袖へと滑り込ませる。

二三は簪を髪に戻し、乱れを直した。

私はゆるんだ帯をとっさに結びなおした。

「母に教わりました舞踊をこの者たちに伝授しておりました。武家の娘が祭りの日に舞う踊りにございます」

カナは武家の作法と聞くといつも大喜びだった。角玉屋の娘たちがそのような舞踊を嗜むとあっては、揚げ代も上がるというもの。「あんたが来てくれて本当に本当によかったよ」と、志乃の肩をポンポンと叩きながら大袈裟に言うと、また階下へ行ってしまった。

公に許しが出たものだから、稽古にもますます気合が入る。ていねいで静かな足さばき、片足をほんの少し前に出し、志乃が見せるとおりに小さな輪を描く。

「七日に三度は稽古しましょう、それで上達します」そう言う志乃は、師を思い出しているのだろうか。

私は虎のようにそっと抜き足差し足、それでいて均衡を崩さないようしっかりと足を地につけて歩く。

部屋じゅうがだんだんと興奮してきた。身を護る、という考えに娘たちは酔ったよう。

志乃は素早い動きで簪を抜きながら背を向け、敵にその麗しいうなじを見せる。その隙に文字どおり目の前に武器が向けられるなどとは露知らず、敵はその優雅さに見とれるのである。

「着物のひだに隠す方法を稽古なさい。先端は中指に沿わせておくのです。それができたら、先端がすっと指先に顔を出すよう滑らせる方法を伝授しましょう」そう言って、志乃はその致命的な三寸を覗かせる。

それができるようになると、胸の前で手を輪のように動かす練習。袖口が手首からずれ落ちる。踊りのように見えるが、実は防御の構えである。堅い腕が胸を守り、簪の先端は相手の眼窩を一突きする準備が整う、という寸法。

「これは効くでありんしょう」と、納得した様子の夕湖。

志乃は悲しげな誇りを顔に浮かべて、私たちを見ていた。

「幼少の時分、私はこれに長けていたものです。父は名誉を守り抜くよう申されました。それが、ご自分の名誉を汚すような、このような沙汰に甘んじられる……」

汗ばんだ髪がかたまって、志乃のこめかみに張りついている。笑いが止んだ。

「今日のところはこれまでといたしましょう」

そのあと露台へ出ると、カナが志乃に合図した。

「娘たちに武家の作法を教えてくれて、ありがとうよ」

「お望みとあらばまた教えて進ぜましょう」と、志乃はこの上なくしおらしい声で言う。

帰り際にはカナが若手の娘たちに「志乃みたいに優雅な動きを覚えたら、きっと客ものぼせ上がって、年季もさっさと明けるってもんよ」と言うのが聞こえた。

9　別れ

それは新年、揚屋での出版祝いでのことだった。壁には赤や黄の垂幕が掛かり、新刊本の名が黒文字ででかでかと書かれていた。本問屋、絵師、版元、遊女に客――立ち込める煙のなか、ありとあらゆる文人墨客がそこにいた。瀟洒な遊廓の楼主たちは後方に陣取っている。あの大男の座頭もいて、聴衆のなか、頭ひとつぽっこりと出ている。遊女たちは飲み物をねだりながら、あっちの話からこっちの話へと渡り歩き、私はその人波を押し分けへし分け、胸と腰の波に溺れながらも父の元へと進む。

「あの男がワラ人形ざんす、そのうち喉をかっ切られるでござんすよ」

「それで、お幾らでありんすか。じらさないで――」

急ごしらえの舞台では歌麿が大首絵を見せている。有名な美女だが、定信の新しい御触により名前を明かすことはできない。そこで歌麿はうまいことを考えた。女の父親は煎餅問屋だったので、月のように白い、悲しげな瓜実顔の横に「名物おせんべい」と書かれた袋を描き込んだ。

「どの女にもその性《さが》っつうもんがある。輪郭と目鼻のつき具合を見れば一目瞭然だ。こいつは尻軽、こいつは気のいい手合いだ」歌麿は壁に掛かった絵を指す。「さてこれらの絵、新しい御触によると『露骨に過ぎる』っつうこった。なんだいそりゃ。幕府が芸の審判でもしようってのかい。何が露骨だってんだ」

「せいぜい気ぃつけろ、歌麿よっ」見物人が野次を飛ばす。

「大頭が露骨ってのは、お追従ってことにしておくぜ」歌麿は親指を突き立ててこぶしを握ると、それを胸元に叩きつけた。

そこへ後ろのほうからひげ面の男が一言。「この女は名家の出と申すのか」

回し者はどこの会所にも現れるもの。

「おう」と歌麿。

「いいや、違う。この女は忌わしい。まやかしだ。遊女であろうがあるまいが、生ける屍。美人画は色に溺れ死にゆく男を諭す場合にのみ許されるべきもの」

「どうせみんな死ぬんだぜ！」と歌麿が叫ぶ。「それが哀れというもんよ。俺の絵はなあ――」

が、ひげの男はしまいまで聞かずに行ってしまった。


父のところにたどりついた。揚屋の遣手、江多香が、その犬顔を突き出す。「飲みと悪ふざけの晩だってのに小娘連れて来たのかい、この恥知らずが！」と、北斎に言う。

北斎に恥などあるはずもない。「俺は立派なお父っつぁんよ、文句あっか」と言ってにやつくばかり。そしてまたどこかへ消えてしまった。

そのかわり、父の仲間がここにいる。狂歌連の一人、「式亭正鋪」を営みながら芝居を書いている三馬だ。腰を屈めて私の顔を覗き込む。

「よっ、小せえの」

返事のかわりにちらっと見て、それからまたあらぬ方角を見やる。お父っつぁんはどこに行ったのだろう。みなの笑い声が聞こえる。北斎はいつの間にか壇に上がって、悪ふざけをしている。

「大丈夫かなあ」と私。

「やりすぎなきゃ大丈夫よ」と三馬。

私は不平を漏らすが、三馬は涼しい顔。そんな場合じゃないのに。

もっとよく見えるよう、三馬が私を前へ押しやる。

父は『竈将軍勘略巻』という新しい黄表紙を見せびらかしていた。挿絵も文章も北斎の作だ。

「遠い西国に百万石の殿様がおりました。名は錯乱殿下、愉快なことが大好きで……」

ここで北斎はご覧くだされとでも言わんばかりに、体に斜めに巻きつく川のような流れで腕を振った。後ろを向いてしまったので今は横顔しか見えない。父が目の前の紙にさらさらと描く曲線は、腰の下の情けない出っ張り、広く平らな胸、そして堅苦しくて退屈な顔。

それが誰だかすぐに分かった。たそがれの少将、私たちが墨堤に座っていたときに家来を引き連れて通りかかった、あの太っちょ定信だ。部屋は静まりかえる。人々は互いにそろそろと身を離す。再び現れたひげの男は異様な好奇心を見せている。

「男は酒が好きでして」読み続ける北斎。「それから、狩りも釣りもお気に召しません。お好みは、重石をくくりつけた男を泳がせたり、氷の上を素足で走らせたりすることで」

部屋じゅうに緊張が走る。

「北斎、もうやめとけ」と三馬。それなのに父はますます調子づく。

小心者の湧がおずおずと舞台に近づき、父の腕をつかむ。それを振り払って読み続ける父。

「錯乱殿下は側近に、夏には厚着を、冬には薄着をさせまする」そして声を荒げる。「金銀財宝、まるで湯水のように……」

湧はきょろきょろと助けを求める。どうやら座頭に目をつけたようだ。座頭は立ち上がりゆっくりと進むと、父の首根っこをつかんだ。父はまだ読み続ける。

子供の悪戯《いたずら》もたまには役に立つもんだ。私は精いっぱい志乃を真似て、「北斎どの！」と声を張り上げてみた。「しまいまで読んでしまっては、面白くありませんよ」

北斎は私を睨みつけた。上手く騙せたと思ったのだけれど――でもその一瞬の隙に、座頭が父をつまみ出してしまった。

湧が聴衆に語りかける。「あいすんません、北斎はこれ以上読めません。頓珍漢ばかり申すものでして……」

父は消えてしまった。私は外に座って、脚をぶらぶらさせながら月を眺めていた。

三馬が背後にやって来た。

「もう遅えよ、疲れてないのかい」

「うん」

「誰か家に連れ帰ってくれないのかい」

「志乃がいれば」

「志乃だって？　で、どこへ連れてってくれるんだい」

「角玉屋」

三馬は口笛を吹く。「十歳にしちゃ粋なもんだな」

「もう十二だよ」怒ったように言ってみたけれど、内心嬉しかった。粋だなんて言われたのは初めてだ。

「寺子屋へは行ってんのか」

「姉ちゃんたちは行ってるよ。でも私は――」恥ずかしくてうつむいた。

「一緒に行かねえのか」

「文字ならもういっぱい知ってるよ。志乃も教えてくれる」

「こりゃたまげた」三馬はそう言って私を見つめる。

三馬が興味を持つのもうなずけた。見た目は子供、ちっちゃくて、出るとこもまだ出ちゃいない。それでも妙に年寄りくさいところもあった。

「で、志乃が来れねえとしたらどうする」

「来るよ」もう丑の刻の頃だ。「客がいなかったらの話だけど」

「そりゃあり得るね」三馬はニヤリと笑う。

私は三馬を睨みつけてやった。こんな冗談にゃ飽き飽きだ。そうよ、志乃は働いている。笑いごっちゃないんだよ。

三馬は言ったことを後悔しているようだった。

「お父っつぁんが来るまで一緒にいてやろうか」

「いいよ、別に」私はむすっとして立ち上がり、揚屋へ戻った。

部屋の後方では絵師たちが父の話をしている。

「いったい北斎のやつぁ何考えてんだい」

「いつもはそんなに大胆じゃないんだがね」

「所詮は二番煎じよ、歌麿の」

「なんでも、誰でもだ」

「勘がいいんだな」

「勘だけだ。そんなこたあみな知っている」

「幕府以外はな。幕府は気づいちゃいねえ」

「それだよ、気づいてもらいてえんだよ」

「時間の問題だな。しかもいいこっちゃねえ。見てな。異人に絵を売ったツケがまわってくるさ」

「いったいどうやってやりのけたんだ、そんなこと。まあいいさ、そのうち捕まるってもんよ」

私はまた外に出た。並ぶ提灯が揚屋の外壁に落とす、光の楕円と楕円のあいだの闇に身を隠した。消えてしまいたかった。

最初、角玉屋にやって来て志乃に魚をやった座頭のことを考えた。いつも毛嫌いしていたけれど、父を救ってくれたのはあの男だ。

なぜあんなことをしたのだろう。目が見えないんだから北斎の絵が好きってことはないだろう。きっと志乃のために違いない。ってことは、父が志乃のいい人だってことを知っているってことだ。いい人って、なんだろう。何を知っているのだろう。私のことも、知っているのか。

あの気味の悪い男を動かした理由はただ一つ、情愛、に違いない。恋敵を救うほどの情愛?

私には情愛というものが分からなかった。母には私にかまける時間などなく、知っている大人といえば遊女と絵師だけだった。浮世じゃ何もかもがあべこべだ。努めに追われる毎日、情愛とは銭の入ったときに買うもの。それでいて、そうじゃない暮らしを願っている。志乃は不憫だが、望みを持っていた。きっと年季も明けるだろう。しかしほかの者はもう諦めて、その日その日をただやり過ごしているかのように見えた。

男で、一応自由の身である北斎だって、実質は囚われ人のようなものだった。父はあの、か細くて首のひょろ長い、鼻が高くて悲しげな顔の娘に惚れていた。私だってそうだ。でもその娘を得ることはない。

女房持ちだからじゃない。銭がないからだ。ときには銭も入ったが、またすぐ羽が生えたように飛んでっちまう。どうしてなのかは分からない。北斎は諦めてしまったのだろうか。無頓着を装うのはそのためなのか。志乃もそれで構わないのか。もしかしたら……ああ、ちきしょう、もしかしたら、北斎は座頭の恋敵でもなんでもないのかもしれない。ただ哀れんでやっただけだ。きっとあの男には、志乃がいつも私に足りないって言う、情けってもんがたっぷりあるんだろうよ。

父は浮世の恋のしきたりとやらをいつも守っていたわけではないと思う。せっかちなのだ。

そして、せっかちは危険だ。

次の闇を求めて、光の海を通り過ぎながら揚屋から遠ざかった。父は決まり事を受けつけない。いつか自分を曲げるのに疲れ果て、怒り狂ってすべての決まり事を破るかもしれない。もしかしたら、今日がそうだったのかも。

寒い。年が明けたなら春が来てもいいのに、松葉に積もる雪と足元で光る氷ときた。廓と廓のあいだの真っ暗な路地の向こうに、お堀の水面がきらめくのが見える。ほとんど漆黒の蒼い水。提灯の明かりはそこまで届かない。その上には三日月。ずっとそちらを見つめていると、そこに父がいるではないか。木の股に腰掛けている。

もはやいじめに耐えられなくなった小僧のように小さく見える。暗闇を、何者にも煩わされることのない静寂の地を、切望しているように見えた。そちらに行きかけて、立ち止まる。三馬がそこに立っていたのだ。

「北斎はいったい何やってんだい」

「拝んでるんだよ」と私。

「月を？」

「違うよ、北辰星をだよ。妙見様だよ。物書きの守り神。筆の神。北斗七星のほうだよ。あそこ」と、私はささやいて指差す。ああ、なんだ、三馬も知っている。からかわれただけだ。

「おまえのお父っつぁんが信心深い男たァ知らなかったな」

「ああ、そうさ。生まれの柳島のお寺にだってよく行くよ」

三馬がそんなことも知らないのが面白かった。

提灯の列から離れると、星はいっそう明るく見えた。空に煙が漂っている。それが強く瞬く星を覆った。そしてまた空が晴れると、潮と波の上に現れたような星は、夜空を切る優美な光の一筆のようだった。

三馬が私の手をとる。「そっとしておこうや。いい隠れ場所だ」

でも、私は抑えられない。「お父っつぁん！　親父さんよう！」

「おお、おめえか。おーい」驚きもせず、私を置き去りにしたことを悪びれる様子も見せず、振り向きもせずに、答える。「こっち来て見てみな」

私は三馬の手を離した。「ありがと。もう行っていいよ」

木に登って父の傍らに潜り込む。そのまま夜空を眺め続けた。


私は意地の悪い子供だったが、それは周りにいた大人たちのせいだ。だけど陰気ではなかった。ただ幽霊にめっぽう夢中になっていただけだ。人が死と戯れるのを見ては興奮する。心持ちは高く、そう簡単には人になつかない子供。

しかしあの新年の夜だけは、私も慎重だった。

気を紛らわそうと、何かきれいなものはないか見回した。でも、何もなかった。大通りの桜の花もだめだ。花の時期に植えられるだけで、あとは抜き取られてしまうのだから。根を下ろせない木のことを思うと本当に胸が痛んだ。山吹の花だって、急《せ》かされて咲くだけ。細い茎はすぐに萎れて枯れてしまう。

志乃の面長で好奇心旺盛な顔と篠笛のような声を思ってみたが、それもだめ。今となっては、志乃の顔で思い出すのは、丑の刻にろうそく片手にむっくりと布団から起き上がり、目にはくま、着物は前がはだけて洗濯板のようなあばらが丸見えの、あの姿。

「着物をお直しよ、寒そうだよ」と、私はよくささやいたものだ。

志乃は驚いて顎を引き、鋭い簪の突き出た大きな髪が片側に寄る。足首の辺りに紅い腰巻が見える。もし哀れんだなら、怒るだろう。

「哀れみなどいりません」と、志乃はたしなめる。

父は私に恐れるなと言い、志乃は私に哀れむなと言う。じゃあ、何を感じればいいのか。怒りだろうか。怒ることはあっても、根に持つことはできなかった。何も感じない私はなんなのだろう。幽霊か。

この考えはあまりに強烈で、いったん忘れようとした。実際に木から転げ落ちそうになる。でもやっぱり、面白い。もう一度考えてみる。

たぶん私は本当に幽霊なのだろう。いつからだろう。ほかにもいるだろうか。お父っつぁんはどうだろう。たしかに父は、今夜は怒りを見せたけれど、過ぎてしまえばあとは悲しむだけ。実際には美しくないものを美しく仕立てるためなのか。しかもあんなに見事に！　心の琴線に触れる美、喉の奥深く、言葉を置き去りにし、さらにその向こう、涙へと繋がる琴線を。美が父を支配する。それは血となり肉となる。美のためなら自分自身を含めた誰をも拒絶するだろう。

とうに分かっていたことだ。父の腕のなかで育ったのだから。芸と創造への欲求は親子の情よりも強い。それでも芸の神が勝つのを見るたび、思い知らされるのだった。しかも、痛烈に。

妙見は父の師、その師が父に、誰もが食べるときに食べるなと言う。誰もが寝るときに寝るなと言う。

求められる時には描くなと言う。心の欲するものを描けばよいのだ。銭や便宜のために創造する必要はない。師の踊りを踊ればよいのだ。

それなのに、その笑いと狂乱の真っ只中で、父は悦びを見出すことができないのだ。

私は父に寄りかかりながら眠ってしまった。


足元に三馬が立っている。

「北斎よ、しばらく雲隠れしたほうがいいかもしれねえぜ。歌麿のやつが捕まった」

私の上に置かれた父の腕に緊張が走る。しばらく言葉が出ない。それから下に向かって呼びかける。

「ああそうかい。それでどうしろってんだ。歌麿には気の毒なこったが、雲隠れったってどこに消えりゃいいんだよ。おれは生霊じゃねえんだ、血潮の通ったれっきとした生身の人間よ！」

三馬はほんの少しだけ、とがった笑い声を上げる。

「さあな、自分で考えな。生き延びたけりゃ自ずと見えてくるってもんよ」

そのあと、志乃を訪ねた。早朝、客も引けて娘たちは寝ている頃だ。カナが特別になかに入れてくれた。そして、志乃の部屋で寝た。日中の置屋は静かなものだった。カナは親切だったが、未の刻までには出て行くように言う。

志乃が見送りに出てきた。同時に下駄をつっかける志乃と父。どういうわけか、その光景に私は泣きたくなった。志乃の小さくか細い足、他人の欲望の奴隷の足。そして父の、いぼだらけで乾燥した分厚い足、旅路につく足。急に気分が悪くなり、吐いてしまった。

志乃が私を拭いてくれた。「行きたくないよう」と、ささやいてみる。

廓の薄っぺらな壁に囲まれて、こんなにも落ち着くのはなぜなのか。悲しみが語りかけ、虚栄の美に包まれた遊女たちの悲哀が重なり合う。まるで梅干のようだ。しょっぱさと甘さを味わいながら舐め続ける。口はひりひりするのに、やめられない。

午後も深まり、だんだん人出も増えてきた。

「湧の店へお行きなさい。驚かれるでしょうが、きっと入れてくれるでしょう。通りが人でいっぱいになるまで、そこにいなさい。北斎どのは夜明けまでに必ず江戸を出るように」と、志乃が私に言う。

「私は?」

「そうね、あなたも。お父上と一緒にしばらくお隠れなさい」

父はめずらしく静かだった。よろめいて、片手で私を、もう片方で志乃をつかむ。

そして、さようなら。


湧の店の奥で眠り、明け方に起きた。嘔吐、酔いどれの鼻歌、深夜の哀願はもうほとんど聞こえなくなった。人足たちが起き出す時刻だ。し尿の清掃人が表に現れ、私の友である猫たちは遊廓の厨の外に投げ捨てられた魚の骨をめぐって争っているが、それを除けば通りは静かだった。湧は狂歌連が集めた銭を少し持っていた。

「牢屋敷の歌麿んとこに持ってくよ」と父。

「気でも狂ったんですかい。あんたのことも探してるんですぜ」

「いいや、牢屋敷は大丈夫だ。まさか俺がうろちょろしていようとは夢にも思わねえだろ」

湧と父は肩を組んで笑った。それから私と父は通りを戻った。ほろ酔いの侍が顔隠しに使った編笠を茶屋に返す。その後ろに子供がついていく。男が店から受け取った釣り銭を、たいした額じゃないから置いていけと説得するのがこの子の役目だ。笠屋はそれをその子供と分け、子供はそれを遊女と分け、遊女はそれを遣手と茶屋に渡す。そんな世の仕組み、銭とその他もろもろの流れを理解していることが、私は嬉しかった。大門で四郎兵衛が男に刀を返す。そしてもはや何も顔を覆うものを持たない侍は、そそくさと橋を越えて行ってしまう。箒を持った浅黒い肌の男たちがあとに続き、丸木橋の傾斜の向こうに消えてしまった。その箒の残した、濡れた筋を、私たちも追っていく。

人というのは蛇のようなもんだ。骨がない。地表を音もなく滑り、鱗が草むらでこすれる。脱皮しては再生する。何度も、何度も。この脱皮のせいで脈絡がなくなる。子供だと思ったら皺くちゃの老婆になり、そしてまた子供になって、また古ぼけ、また再生する。年老い、若返り、あっちに行きこっちに行き、正反対のほうに走りながら同時に二つの道を行くことができる。蛇は止まっているように見えるかもしれないが、動いている。すべての部位が等しく、すべての部位が現《うつつ》にある。人生は単調でつまらなく思われるかもしれない。しかし、子供時代のほんの二、三か月、ほんの二、三日が刷り込まれ、あらゆる事、あらゆる時が、新しい皮に現れ、古い皮に残る。永遠に。

世の中や時の流れというのはときおり、来る変化にそなえておとなしくしているものだ。嵐の前の静けさ、それが今の私たち。それは私の子供時代の終わりの始まりだった。夜明けが私たちを待つ。私は振り返る。父は振り返らない。

第2部

10　海へ

　志乃に別れを告げてからしばらくというもの、父と私は江戸の東端に向かってただ黙々と歩き続けた。途中、日本橋の牢屋敷を通る。堀と厚い壁に囲まれていて、壁の上には鉄の鋲が内向きに打ち込まれていた。囚人の身内や知己の者が門の前に列をなし、握り飯と茶を売る屋台が出ている。まるで芝居でもあるみたいだ。

「すげえ人だかりだな。見てみろ、どいつもこいつもなかに入ろうと躍起になってやがる」と北斎。

　壁の向こうから虚勢を張った叫びが聞こえてくる。歌舞伎小屋の外に響く武者役の雄叫びのようだ。それがまっとうな態度というものだった。くぐもった音がする。殴りつけられているのだ。それでも、悲鳴を上げる者などいない。連れ去られるときに恐れをなしてわめく者もない。そういうものなのだ。

　私たちも列に並んで、歌麿への面会を申し込んだ。怖がるのは父から禁じられていたけれど、恐怖を感じずにはいられなかった。父もこれといって肝の据わったほうではなかったけれど、怒りは父の活力となる。志乃や三馬の見当は外れ、父の言ったとおり、ここで北斎を探している者など誰もいなかった。幕府は父になんか興味がないのだ。少なくとも、今のところは。なにせ、一番有名なのを手に入れたのだから。

　大牢の高窓越しに歌麿と話すことができた。みなが集めた例の銭を持ってきたのだ。

「おい、そこにいんのか」と父。「どんな塩梅《あんばい》だ」

「どんな塩梅だ、だと」と、怒った声が聞こえてくる。「冷てえし臭えし空気は悪りぃし、いいこたねえよ。科人《とがにん》ばっかしだ」

「それが牢ってもんだろ」

「こんなことになるたぁな。糞するにも、糞の山から離れるにも、なんでもかんでも銭払わなきゃなんねえんだぜ」

「そこのほら、あいつよ、小銭やっといたぜ、おまえの名で」

　歌麿が何やらぶつくさ言っている。

「そのうち出られるさ」

　しかし歌麿は「屁以外に牢から抜け出せるもんなんて、涙だけよ」と言う。

　私たちは笑ってうなずいたが、もちろん壁の向こうの歌麿には見えない。茶化すこと、それもこんな状況ではまっとうな行いだ。

「ものの憐れのかけらもありゃしねえ、こんなとこ」と歌麿。

「ああ、そうだな、つまんねえな」と父。このとき父は同情していたと思うのだが、それも隠さねばならない感情の一つだった。憐憫の情は、相手の誇りを傷つける。私は自分の同情心を押さえ込んだ。それにしても、壁の向こうから肥溜を越えて陽気に聞こえてくる歌麿の声を聞くのは妙なものだった。

「情けなんざかけてくれるな。気楽なもんさ、何も考えなくていい」

「すぐに出られるって話だ。ちょっとした見せしめさ。みんなそう言ってるぜ」

「そんなこたぁ分かってるさ。俺様が一番だからな」

「そのとおり」と父。「おめえが一番だ」

「俺をやればほかの絵師の目につくからな。これを済ませば箔がつくってもんよ」


私たちは歩き続けた。父が私の手を取る。

「こっから出て行くんだ。海に行くんだぜ」

町外れの刑場にたどり着いた。死のにおいが漂う。磔《はりつけ》にされたぼろぼろの死体はもはや人の体《てい》をなしていない。犬たちがその一つを引きずり下ろし、肉を争って吠え合う。土に埋もれた頭もいくつかあるが、カラスがたかっていてよく見えない。卑しいとされている者たちが串刺しの頭を運び入れている。骸《むくろ》はまだまだやって来る。

「頭の漬物ってか」と父。「死んだあとも辱めを受けるってことだ、分かるか。幕府は最初に仏を塩漬けにすんのよ。そうすりゃ俺たち下々のもんは、仏がここで腐っていくさまを拝めるって寸法よ」父はこういった知識を私に教えるのが大好きだった。「おっと、でもおめえは見なくていいぜ」

「そんだけしゃべり続けたら見るに決まってんじゃないか！」

梅干なら知っている。でも、頭の漬物？　甘酸っぱくなるのかな。きっとシワシワだろうな。

江戸の町が背後に遠のいてゆくにつれ、富士のまばゆいばかりに白い峰が目前に広がっていった。これは東海道、京へ向かう道だ。和泉屋市兵衛の本屋の前を通りかかった。蘭学者の集う店だ。店主と知り合いだった父は、なかに入る。茶が出たので、少し休む。それから売り物の本を見てみると、五街道沿いの名所旧跡を載せた道中細見や絵がたくさんあった。

「誰がこいつを買うんだい」と父。

「参詣の者たちですよ。今じゃ猫も杓子も参詣者です。二人連れに団体、季節によっちゃあ講《こう》という組合の者も来ますよ。お伊勢さんや富士へ物見遊山です。それであたしの店もこっちに越してきたってわけですよ」

「信心の垂れ流しってか」と呟く父。それから、伊勢の夫婦岩の絵の載った旅案内を手に取る。二つの岩は縄で繋がれている。ほかには、田んぼや草に覆われた沼地や開けた丘陵の版画。伊勢道中の絵では、快適そうな宿の前で二人の美しい女がたたずんでいる。

　本屋が笑いだす。

「行きはよい。おそらくね。でも帰りですよ、問題は。あの連中ときたら、酒狂いに色狂い、考え得るかぎりの悪事を働く。いったいなんのためのお参りなんだか」男は首を振った。「うちの女房も行きたいってんですがね、『馬鹿も休み休み言え、行かせるわきゃねえだろう』って言ってやりました。あんなもん見てきたあとじゃあねぇ。連中は旅に出たいだけ、行き先なんざどこだっていいんです」

　父は次々と本を手に取る。

「名の知れた場所か」と、ゆっくりと呟く。「これかい、やつらが今見たがってんのは。名の知れた顔じゃねえんだ」そう言う父の顔には私のよく知るあの、名案が閃いたときの表情が浮かんでいる。

　それから本屋に向かって言う。「俺たちも出てくとこだ。浦賀に行くんだ」

「でも娘さんは連れて行けませんぜ、ご存知でしょうが」

「なんでだい」

「出女《でおんな》はご法度《はっと》でしょうが」

「女ってったって、まだガキじゃねえか」

「おなごです」

父が私を見る。考えてもみなかったことだ。家に帰されるのではないかと思い、心配になる。

「そりゃあそうだが、でも俺の助っ人だ」

「どうしても行かなきゃならないんですかい」と本屋。「何か重大なことでも」

「なんとも言えねえなあ。俺の新刊本、錯乱殿下の話読んだかい」

本屋は黙り込んでしまった。それから私たちを裏口に案内し、中庭を抜けて自分の家に連れていった。そこの茶室で待つよう言う。しばらくすると、男の子の着物とはさみを手に戻ってきた。

父と本屋が私の髪を下ろし、耳と眉の上でざく切りにするあいだ、私は叫びまくった。頭のてっぺんから針金がつんつんと出ているみたいだ。でも、汚くて息苦しい自分の着物を脱ぎ捨てるのは悪い気はしなかった。男物の雪袴は膝周りがゆったりとしていて、先細りになっていた。上部は腿まで垂れるので、紐で結わいた。それに合う袢纏も持っている。自分では見えないけれど、父と本屋は笑い転げている。

「こりゃあいいや、分かりっこねえ」

そしてそのとおり、誰にも気づかれなかった。町の境の番所では誰もが止まらなければならない。父が手形を見せる。やぐらから番人が見下ろす。

「出るのはいかなる所以《ゆえん》か」

「浦賀の義母を訪ねるのでございます」

「して、その者は」

私たちはやぐらの下の泥道にたたずんでいたのだが、父は私のほうに顎を突き出して「倅です」と言った。「見習いをしているんで」

「よし、行け」

さらに進む。私は興味津々だった。冷たい空気が頭皮から染み込んでくるようだ。何か忘れてきたみたいに軽い。私の女物の着物は本屋に置いてきた。

「いつ返してもらえるかな」

とくに愛着があったわけではないが、妙ななりの男の子だとみなに思われている気がしたのだ。

「帰るときにまた立ち寄ればいいさ」

腰から小さな銅鑼《どら》をいくつも下げた芸人の前を通りかかった。道端の草むらに筵《むしろ》を広げて、その上で踊っている。回転すると、飾り房の先端の硬い結び目が銅鑼を鳴らすのだった。手は持っている皮太鼓を激しく叩く。その顔は踊っているあいだじゅう、筵の前に座った三人の聴衆に向けられている。

私も父の手を引っぱって覗きに行った。北斎はその男をさっと描きとった。しかし、筵の上の器には何も入れない。

「小銭でもやろうよ」

「そりゃ無礼ってもんだ」

だが、男の唇は嬉しそうにめくれ上がる。

「欲しいんだよ、ほら」

「欲しかろうが、それを受け取ったら品位を落とすってもんよ」

それで、先を急ぐことにした。もう疲れたし、暗くなってきた。突然何もかもが馬鹿らしく思えてきた。

「江戸から逃げ出したの」

「そんなこたぁねえ」と父。「やめただけだ。町のやつらにゃウンザリだ。どいつもこいつも銭のことばっかり考えやがって」

「お父っつぁんに借銭があるからかい」

父はこれを侮辱と受け取ったようだ。

「偉そうな口きくんじゃねえ、ガキのくせに何が分かる」

「志乃も借銭ってのがあるんだってよ」

「俺の絵にはたいした値がつくんだぜ。人気があるからな。オランダのやつらにも売った。借銭のせいじゃねえ」

私は引かない。「志乃は稼ぎを仲居とか酒とか遣手とかに払わなきゃなんないんだってさ」

髪結だけは、志乃のあのどこまでも長い漆黒の髪に惚れ込んでいたのでお代を受け取らなかったが、ここではあえて触れなかった。

「あの大っ嫌いな化粧だって自分で払わなきゃなんないんだろ。ほかの遊女や茶屋とも分け合わなきゃなんない。毎月実家にも少し送ってるし、志乃を奉行所に連れてった張本人の旦那にだって送ってんだよ。だから志乃は借銭があるんだ」

「あの大馬鹿野郎は小銭が欲しいんだよ。今じゃ売れっ子だからな、志乃は」父は怒りをまき散らしながら私の前をずんずんとがに股で歩いていく。「そんな馬鹿な話があるかってんだ。自分で売りやがったくせによ」

私たちはさらに先へ行く。

「いいか、そこなんだよ。人はなんでも売り飛ばす。大切なもんでもな。自分の稼業だって売りやがる。こさえた銭は次んとこに持ってく。そうやって手から手と渡り歩くうちに銭はどんどん汚くなっていく。ええい、忌まわしい」と父。「誰かが俺の絵を褒める。そんで、その汚い銭で買い取る。うんざりだね」

そして、目の前に広がる道に向かって、「だからもうどうでもいいんでいッ」と叫ぶ。

小さな荷馬を連れてのろのろと歩む男を追い越した。男はわめきちらす父に驚いて、私を気の毒そうに見る。

「どうでもいいってどういうことさ。銭は要るに決まってんだろ。銭がなかったら借銭背負っちまうじゃないか」と私。

「銭なんかにごていねいに注意を払ってやれるかってんだよ。そんなもん、名前も知らねえ。薄汚れたもんだ」

それは嘘だ。銅銭の名前は知っているはず。でも、憎しみの念は本物だ。父の気難しい面の一つだ。誰だって銭が好きに決まっている。茶汲み女や屑拾いは溝に落ちている銅銭だって拾う。遊女だって、茶道具の下にたたみ込まれた羽書《はがき》〔紙幣〕など気にも留めぬふりをしているが、人目がなくなったとたん、広げて額面を勘定し始める。

銭が江戸を去る理由なんかじゃない。

私は走って父に追いついた。「幕府から身を隠さなきゃなんないのかい」

「隠すだって？　俺がか？」馬鹿にしたように鼻を鳴らす。「馬鹿も休み休み言え」

私は黙り込んだ。父を怒らせてしまった。早足で歩く父。でも、追い抜いた。

思いのままに動ける、というのは意外な新発見だった。

江戸の町なかではそこかしこで足止めを食らう。人の輪をよけ、混んだ橋を渡る。私たちの住んでいる一画には見張りつきの蔵があって入れなかったし、下町は木戸で区画ごとに分けられていた。どこへ行っても障害物。よけて、すり抜けて。

今、目の前に広がるのは果てしない空間。

風を感じる。

薪の束を背負った女、馬の両脇にびくを吊り下げた漁師、白装束の参詣者を追い越す。男の子の袴で駆けるのは楽しかった。頭の後ろにもう一つ顔があって、それで北斎に向かってでかでかと憎たらしい顔をするところを想像してみる。眉——後ろの顔のほうの眉——を寄せて、口を四角く広げ、その真ん中から舌を垂らす。寄り目をして、瞳は鼻を見下ろす。私は北斎の敵役。父が旅人たちをすかして前にいる私を見たら、私はこのお面で睨み返してやるんだ。へっ！

でも振り返ると、私の企みなどどこ吹く風、父は遠くをぼんやりと眺めているだけだった。恥ずかしくなったので、何か恐ろしいことを考えてみた。これは私の癖だった。父の話を思い返してみた。まず、塩漬けの頭。それから、私を売り飛ばすという話。

立ち止まって父が来るのを待った。

「お父っつぁん、私を売り飛ばすの」

父は顎を落として息を漏らし、あのお得意の、人を小馬鹿にしたような音を立てた。しゃーっとかひゃーっとかいうような、まるで錆ついた煙管《きせる》から抜け出たような音だ。

「おめえなんざ、買い手がつかねえよ」

私ってそんなに醜いのかい。そんなに役立たずなの？　さっき見習いだって自分で言ったくせに。また駆け出して、松の木立に身を隠した。父を見つめる。道をあちこち斜めに飛びまわり、立ち止まって空気を嗅ぎ、独り言を言ったり、そこにいない私に向かって話しかけたりしている。いや、もしかしたら誰に語りかけているわけでもないのかもしれない。父はしゃべり続けるのに理由などいらなかった。本当にいかれているみたいだ。今ここで逃げ出せば、父と一緒に行かなくても済む。そうなればいいのにと願ってもみた。ついに父の声が私の隠れ場所まで届く。

「海に着いたらなあ、広く見渡すんだ」その声に怒りは微塵も感じられない。「きっと気持ちいいぞ」

その朗らかな声に負けた。離れられるわけがない。そのまま隠れていたら捨てられたかもしれないが、そんな結末をわざわざ待ってみる気にはなれなかった。父のそばにぽんと飛び出して姿を現す。


分かれ道に来る頃には夜になっていた。

「今から行くその浦賀ってとこには銭があるの」と、私はたずねた。

父は私を睨みつける。

「銭から逃れるために江戸を出るって言ったじゃねえか。同じような所におまえを連れてくと思うか。そんなもんはねえよ」

「じゃあどうやって食ってくのさ」

「絵と交換に宿を探すさ。食い物は自分で取ってくんのよ。おめえの母親の親戚も訪ねるさ」

重い足取りで先を進む。

「将軍の追手も漁師小屋までは来やしめえ」と、大口を叩く父。

ほら、やっぱり逃げてるんじゃないか。志乃の言ったとおりだ。でも、正直に認めたくない気持ちも分かる。

「とにかく、吉原にはもう飽き飽きだ。どいつもこいつも描いてやがる。俺はもっとほかの名所を見てみたい」

次の宿場が近づいてきた。仏の掛軸を描くことで、賄いつきの旅籠に泊めてもらえることになった。さっぱりときれいな筵の床につく。

11　紅毛人

翌日もまた同じように果てしない道を行く。荷馬に乗っていく人たちを恨めしそうに眺めたものだが、言い出せはしなかった。裕福な商人を乗せた駕籠が後ろからやって来たので道を譲る。駕籠かきたちの目と腕は膨れ上がっている。ずいぶん経ってから道端で休む。父が畑で凧を揚げて走り回っている三人の肥えた百姓の息子たちを描くあいだ、私は草むらでごろごろしていた。

「海はどこなの」

「もうすぐだって言っただろ。においで分からねえのか」

鼻でくんくんと嗅いでみる。本当だ、空気が違う。なんだかしょっぱい。

「きっと気に入るぜ。海ってのはな、寝たり覚めたりする大きな野獣みてえなもんだ。吠えて、うなって、誰の言うことも聞きゃあしねえんだ」

「版元はどうすんのさ」

「版元なんてもういらねえよ。摺物を自分で売るさ。羽振りのいいお内儀方には笑い絵を何巻も描いてやるよ」

その先の茶屋では、横の工房で男とその家族が根付を彫っており、北斎はその様子も描いた。私は根付を手に取ってみる。丸々とした仏様、狐、眠り猫、火鉢。一つ欲しくなった。その気になれば、そのまま握り締めて隠してしまうこともできただろう。そしてあとで自分の着物を返してもらったら袖に隠せばよい。貴重品はすべて袂《たもと》に隠すのが習わしだった。用心のためじゃない。贅沢はご法度だったからだ。私たちに許された贅沢とは目に見えぬもの、たとえば、商人の袷《あわせ》の裏地に描かれた絵なんかだ。

雲行きが怪しくなってきた。まだ年が明けて三日しか経っていなかった。春だけど、寒い。ああ、雨になりそうだ。次の宿場に着くと、道の両側に黒っぽい建物がびっしりと密集して立ち並んでいる。旅籠に厩舎に、少し先の石段を上がったところには赤い鳥居の小さな神社がある。宿を決めて、火鉢に当たって暖をとろうと思っていた矢先、馬の履く草鞋を編んでいた男が手押し車の用意をし始めた。蕎麦売りが水の入った大鍋を火にかける。百姓たちが、足の不自由な子供や盲目の老人、身重の妻などを引き連れてやって来る。

「どんな霊験のある神社なの」と、蕎麦屋にたずねてみる。

男は笑った。「神社のご利益目当てじゃないんだよ。オランダ商人の一行が公方様に謁見に行く途中、今夜ここに立ち寄るそうだ。そのなかにお医者様がいるってもんだから」

南蛮人紅毛人のなかでこの国との交易を許されているのはオランダ人だけだった。オランダ人は幕府の言うことを聞いて、キリスト教の聖書を踏みつけることができるからだと北斎が言った。「だから信用するってのもおかしな話だがな」

父の仕事中、長崎屋の高窓から燃えるような髪の鬼たちを見たのを思い出した。戸口から出て大勢の人の前に姿を現したときの大きな話し声も覚えている。たぶん、あの男たちにとっても銭は神様なのだろう。

その二年ほど前、オランダ商人がうちに訪ねてきたことがあった。北斎に、日本の男女それぞれの生涯に起こるさまざまな出来事を描いた一対の巻物を注文したのだ。提示された額は百五十両。それから、自分の上役である商館長《カピタン》ヘンミーも、同じ物を、同じ額で求めていると言った。あと十日しか江戸にいないので、それまでに仕上げるようとの言いつけだ。

そりゃあもうたいへんな額だ。画工房では職人たちが躍り上がらんばかり。相変わらず文無しの私たちを、あの紅毛人たちが救ってくれるかもしれないのだから。でも、ぼやぼやしてはいられない。全員で取り組まなくては。

顔料を水に溶いて絵具を作るのは姉たちの役目。下っ端の私は筆を洗ったりお使いに走ったり。父は異人が好みそうな冠婚葬祭の様子を描く。弟子たちは用紙の脇に並び、言われたとおりに色づけする。

それでも大仕事にはかわりない。四六時中誰かが手を入れなければならないので、ほとんど寝ずの番だった。北斎としては質を下げるわけにはいかない。そしてとうとう「こりゃ、十日じゃ無理だ。紅毛《オランダ》人たちに言ってやらなきゃなんねえな」と言った。

使いに出されたのは私。お日様みたいな色の縮れ毛のヘンミーは私の上にかがみ込んで、これ以上江戸にいるわけにはいかないので、巻物はもうよろしい、とまくしたてた。

その悪い知らせを持って工房に駆け戻る。しかし父はうーんと唸っただけで、寺の鐘をこまごまと描き続けた。何事も、注文の反故でさえも、父の仕事を止めることはできないのだ。

ところが幸いなことに、将軍が謁見の日取を延期した。一日また一日と、オランダ人たちは城に呼ばれるのを待つばかり。私たちは全力で巻物を描き続ける。まるで将軍が味方してくれているようだった。異人との取引はご法度だったので、もちろんそんなわけはないのだけれど。

四日後、ついに巻物は完成した。

長崎屋に知らせを届けると、その日のうちに持って来いという。

はじめのオランダ人は巻物をたいそう気に入って、約束どおりのお代を払ってくれた。ところが商館長ヘンミーときたら鼻眼鏡をかけ、巻物を並べて同時にちびちびと広げ、両方を見比べる。

北斎は顔を上げてきょろきょろと見回し、唇で軽い鼻歌のような音を出したと思ったら、屁をこいた。

「本当に同じものなのか。両方ともおまえが描いたのだな」

北斎はそんな問いにわざわざ答えたりしない。

ヘンミーの鼻眼鏡は鼻梁を滑り落ちて胸のところにぶら下がった。

「さては、私のは別人に描かせたな」と、ヘンミー。「あきらかに劣っておる。半額しか払えんね」

こんなひどい侮辱があるだろうか。

北斎は無言で、しかし堂々と、着物の裾を正して咳払いをした。私にとっては馴染みの、あの怒りの音。前に歩み出て、それはそれは慎重に、二組めの絵を巻き始めた。お辞儀もしない。私の手を引いて表に出ると、後ろで大きな木戸がばたんと閉まった。これでまた私たちは江戸のふだんの生活に戻ったってわけだ。

家では母が百五十両を受け取り、もう一方の百五十両を求める。父は母に持って帰った巻物を見せた。

「あの野郎、俺を馬鹿にしやがった」

母が叫び声を上げる。「百姓みたいなりして、何を殿様みたいにッ。何威張ってんだよッ」

「おめえにゃ分からねえよ」

「あの金がいるんだよ。半分はもう使っちまったんだよ」

北斎は肩をすくめるだけ。

「何か言ったらどうだい。この子を見てみな、腹が減ってんだよッ」

母は弟を父の鼻先に突き出した。娘たちは腹が減らないとでも思っているのだろうか。

狭い部屋でやるものだから、喧嘩はまる聞こえ。姉たちと私は部屋の隅に這っていって耳を押さえたが、それでも叫び声が耳をつんざく。

「あのボンクラ長男はどこ行ったんだい。あいつが金こさえりゃいいんだよッ」

「おう、気ぃつけろよ！　子供の悪口言ったら死んだ女房がおめえに取り憑くぜ」

「ああそうかい、時太郎」

母は北斎を本名で呼ぶ。たいした存在じゃないってことを思い知らせるためだ。

「生きてるもんより死んだもんのが大事だってのかい。貞淑な女房より自分がかわいいんだろ。あの百五十両さえありゃ、この家は救われるんだよ」

母の叫びにはもううんざりだった。今度は突然嘆きの嵐、突風のなかの鷹のようにくるくると回っている。それから疲れはてて、くずおれた。

「気は済んだか」と父。「ま、今日のところは大目に見てやらあ」それから、優しい口調でつけ足す。

「おめえには俺が分からねえ。一生分かりっこねえんだよ」

すすり泣く母。

「おめえにとって貧乏ってのは何のことだ。寒さか。ぼろの着物か。徹夜の作業か。俺がガキの頃やったみたいに子供に使いっ走りさせることか。国じゅうに名の知れた絵師なのに米しか食うもんがないってことか」と父。「おめえにとっちゃ災難かもしれねえ。だがなあ、もっとひでぇこともあるもんよ。あのよそ者、紅毛人の野郎は俺をコケにしやがった。俺の仕事にケチつけやがったんだ」

ここまではよかったのだが、ついに怒りが爆発した。腕を振り回して地団太を踏む。

「とにかくなあ、ありゃとんでもねえ野郎だ。悪人だ。ろくでもないにおいが染み出てるぜ」

「牛を食うからだよ」と母。

「あいつらが何食ってるかなんて知ったこっちゃねえ」

「自分たちが何食ってるかも知ったこっちゃないんだろ」母が金切り声で噛みつく。

「誇りってもんが大事だ」

「誇りなんざ食えないね」

「いいや、食えるとも」

父は目をひんむいてあぐらをかき、すすって、げっぷして、腹をさする真似をしてみせる。私は馬鹿笑いせずにはいられなかった。姉たちは父が母をからかうのにうんざりしている。母は嘆き、弟は炉辺に座り込んで今にも消えそうな炎を見つめている。崎十郎はとてもおとなしい子だった。母はいつも弟をまるで小さな米俵のように右腰から左腰へと抱きかえる。何を考えているか誰にも分からないような子だったけど、馬鹿ではなさそうだ。

「そら、女房よ、それがおめえの悪いところだ。おめえは笑わねえ」

「笑うだって?」と、母は大声で言う。「はっ、あたしゃ泣くんだよ」

そこでしばしの休戦。だが飯時になると、父が母に空《から》の茶碗をよこせと言う。それから箸を持ち、目に見えない食事を口に運びながら、私に微笑みかけて目くばせする。そう、私は共犯者。

「あんたの空腹はそのでっかい頭んなかだろうがね、そんな小細工あたしにゃ通用しないよ」と母。「あたしのは腹んなかだからね」

簡単なことだ。よくも悪くも、北斎はまやかしのなかで生きている。母には気の毒だが、父の独壇場だった。悪ふざけの天才なのだ。筆と同じくらい弁も立つ。そう、役者なのだ。寝るときは怪談を聞かせてくれるし、朝は冗談で起こしてくれる。私はそんな父が理解できたけれど、母はできないのだ。母に対して優越感を感じる。父もそうだろう。

その夜父と私は、志乃に会えないかと吉原に繰り出した。

翌日、また喧嘩が始まる。

「火をおこす炭もないから娘たちは凍えてるよ。あの子は……」

母はそう言って弟を指差した。無表情で火を棒でつっついている。確かになんとなく気味の悪い子だった。母も言葉が出ないようだ。

「あんたは売り物の美女を描いてるってのに、その女房ときたらたった一枚の着物しか……」

「ああもう勘弁、勘弁」と父。前の晩は徹夜だった。穏やかに話しながら下絵を覗き込む。

「何が苦難かって、これこそが苦難よ。でも、苦難のほうが屈辱よりましだね」

「なんでだい」と母。「屈辱なんざどうってことないね。そんなものは蚊のように追っ払っちまえばいい。苦難は骨の髄まで染み込んでくる」

「古いね。そりゃ百姓の考えだ。古い古い」父がののしる。「おめえにゃ誇りっつうもんがないのか。誇りってのは気高い心に宿るんだよ。おめえのはどこにある」

それでも、夜になって夫婦の営みを交わすときには父も優しく語りかける。母の体を荷物みたいに前に後ろに転がして着物をほどく。母の後ろにひざまずいて尻を上げさせる。

「こんな格好でやってみろ。絵に描いてやるぜ」と父。「絵がうらやましいんだろ」

「冗談じゃない、笑い絵にしてほしいなんて言ってないよ！」

「俺が教えてやる」

父は笑い、母は叫ぶ。それから、母の甘え声。私は子供だったけれど、女がそういうふうに話すのはもう何度も聞いたことがあった。

「ねえ、旦那さんよ、あの金のこと、後悔してないかい」

ああ、志乃なら絶対にそんなことは言わないね。


ところが驚いたことに、次の日になって、ヘンミーと日本人の付添い人が再び家の戸口に現れた。父は忙しくて対応できないと通詞に伝えるために、私が表へ出された。

「分かりました。ではここでお待ちしましょう」

一日じゅう、二人は戸口のところに座っていた。夜になって通詞の者をなかに入れてやると、男は深々と頭を下げて、北斎の作品を贋作呼ばわりして辱めたことを詫びた。ヘンミーは考え直し、巻物の代金を持参した、と言う。

もちろん、父にそんなものを受け取るつもりなどない。しかし、母の棘のある声を無視するわけにもいかない。だから、「あれがまだあるかどうか、目録を見てこい」と私に言う。

私は隣の部屋に行って長いこと猫と戯れ、それから巻物を持って通詞のところに戻った。これで一件落着。借銭は返して母もしばらくは幸せだ。父が笑えば母も笑う。

その後、長崎へ帰る道中でヘンミーが死んだとの知らせを受けた。

「おおっと。それ見て見ろい。言わんこっちゃねえ！」父は何やらうんうん、ぶつぶつと考え込んでいる。「言っただろ、あいつは性根が腐ってるって。それで身を滅ぼして逝っちまったんだ。食べ合わせが悪かったのかもしれねえ。癪の虫にやられたか。西洋の薬も役に立たなかったのかねえ」

父は祈り、念仏を唱え、それからいつもの漢方を飲んで香を吸い込んだ。あのオランダ人を祓って体を清めたかったのだろう。

今でもときどき、あの巻物はどうなったのだろうと考える。きっとヘンミーの一行が紅毛人《オランダ》の国に持ち帰ったのだろう。それで、おそらくそこで売られたに違いない。私たちの生活がずっと悲惨になる前、ちょっとだけいい思いができたのは、たぶんそのせいだろう。

12
波

あのオランダ人の件から二年後の今、私たちは再び紅毛人を見ようと、蕎麦売りや百姓に囲まれて東海道の道端に座りこんでいるのだった。父は写生をしている。私も文字の練習用に筆を持っていた。ちょうど蕎麦が出来上がるころ、その行列がやって来た。最初、それは道のはるか彼方の土埃にしか見えなかった。それから、音——太鼓、鞭、馬のいななき——が聞こえてくる。ひざまずいて頭を下げなければならないのだけれど、北斎がそんなことをするわけがない。かわりに私たちはイグサの茂みに隠れた。

同心が二人先頭に立って列を率いている。そのあとには頭を垂れて車を引く牛、ゆっくりと歩む馬。牛車の操者が叫ぶ。駕籠かきたちは鍋釜を引っかける鉤のように腰を曲げて、やっとの思いで歩んでいる。その次は肩の上に担がれた、巨大な黒い長持《ながもち》。金文字が入った赤い布が掛けられたそれは、彼らの帳場箪笥だろう。

駕籠かきたちが立ち止まった。あとに続く駕籠も揺れて止まり、御簾が開く。紅毛人たちが顔を出した。そのうち二人が何事かと降りてきた。とても背が高く、重苦しい黒の上着を着て、樽みたいに太い帽子を被っている。肌は青白く、赤茶けた口ひげと顎ひげがだらりと伸びている。瞳は冷たいが、その奥では炎が揺らめいているよう。まるで狼だ。

それから葛籠《つづら》を開けて麻布と鍋釜を取り出し、彼らに独特のあの調度、卓子と椅子もしつらえた。給人たちが茶の用意を始める。黒塗りの駕籠が揺れ、背の高い人形のような隊長が現れた。赤鬼隊長が異国の茶と菓子を食すあいだ、医者が病にかかった赤子や老婆を診る。

父が近づいていった。通詞が、道端の煤けた百姓となんら変わらぬ姿の父を、ちらと見やる。

「ちょいとそこのお歴々におたずねしたいことがあるんだがね。そちらさんの学者の言う、この世は丸いってのは本当なんですかね」

「本当だそうだ。あの方たちは船で世界を回ったそうだから」

父がたくさんの質問をするものだから、とうとう三人の紅毛人が父に話しかけ、天を仰ぎ見るための道具を見せてくれた。月の丸いのが分かる。もしや、すべての物が丸いのか。では、まっすぐな線というのはいったいどこから来たのだろう。星の方角についてはどうか。立っている位置が変わると、星の方角も変わるのか。空も丸いのか。丸いならすべてが変わってしまう。

オランダ人の返事に納得したわけではなかったが、父はともかく礼を言い、私に急ぐよう言った。暗くなりかけていた。

宿が見つかると、父は聞いたことのすべてを私に教えてくれた。

「これが本当だとするとだな、まっすぐな線ってのはありえねえってことになる」

そんなこと信じられないね。まっすぐな線なんてそこらじゅうにあるじゃないか。

「この目で確かめてやるさ。これから海に行くんだ。水際の線が曲がってるかどうか、見てやろうじゃねえか」

浦賀は崖の下に砂浜の広がる小さな漁村だった。江戸から続く内海をちょうど抜けたところで、目の前に大海原が開ける。浜辺の果てまで歩いてみた。漁師小屋がいくつか建っていたが、住む者はない。銛を手にした年老いた男女が数人歩いているだけだった。

「中島の時太郎と申します」と、父はその一人に声をかけた。手招きしてくれたので、小屋に荷を降ろさせてもらった。それから砂浜に座り、先ほど「大きな野獣」と呼んだ海を見つめる。

「何探してるの」と、私はたずねた。入り江に出入りする小舟もない。あるのはただ波と、その向こうの水平線だけだ。

「あの線が見えるか。水が切れて空が始まるところだ」

「うん」

「あれがこの世のへりだ。もしこの世が丸いってんなら、あの線はまっすぐじゃなくて曲がっているはずだ。どう見えるか言ってみろ」

私は目を凝らして見る。「まっすぐだよ」

「いいや、違うな」と父。「丸いが、そりゃとんでもなくでかいんだ……でかすぎて、まっすぐに見えるのよ。それは緩い緩い曲線だ。もっと離れなきゃ分からねえ。ここじゃ駄目だ」

「もっと離れることなんてできないよ」

「そんなら見方を変えるまでだ」

父は波を描くことにした。長いこと座りこんで絶好の瞬間を捉えようとするが、その動きはとても早く、いつも目の前で消えてしまうのだった。

「こんなもん描くやついないよ。絵には人がつきものだろ」と私。

「そりゃそうだが、いつもそうじゃなきゃならねえってことはねえ」

「ふうん」また何か新しいことをやろうとしているに違いない。

そして、思ったとおりだった。海岸沿いにごく小さく人々が描き込まれ、そのせいで波が巨大に見える。人々の姿は文句なしの出来ばえだった。浦賀への道中で写生しておいた大麻や玩具の行商人や、その売り物の詰まった背負子《しょいこ》などを絵のなかの人々に当てはめて書き込んである。沖合いには猫のように丸まった小さな波を描き、それからもちろん、自分を表す老人の姿。

人々が欲しがるような絵にはとても見えなかった。

「水と、薪を背負った婆さんの絵なんて、誰が見るってんだよ」


まだ幾分明るかったが、もう暮れ方だった。父は水辺を歩いていた。それから向きを変え、水のなかに入っていく。背を向けたりこちらを見たり、まるで安全を確認する子供のように何度も何度も向きを変え、その度に少し、また少し、奥に入っていくのだった。

父の肌が白光りして浮かんで見えた。水が跳ね上がるその縁も白かったが、水自体は暗くて見えない。でも、その巨大な野獣の唸り声は聞こえる。私は恐くなった。父がどうなるかということも心配だった。なかに入って追いかけようとしてみたけれど、水に足をつかまれるとそれに引きずられそうな気がして、飛びのいた。

父はもうずっと向こうにいて、水にすくわれては揺れ動く。暗くてよく見えないけれど、ずっと進んでいくのが分かる。遠くへ連れ去られてしまうのではないかと思って、私は泣き出した。お父っつぁんが行っちゃう。白と鼠色の泡が、水面に立ちあがっては父を飲み込む。

そこへ暗闇から突然、釣舟が現れた。今晩ここに泊まるのだろう。この世の果てと私との隔たりが、解けてゆく絵巻物のように広がっていくのが感じられた。

舟はまるで踊るような拍子で現れたり消えたりする。男たちは目に見えぬものに乗っているようだ。風か、はたまた満ち潮か、舟はだんだんとこちらに向かってくる。広がりきった絵巻物の端でそれがどこに止まるのか、見守った。

野獣が動くたびに波が父を飲み込む。私はそこにたたずんでいた。少なくともそこに立ってさえいれば父が戻ってくると思ったのだ。水辺を行ったり来たりして、獣の前足との戯れが終わったときに父が戻ってくる地点に先回りしようとした。

遠く、高く、上下に揺られる舟の動きに合わせて、父は前へ後ろへと激しく動いている。重い足を引きずり、波を掻き分け、それから力を抜いてはひょいと流され、重石でも抱えているかのように厳かに向きを変え、人ごみを掻き分けるように波を切って進む。水は黒い紙で父は筆だ。父の腕の振りが何かを描いている。いったい何を……。

長いこと眺めていたが、父はその体でさまざまなものを描き上げた。音曲に合わせているかのように、動いては止まる。立っているのがやっとのようだ。波の上に頭を出しておこうともがく。すべての筋肉が物語る。道を描いているのではないだろうか。少なくとも私にはそんなふうに見えた。

でも、何を言っているのか分からない。

「お父っつぁん、戻って来いよ」と、私は大声で呼んだ。返事はない。

「お父っつぁん、あったかい茶でもいれてやるよ……」と、へつらってもみる。でも、水のせいで聞こえないのだ。ついには怒鳴る。

「おーい、おまえさんよ！　戻って来いっつってんだろ！　もうろく爺！」

返事はなし。

きっと今日のことは一生忘れないだろう、と私は思った。「一生」の長さなんて知りもしないくせに。人生の意味だって分かっていない。けれど私は、きっとこうやってずっと、父が転げまわるのを見、足元の大地は波のようにおぼつかないものであると思い知らされるのだろうと、波と戯れる父を見ながら思うのだった。安定した大地なんて信用できるものか。きっと騒ぎに直面し、大好きな父の影を探し回るのだろう。私は父のものだが、父は私のものでもある。

その頃は子供は早く大人になったものだ。房事だって、吉原で身を売る遊女を見てりゃあ分かる。工房では男たちが春画を描いていた。組み合う男女、布団に押し倒された女——そんなもの、家のなかだって見られるのに。

人生がたいへんだってことも分かる。無頓着な父のかわりに銭の管理もした。母が父に、百年の恋も冷めるようなひどいことを言うのも聞いた。でも、それが私を子供から大人に変えたのではない。それはこの日、この海でのことだ。父を追い回して母親のように叱りつける私だ。

ついに父が戻ってきた。何をしていたのかきいてみる。暖めてやろうと、身につけていた男物の袢纏を脱いで、掛けてやる。私だって寒いのだが、興奮している父はそんなことには気が回らない。

「まったく不思議なこった」と父。「俺がここにいて、そこかしこに動きがあって、その動きに対する動きってのもある。それをつかもうとしてたんだ。泡と水ってのは同じもんの二つの顔だってことは分かった」

「そうなの」

「そうだ。生身の人間とその魂みてえなもんだ。生霊と死霊だ。液体だが、煙なんだ。雲になるかもしれねえ」

「そりゃよかったね」意味は分からないが、とりあえずそう言った。

私は浜辺の向こうまで行き、漁師の妻に何か食べさせてもらえないか頼んだ。もちろん絵と交換だ。夫が網を引く姿を描いてやると妻は喜び、布団を二組貸してくれた。それから私たちは小屋へ戻った。

翌朝日が昇る頃、父は起きだした。海岸にしゃがみ込み、漁師たちが長い小舟を押して、打ち寄せる波を越えて引き潮に乗ろうとするのを見つめる。立ち上がる水の壁を舟がすり抜けると、父は歓声を上げた。

それから、波が次々と砕け散るのを見つめる。

風は高くから海面に吹きつけ、筋を残す。これが波の始まりだ。波は高く上り、ついには自らを支えられなくなる。そして崩れる前に、流れ落ちる。先端の泡から澄み切った水が繻子のように滑らかに流れ落ち、またもとの藍色の渦に交わる。

ずいぶん経ってから、父は立ち上がった。水際の湿った砂に足をうずめる。水に入ると足が少し砂に沈む。

喜んでひゃっひゃっと声を上げる父。

午の刻ごろには暖かくなったので、少し水遊びをしてから水際に寝転んだ。漁師の女たちは大きな日除けを被って肌を守っている。私たちの肌はむき出しだ。

「頼りにしてるもんの残忍さを受け入れるってのは難しいことだ」と父が言う。

「なんのことさ」

私は太陽の熱と湿った砂の冷たさを同時に感じていた。

「また時はめぐってくる。今度は上手くやるさ」そう言って水に駆け込み、寄せてくる波を飛び越えようとする。

この先果てしなく続く人生のことを考えた。「今度」は何度も何度も繰り返しやって来て、私たちを持ち上げたり突き落としたりするのだろう。

その日、またその次の日と、その浜辺で過ごした。父はだんだん海に慣れてきたようだ。「猛獣かもしれねえが、手なづけてみせるぜ」と言う。

「そんなに簡単にいきっこないよ」と私。

父はずんずん沖に出て行った。痩せこけた胸の辺りで泡が波打つ。

泳げない父が心配で、あとについて回った。といっても、私も泳げない。父のところにたどり着くと、膝を曲げて水に潜っている。私もなんとか立ちながらあとに続いた。水が私を飲み込み、骨から肉を剥ごうとしているようだ。父は波に打たれるがまま、横に折れては立て直す。私は塩辛い水を吐き出した。

「この世にまた戻ってくるんだ」と父。

波が父を叩きつける。

横倒れになりながら、さらに沖へ。そこでは青と白の水が渦巻いている。

父が倒れる。

波が飛びかかり、砂へと押しつけ、すばやく沖にさらっていった。転がされる父。波に飲まれた。

姿がない。

立ちつくす私。父が出てくるのを待つ。水が浜に寄せるのを止めて引き返し始めた地点まで、なんとか掻き分けていった。そしてまた立ちつくす。

父が波から飛び出して、砂の上を手前に滑った。

そして、竹のようにそこに立ちすくむ私の足首の片方をつかむ。

私もやってみることにした。浅瀬に寝転んで、波が私の体を押し出すのに身を任せる。背後から寄せる波は泡立っていたが、それが立ち上がると透明になる。

私を押さえつける波の動き。

とても寒くて恐かったけれど、楽しかった。父を独り占めだった。父は志乃や母のことを考えているのだろうか。志乃や母としたことを。私のことも考えてくれただろうかと思ってみたけれど、すぐにそんなことはあるまいと気がついた。分かりきったことだ。私の存在に慣れきっている、ただそれだけのこと。とどのつまり、私のことを考えるのは私自身の役目ということだ。私はいったいなんなのか。これまで父とは一心同体、切り離して考えてみたことなどなかった。父だけでなく、誰からも。思うに私は醜く、でも賢くて口は達者だ。筆を持たせりゃ父の期待にはなんだって応えられる。それで十分じゃないか。

午後遅く、父は水からあがり、砂の上に座りこんで風と太陽が体を乾かしてくれるのを待った。

「そろそろ江戸に帰るか」と父。

私はがっかりした。「ここで暮らすのかと思ったのに」

「いつかな。でも今は帰らねぇと」

「どうして」

「版元を探して刷ってもらって、それを売らなきゃなんねえ」

「でもここで暮らすって言ったじゃないか。絵を売って食いぶちにするって」

「そんなこと言ったっけか」父は心底驚いているようだった。「そんなこたぁできねえな。そりゃだめだ。こんなとこじゃ足りねえよ。本物の浮世じゃねえ」

そして立ち上がり、帰り支度をする。

13 帰京

吉原に戻ると、もう春になっていた。頬を真っ赤にした男たちが、桜の木を載せた荷車を押して、衣紋坂を上る。細枝にはうっすらと薄緑の新芽。車をがたごと軋ませながら思案橋を上りきると、今度は下り坂。男たちは即座に前方に回り、勢いがつきすぎて大門をくぐり抜けてしまわないよう、背中を車に当てて押し留めながら下っていくのだった。

橋を渡りきると、男たちはめいめい大通り沿いに散らばって、持っていた鍬《くわ》で穴を掘りだした。あの桜はいったいどこから来たのだろう。どんな素敵な場所で、今日この日までぬくぬくと育てられてきたのだろう。土に植えられてみると、まるで元からそこにあったかのように見えた。七日月の頃にはあの小さな蕾が丸く膨らみ、開き始めるだろう。十五夜になれば頭上は薄紅色の花で満開になり、宴の季節が始まるのだ。

噂好きのミツが店から出てきた。私の頭を指差して、口に手を当てて忍び笑いをする。父は早速、仕事の話を始める。

「歌麿はどこだ」

ミツは意味深に目を見開く。

「家にいるよ。でもねえ、とんでもないことになっちまったんだよ。あんたたちが出てく前よりも、もっとひどい」

父が少しのけぞって眉を上げるのが見えた。また始まった、とでも言うように。ミツはいつでも大仰だ。とくに人の不幸には目がない。聞く相手が悪かった。いつでも少し差し引いて考えなければならない。

「そうそう、それからねえ、たいへんだったんだよ」と言ってミツは息を継ぐ。「夜盗だよ！　あの……」と、ある中堅の廓の名を口にした。「なかに押し入ってうろつき回って、女郎二人を手込にして、そのうち一人の喉を掻っ切っちまったんだよ。恐ろしいったらありゃしない」

ミツはその大きな節くれだった指を立てて横に振った。

「この界隈も落ちぶれたもんだよ。あんただって知ってるだろ、昔はそんな輩は大門のところで止められたもんさ。今じゃ食い逃げの客だって捕まりゃしない」

隣の店では、彫師の湧がすがすがしい顔で町火消の背中に彫りを入れているところだった。その手を休めて、私たちに挨拶をしに表に出てきた。

「ありゃ上客なんですよ、いいのを彫らなきゃ」と、小声で言う。「いったん火消に気に入られると、仲間を全員連れてきてくれるもんですから」

もしかしたら、湧が好きなのは絵柄ではなくて、強く、筋骨隆々とした火消の男たちなのかもしれない。男はひょいと頭を持ち上げ、目くばせする。刺青など痛くも痒くもないといった風情だ。湧はいそいそとなかに戻る。待ちに待った肉の画布だ。

父はいろいろ耳にしたことで興奮しているようだったが、不機嫌ではなかった。「それが町ってぇもんだ」と私に言う。「常に移り変わり、常に惨事がある」

ほんのしばらく姿をくらましていただけなのに、歌麿はもう釈放されているし、吉原は賊に襲われてしまった。父は微笑み、首を傾げてあちこち見やる。鳥、花、溝のなかの猫――みんな微笑んでいる。


江多香の楼に行ってみた。戸口で私たちの前に男が現れる。

「こりゃまたいったい、どういう風の吹き回しで」

三馬だった。

「浮世に戻ってきたのよ」と北斎。

「そんなに俺が恋しかったのかねえ」そう言って、三馬は私にも忘れずに笑いかけてくれた。

「そんなわきゃねえだろ。必要に迫られてってことよ」と父。「ここが俺の住み処だ」

「その住み処だがなあ、あれからちっとばかし住みにくいところになっちまってな」そう言って三馬は、角に座りこんで和画仙に文字を書いている、しかめっ面の男を顎で示した。しっかりとした素早い筆さばきで、一画ごとに止めては筆を墨に浸し、悦に入っている。書きながら、もう片方の手は無意識に小さな盃に伸び、太い指でそれを包み込んで一気に飲み干し、そしてまた下に置いた。

「なんだい、ありゃ」

「浪人だよ」と三馬。「俺たちに当たる気だぜ。最近はあんなんばっかしだ」

男は書き物を終えると、立ち上がって道行く人に向かって叫び始めた。

「江戸は悪所と化してしまった！」と、自分が書いたものを読み上げる。「徳のある生活は堕落し、混沌を極めておる。なんと嘆かわしきことよ！」

「最初はのこのこやって来て遊びほうけておいて、決まりが悪くなるとお説教よ」と三馬。「まるで定信だぜ」

侍は今度はわざわざ古臭い言葉を用いて語る。「人徳と仁恕《じんじょ》とは悪逆無道に陥りて候」

「大馬鹿野郎が」と父。

部屋の隅で遊女たちがうなずく。

「誰に裏切られたんでありんすか、旦那。恋の病を知っているとでもおっしゃるんでありんすか」

「色恋だけがすべてでありんしょう。ご自分をご覧なし！　稼ぎをはたいてお戯れになる。何様でありんしょうか。有り金全部、色とお酒《ささ》につぎ込んで。主人に忠義を尽くす者などありんせん。人静めの道とやらはいったいどうなったんでありんしょうね」

「そりゃ一理あるな、どうなっちまったんだ」と三馬。「人醒まし道になっちまったのかな」

「贅沢な絹や夜具で飾りつけた姿形をのみ寿《ことほ》ぐ。まるでそのあやかしの美が」男は唾を吐く。「それそのものが力ででもあるかのように褒めそやす」

それは本当だった。私だってそれくらい気づいている。

侍の説教は止まらない。その怒りは江戸っ子だけではなく、あらゆる者たちに向けられていた。

「主君が高利貸しから金を借りる。そうして借りた金を返すため、家臣の俸給にまで手をつける」

「そんならてめえの殿様に直接言うんだな。こんなとこで愚痴ったって、ご当人がいるわきゃねえだろ」と、誰かがぼやく。

「殿様の回し者ならいるかもしれねえぜ」

人々は大笑い。私もニヤリとする。父と同じく、私も帰って来たのが嬉しかった。喧騒のなかのほうが安心できるのだ。

「高貴なる者と下賤なる者との境はどこへいったのか。そんなものはどぶ川へ流されてしまったのだ！

しかしその区別は本性にある」男は肉厚な手のひらを卓袱台《ちゃぶだい》に叩きつけた。「節操の道は何処《いずこ》へ。熱情と狂気がすべてを錯乱のなかへと陥れてしまった。損得の狭間でもがきながら日々これ無為に過ごすのみ……」

江多香に戸口へと促されるあいだも男はまだ叫んでいた。敷居のところである女と鉢合わせする。簪で飾られた山のような髪に、紫と緑の切り別珍の打掛を羽織り、ぽっくり下駄を履いたその足は地面より八寸も高く、男を見下ろしている。

「そして女の髪はいよいよ大仰に！」と、捨て台詞のように叫ぶ男。

七代目花扇はもの憂げに微笑んだ。絶世の美女、最高級で揚げ代も一番、江戸じゅうの男が喉から手が出るほど欲しがっている遊女だ。「御本ができんしたら、すべてお読みしんしょう」と、男の書きかけの和画仙を指して言った。

「お茶のお代、お願いしますよ」と江多香。

「そら見たか。銭、銭、銭だ」と男は野次馬に愚痴りながら、財布をまさぐった。「町全体が巨大な廓のようなものだ。誰もが誰かに払え、払え、払えと言う。昔日には銭など必要なかったのだ」

男は土の上に小銭を投げた。そして、大門から吉原に流れ込んでくる人々に紛れて、姿を消してしまった。

そのあと、摺師の二階に間借りしている歌麿のところに行ってみた。蒼白で背は丸まり、両の手首が手鎖で繋がれていた。隣に住む女が酒を持ってきてくれた。かがみ込んで歌麿に飲ませてやる。

「ああ、便が悪いったらないぜ」そう言って、酒の通りがよくなるよう、頭を少し上げた。手首の擦り切れたところを私たちに見せる。夜にはその女が手鎖をずらして油をすり込んでくれる。ときおり半刻ほどうつらうつらする以外は眠るのもままならない。

「お白洲でどう言われちまうのか、気が気じゃなかったぜ。なんてったっておめえは高飛車だからなあ。でも元気そうだな」と、父が言う。

「ああ、お咎めなしだ」歌麿は両手を上げてから、また力なく下ろした。「これを無罪放免ってんならな」

「牢屋で過ごすよりましじゃねえか」

「手ぇ縛られたのがてめえじゃなくて喜んでんだろ」

北斎は黙っている。言葉が見つからないのだ。

「もう絵なんざ描けねえよ。左手一本でも右手一本でも描ける。だがこれじゃ一本もねえのと同じよ、描けやしねえ。いくらおめえだってな、北斎」

「お父っつぁんは足の指でも描けるよ」と私。

北斎は私を睨みつけて黙らせようとする。

「歯でも描けるんだよ」

「体が引きつるんだよ」と、歌麿は怒ったように言う。「おめえより年いってんだからな。俺は老いぼれだ」

「俺たちゃどっちも老いぼれよ」

歌麿はまた両手を上げ、膝の上にどさっと落とす。「やつら、この手鎖はそのうちはずしてくれるだろうよ。だがな、その傷跡は一生俺の手首に残るんだ。科人の証だ」それからゆっくりと、言い含めるように呟く。「俺はやつらに殺《や》られちまったんだ」

「そりゃ違う。おめえにかぎってそんなことはねえ。歌麿を殺《や》ることなんざできねえよ。おめえは不死身だ。そして恐れを知らねえ」

「怖かぁねえよ。怪談じゃねえんだ。そんなんじゃねえ——燃え上がる死人の煙から龍とか蛇が出てきて体に巻きつくとか、そんなんじゃねえんだ。そんなんは怖ぇもんじゃねえ」

「じゃあ何が怖ぇってんだ」と父。

「そいつが生まれる時は分かるぜ。邪悪な虫が体んなかで育ち始めるのよ。で、どんどん大きくなるもんだから、知らぬふりをしようとして大口を叩く」

父は静かに聞いていた。友がしょっ引かれ、ぼろぼろになって帰ってきた。その虚しさを感じる。

「それで、どうやって消えるんだ」

「それが消えねえんだよ。体の一部になっちまうんだ。そして生気を絞り取る。おそらく終わりなんざねえんだよ。あるとしたら、たぶん……」歌麿は両手を上げてそれを見せる。死、だ。「こんなザマで生きながらえるわけにはいかねえ」

北斎は何も言わない。歌麿はニヤリとする。

「おめえ、紅毛人《オランダ》相手の商売でしこたま儲けたそうじゃねえか」

私は歯の隙間から息を吸い込んだ。

「一度っきりだよ。しかも二年前だ。たいした額じゃねえ。もう使っちまったよ」

「いやいや、そんなこたぁねえ」歌麿は目に入った髪を払おうと、また頭を振った。「正直に言おうじゃねえか。おめえが上手《うま》くやったって話は頭に来たぜ。なんだってオランダ人はおめえの絵なんか持ってったんだ。俺のが年上ですげぇんだ。俺のほうが江戸っ子の心を分かってるってもんよ」

「そんなことないよ！」と、私は甲高い声で叫んだ。北斎は黙っている。

「ええ、北斎よ、自由の身ってのはどんな気分だ。どうやらおめえの掟破りは幕府にとっちゃどうでもいいようだな。なんでだか教えてやろう。おめえが百姓で、おめえの絵は百姓の絵だからか。いいや、思うに、おめえのことはどうだっていいんだな。それともあれかい、武家の奥方たちのおかげかい。おめえの女は名家の出らしいな。危険からすり抜けられるのはそのおかげなんじゃあねえのか」

「かもしれねえ」と父。「俺は幽霊だからな」

「そのとおり、おめえは幽霊だ」そう言って歌麿は、盃を口元に運んでもらおうと女のほうに顔を向けた。歌麿が目で女の手を導き、うっすらと上品に唇を開き、さっと瞬きするさまは、まるで踊りでも見ているかのようだった。女は素早く盃を傾け、また元に戻す。一筋の酒が唇をすり抜け、歌麿はそれを飲み込んだ。

「おめえはどうなんだ、小せえの」と、歌麿は私に言う。「おめえの親父が自由を謳歌するみてえに、おめえものらりくらりすんのかい。そのつまんねえ顔と女っけのなさが役に立つってのか」

歌麿がそれまで私に興味を示したことなどなかった。女の子、そして女としての魅力に欠けていたのだろう。それともこっそり観察していたのだろうか。でもなんだって今になってそんなことを言うのだろう。

「ええ、どうすんだい」

「この子は画才があんのよ」と北斎。「俺の助けになるさ」

歌麿は肩をすくめ、また父を見た。「子がいるやつらってのはすげえもんだと思ってるみてえだがな、そんなこたあねえ。大したこたあねえんだよ。俺たちと同じ、日々の仕事に流されるだけよ。力も頼みの綱もなく、流されていくだけよ」

歌麿は繋がれた手首を持ち上げて額を掻いた。擦り切れた皮膚から、一筋の血が眉間に流れ落ちた。

頃合を見計らって私は走り出した。棒天売《ぼてふり》や野次馬、行き交う人々を避けながら、角玉屋の志乃のもとにまっしぐらに向かう。

いつもどおり、帳場にいるのはカナ。カナが美しい遊女だったなんて今ではちょっと信じられない。見た目はだらしなく腹は出て、不機嫌でぶっきらぼう。でも心のどこかに今でも人情を持ち続けているのだった。私を見ると微笑んだ。カナにとっては私はただの腹をすかせた近所のガキ、そのガキにもそれなりに考えがあるだなんて夢にも思っちゃいない。カナの机にへばりついていると、新しく角玉屋に買われてきた娘の代金が書かれた請状を見つけた。二両。

「へえ、安い買い物だね」と私。

カナは請状を引ったくる。

「賢い娘じゃないんでね」と、愚痴る。「それに阿片漬けなんだよ。なんだってあんなの拾っちまったんだろうねぇ」

「おカナさんは情け深いから」こんなふうにカナをからかうのは面白かった。

「そうだよね、情け深いからだめなんだよね。賢い子だね、あんたは。だから近頃じゃ儲けがないんだ。どんなにたいへんな商売かってことなんか、人様は分かっちゃくれないからね。娘たちのことだって——あの娘《こ》たちにどこに行けってんだい。あたしらが面倒見てやってんだよ。どんだけきれいで役に立つようになったか見てごらん。そりゃ面倒もあるよ。病にかかったり死んだりね。そういうもんなんだよ。そしたらあたしらの使った銭も墓場行きってわけだ。ああ、儲けなんてないね。あんなふざけた客のために、毎日休みなく働いてんだよ!」

「ひどい話」と私。

「そんでもってあの同心のやつらだよ、小遣いがなくなるたんびにやって来ちゃあ、これが悪いのあれはご法度だのといちゃもんつけて、手ぇ差し出しやがる。ああまったく！　この柱が見えるかい、これだって袖の下よこせって言われたんだよ」

「それから、盗っ人」と、とっさに私の口をついて出た。

「そうなんだよ！　まあ、うちの見世じゃなかったからよかったけどね。いやいや、うちには絶対入れっこないさ、見張りの若い衆立ててるからね」

若い衆ってのは、溝さらいが仕事の、杖を突いた皺くちゃの爺さんのことだ。

カナはきょろきょろと辺りを見回すと、近くに来るよう私に合図した。

「そりゃ、身の毛もよだつ話だよ……。盗賊に手込！　でもねえ、いっとう悪いのはそんなこっちゃないんだよ。いいかい、それはね、本当にいっとう悪いのはね、あたしの旦那がうちの女郎たちに片っ端から手ぇつけてることだよ。驚かしてごめんよ、でも分かってんだろ、あんたはここで育ったんだからさ。ね、やめろって言ったんだよ。やめなきゃこんなとこ出てってやる、どんなとこで落ちぶれても構いやしないってね」

私は精一杯、同情の表情をしてみせた。

「というのもね」そのときカナのしかめっ面に、望みと強さと悲しみが入り混じったような、複雑な表情がよぎった。

「実の娘がいるんだよ……あたしの親んとこに追っ払ったんだ。こんなとこにゃ住めないだろ。訪ねてだって来れないよ、こんな色御殿じゃあ。あの人がもちっとましな商売さえ始めてくれたら、あの子だってもう一度父親に会えるってもんなのに」

カナの目がうるみ、あの、袖の下で高くついたという柱に当てていた指を涙で濡らした。

「それか、廓なんかやめちまうんだ。とっとと畳んじまうんだよ。米屋か何か始めようかと思ってね。

どうだい、少なくとも儲けは出るだろ」

カナは袖から手拭いを引っぱり出して涙をふいた。そして私の腕をつかむ。私はちゃんと聞いていた。顎で二階を示した。行ってはいけないのは分かっている。

「行ってもいい？」

「さっさとお行き」

14　最後の踊り

朝も遅く、吉原では暇な時分だった。二階に上がると、志乃は娘たちとあの「踊り」の稽古をしていた。

こんな稽古も今では笑い事ではなくなってしまった。娘たちの表情も真剣だ。志乃が教えたとおり、虎のように静かに歩む。真鍮の簪は見事に手首に隠され、着物の袖に押しこまれていた。女たちの目は鋭い。志乃が手本を見せる。優雅な身のこなしで、架空の敵の両目、両耳、顎下の柔らかい窪み、そして心臓めがけて、その手を突き刺す。鳥がついばむように素早く、突いて、突いて、突いて、防いで、打って、回って——そしてまた簪はすっと袖に収められ、視界から消えてしまう。

「ためらってはなりません。刺すのなら殺す気でおやりなさい。自信がないのなら、おやめなさい。ためらいながらやるのでは上手くいきません」

志乃の動きはあまりにも滑らかで、下ろした髪は乱れることもなく平らに肩に掛かり、それから背中へと流れ落ちている。動きには一分の狂いもない。足さばきと伸びた背筋の美しいこと。秩序だっていて忍耐強く、断固としている志乃は、すばらしい先生だった。私はそこに立ちつくして見とれていた。

目安表の美の基準は満たしていないかもしれないけれど、志乃は本当に美しかった。呼吸を長く吐き出すと、それが型《かた》稽古終了の合図。娘たちは緊張した顔を緩ませる。志乃が私のほうに向かってうなずいた。なんだ、ここにいるの、気づいてたんだ。もちろん、なんでも分かっているのが志乃だ。私の汗のにおいがしたのだろうか。あるいは塩水のにおいかもしれない。もしかしたら、あんまり恋しく思っていたのが通じたのかも……。「察する」というのは志乃の特技の一つだった。まだ男の子の格好をしていたので、志乃は軽くお辞儀をして敬うふりをしてみせた。その目を見れば私たちが戻ったのを喜んでくれているのが分かる。

「栄、ちょうどよいところに来ました。ちょっと手伝ってくれませんか。あなたがどれほど強いか見てみましょう」と、志乃は言う。「手を伸ばして、私を打ってみてください。私を後ろに押すつもりで」

私は両腕を伸ばして志乃の肩に手を置き、押した。志乃なんか、ひょろ長くて痩せこけた野良犬みたいだ。でも次の瞬間、簪は私の喉元にある。その動きはあまりにも早すぎて、まったく気づかなかった。肘が私の手の動きを制し、もう片方の手の拳は私のみぞおちに当てられている。私は均衡を失ってよろけた。

娘たちは静かに手を叩く。それから、踏みつけていた着物の裾を足で振り払って、各々の所作に取りかかった。攻めと守りを優雅な動きに見せる練習。いつものように小腰を折りながら片膝を曲げて沈み込み、ふたたび伸び上がるときには片側の前腕を押し出して守り、中指の下から簪の突き出たもう片方の手を、架空の男のみぞおちの奥深く滑り込ませる。伸び上がって腕を揃え、男の顎に膝蹴りを加えながら両耳に簪を突き立てる。

「重心は前に。気と力を小さな塊にして体の芯にお持ちなさい」と、志乃が教える。「そうすれば男は退きます。肘は内側に入れ、腕は広げないこと。男にねじ伏せられますよ」

私たちはあんまり夢中で、いつもは敏《さと》い志乃でさえも、甚三が部屋に入ってきたことに気づかなかった。志乃は自らの教えを役立てることができなかった。そして、私たちも。男の子だと思ったのだろう、甚三は私の着物をつかんで後ろに投げ飛ばした。それから志乃の襟ぐりをつかんで、握りしめた拳を喉元に押しつける。

「いってぇなんのザマだ」

娘たちは遊女に戻り、豚の群れのように泣きわめきながら膝を曲げて深々と頭を下げ、顔を隠した。手はそそくさと盛り上がった髪をまさぐり、簪を元の位置に戻す――志乃以外は。

「踊りの稽古をしておりました」息が詰まりそうなのはおくびにも出さず、志乃は静かにそう言った。うつむきもせず、澄んだ黒い瞳で甚三を見つめる。その目には、初めて出会ったとき、蔦屋が志乃を侮辱したときに見せた、あの押さえきれない何かがあった。私は突然、志乃が「志乃」になる前の本当の姿を思った。服従することを拒み、このような刑に処せられてしまった娘。

「踊りの稽古だと」

甚三は志乃の瞳の奥に潜むものには気づかない。敏感な男ではないのだ。それでも何かを感じとったようだった。人の弱みにつけ込んで食い荒らす大魚のようなやつだ。一瞬、娘たちに対する自分の影響力が揺らいだのを感じたのだろう。甚三の表情がさらに厳しくなり、その目は志乃ただ一人に注がれる。甚三はほかの娘たちにはなんの能力もないと思いこんでいた。護身の術の練習をしていたなどと知ったところで笑い飛ばすだけだろう。その場で何かが相容れないことを感じているのに、それが自分自身であることは分からない。

甚三は右手を上げて志乃に平手打ちを加えた。手に持っていた煙草刻みが志乃の顎を切りつけた。はじめは血は出なかったが、しだいに切り口の端から滲み出てきた。

志乃はほんの少し体を揺らしただけで、同じように立っている。

甚三は襟をつかんでいた手を緩めた。

血はだんだんと傷口に広がり、次第にゆっくりとあふれ出した。それをやや心配そうに調べる甚三。顔に傷をつけて商品価値を下げてしまったのではないかと思って、びくついているに違いない。

「顔に何かできちまったな」と、呟く。

志乃は着物を正し、髪を素早く巻き上げると、それを簪でとめた。甚三に気づかれぬよう、その手の届かぬところまで身を移す。そして頬に手を当てた。

「申し訳ございません。粗野な踊りでして」と志乃。「利き酒大会の夜、締めとして行われるものなのです。それで髪も乱れるのです」そう言って、残りの簪を髪に差していった。

ほかの者たちは下を向いている。私も床に転げたまま。何も見たくなかった。

あまりにいい加減なことを言うと思ったのだろう。「このアマぁ」と言って、甚三は前に踏み出して志乃の腕をねじ上げようとつかみかかるが、志乃はひらりとすり抜けてしまう。よろける甚三。甚三の背後に回った志乃は身を沈め、曲げた膝を相手にかける。甚三はそのまま志乃の上を転げてひっくり返った。

甚三はしばらく倒れたままだった。何が起こったのか分からないようだ。

志乃が傍らにひざまずく。「本当に申し訳ございません。なんということを……私の責任でございます」

志乃が喧嘩腰だったなら、甚三も怒り狂って志乃を殴りつけただろう。でも、志乃は静かだった。

「ただ手をついてお詫びしようとしたのでございます。同じく二人して前に出たものですから、ぶつかってしまいました。本当に申し訳ございません。転げてしまわれたのですね、どうかお手を……」

志乃は甚三を支えながら肩越しに私を見た。何もかもおしまいになるかもしれないその瞬間、いや、実際に結果として終わってしまったこのとき、信じられないことに、志乃は片眉を上げて見せた。それから顎をしゃくって、出ていけと合図する。

私は走り出た。いがぐり頭の小僧など、呼び止める者などありゃしない。


父と私の待つ湧の店に、やっと三ツが戻って来た。志乃は大丈夫だ、と言う。

「怪我はないよ」

「ないだと?」

「ちょっとした切り傷だけさ。すぐ治るよ」

「怪我したたんは甚三だけでありんす」父を笑わせようと思って言ってみるが、反応はない。

「ほかに何か分かったか」

ところがミツはのんびりと構えている。せっかく自分が注目の的になったのだから、そうやすやすと教えてくれるわけがない。ため息をつき髪をなでると、茶がほしいと言った。湧がおずおずと心配そうに茶を運んでくる。父は石のように無表情だ。哀れみもだめ、恐れもだめっていつも言ってんだから、しょうがない。

「ああよかった。本当によかったよ。殺されてもおかしくないところだったんだよ。でもひょっとしたら傷物になっちまったかもしれないねえ。この傷、どんなんなるかねえ。だって今んとこ、志乃は……」

ミツは大げさに息を吸いこんで、目をひんむいて口角を下げ、それから、ひょっとこみたいに口を丸めて吐き出した。

「志乃はなんだ」北斎は脚を交互にかえて片足立ちをしている。顔に出せないものを、ふくらはぎの筋肉に太腿、腕に拳と、全身で表現しているみたいだ。ピンと張ったり緩んだり。私は気持ち悪くなって何度か吐いた。私のせいだ。そう、私のせいなんだ。甚三なんか殺しちまえばよかったのに。あの簪で、そうすることだってできたはずだ。でも、そんなこと口が裂けても言えない。

「痣《あざ》ができただけだから。殴られたとこだよ。腕まわりと背中。まあ、そんなとこの傷は仕事には差し支えないけどね。みんなよくしてくれてるよ。薬草も取り寄せたし、お伊勢さんの札ももらってきた。それを丸めて飲み込んだら血が止まったんだよ」

まったくの嘘ではなさそうだった。

父はゆっくりと歩き回っている。西洋医学をかじっていた父は、まじないをあまり信じていなかったけれど、まったく信じていないというわけでもなかった。

「その話、どっから仕入れてきたんだ」父は目を細める。

ミツはなんでも知っている。今までそんなことは聞かれたこともなかったので、傷ついたようだった。あたしの話を信用しないってのかい、とでも言わんばかり。

「どこだっていいだろ」とミツ。「あたしゃ長いことここに住んでんだ。あんたよりも長く、誰よりも長くね。志乃は踊りを教えてたんだ。優雅に見えるようにね。遣手《やりて》のカナはあたしの友だちなんだ。カナが張見世の女郎だった頃から知ってんだよ。責任感じちまってねえ。ほら、カナが志乃に頼んだんだからね。志乃は言うことを聞いただけなんだよ。でもそれがちょっと荒々しい踊りでねえ。甚三のやつ、娘たちが何か企んでるって思ったんだ。カナは志乃のために口添えしてるよ。本当だよ」

ミツは真剣そのものだった。「カナのおかげで助かったんだよ、志乃は。お仕置は無礼に対してだけだよ。確かに、甚三はやめさせようとして、おかしなことに自分が怪我しちまったんだけど」

ミツはその醜い眉を上げ、口をへの字に曲げた。まるで歌舞伎の看板の悪役みたいだ。おかげでひどい話がますますひどくなる。

「だから、志乃を柱にくくりつけて鞭で打とうとしたんだよ。女たちは泣いて許しを乞うたんだ。信じられるかい。踊っていただけなんだよ。いったい何にやられたってんだい、あの男は」

何にやられたか私には分かっていた。志乃の目に潜む沈着さと何ものにもひるまない心にだ。あんなにも品よく刃向かわれたんで、男は自分が間抜けに感じたに違いない。

「あの男に何ができるってんだよ」ミツの声はそこらじゅうに聞こえるようだった。「女たちはみんな志乃をかばったんだよ。全員同罪だから、志乃をやるなら自分たちもやれって。でもそんなことしたら商売上がったりだろう。十日ばかりは休業だね。あたしだって商売人だからねえ、それくらい分かるよ。だからあいつは女たちの言うことを聞かなきゃなんなかったんだ。とくに花扇のね」

父と私はほっとした。

「そこまではよかったんだよ。でもね、でも……」

眉、目、唇。芝居がかった動きがまた始まる。もう勘弁してほしかった。ただ知らせをそれとして聞きたいだけなのに。

「まったくお咎めなしってわけにはいきっこないよ。今回ばっかりはだめだ。見てな、そのうち何かあるよ。あいつはもともと志乃が嫌いだったんだ。やっかい者だと思ってね。ほら、見てみなよ、今だってあそこで……」ミツは顎をしゃくって、吉原の奥の堀沿いに立ち並ぶ下級の張見世のほうを示した。

「ほっつき歩いて志乃のいい買い手を探してんだよ」

それから半刻もすると、知らせが届いた。志乃は売り飛ばされた。

「今度の楼主はかなりいやな野郎だよ」とミツ。「女たちはみんな青白い顔をしているし」

情を示してはいるものの、その目に光る、他人の不幸好きの本性は隠せない。それから陽気に「ま、よしとしようじゃないか。これであの按摩も志乃が買えるってもんさ。なんてったって、何年も志乃に惚れてたんだからねえ」と言った。

幾日か経つのを待ってから、夕暮れ時に志乃の新しい廓へ行ってみた。

それは堀沿いの、二階建てのぼろ屋だった。澱んだ汚水が悪臭を放つ。支那の飾り箪笥もなければ別珍の紗幕もない。こういう見世の遊女たちは豪華に着飾って大通りを歩くこともない。ただ格子先に座らされて陳列されるだけだ。

そして、志乃はそこにいた。

志乃の顔には灯りが当てられているが、私たちは暗がりのなかだ。露台にぶつかりそうになりながら端に寄り、見世の前の、品定めの客のまばらな人だかりを、まるでそれと同じ通りに立っているのではなく、なかから遊女たちと一緒に見ているかのように、眺めた。志乃は落ち着き払っている。白粉を厚く塗っているので、甚三のつけた傷は見えない。

男が指を曲げて引っかけるような合図をする。

志乃はすっと立ち上がり、膝を揃えて格子のほうに歩き出す。足を少しだけ外側に払いながら歩くので、着物の裾が龍の尾のように揺れる。私たちのほうを見やるが、気づいた様子はない。その傾《かぶ》き者にむかって小声で何か呟くが、志乃のあまり気乗りのしない態度に男は興醒めしたようだった。またもとの場所に戻り、座る志乃。

角からあの座頭が現れた。まるで目が見えるかのように、志乃の座る位置のちょうど真ん前に陣取る。傾き者は引き下がって場所を譲る。座頭は顔を上げ耳を広げ、蛸の足のような太い指を動かす。ミツの言ったとおりだ。座頭は志乃の客になったのだ。

私はできるかぎり志乃を訪ねた。

吉原の矩形《さしがた》の敷地の端にあるその廓の辺りでは吐き出された泥がまるで巻き返しを図るかのように、通りはいつもぬかるんでいた。夏になると蚊に悩まされる。楼主たちは色つきの提灯や花咲く木で飾り立てることもせず、どの戸口も同じように薄暗く見えた。

たいていの日は昼前に、出掛けの志乃に会うことができた。辺りには井戸と小さな墓地の隣に、朱塗りの剥げかかった古い社があった。誰も訪ねる者のない、閑静な場所だった。志乃についていくと、拝んでいるあいだは少し離れて待つようにと言う。戻ってくると、志乃は微笑んだ。

「何拝んでたんだい。お参りするなんて知らなかったよ」

「過ちを犯しましたから」と志乃。「心を抑える力をお与えくださいますよう祈ったのです」

私は傾いた墓石のあいだを行ったり来たりした。あれやこれやの有名な遊女たちの墓だった。きっと昔は豪華に葬られたんだろうに、墓守もない今となっては寂れたものだった。志乃に廓に戻ってほしくない私は、墓石越しに「ほんの小さな過ちだろ」と語りかけた。「甚三が来たのに気づかなかっただけじゃないか」

「いいえ、もっとあります。癪の虫を抑え切れなかったのです」

どうしてそれが過ちなのだろう。

「言ったこと、覚えていますね」と志乃。「怒りが表に出たなら……」

「拳は内にしまっておくこと」

本当に、どうしてあれが過ちだったんだろうか。

「哀れんではなりませんよ」

「分かってるよ。ねえ、新しいとこでも食べ放題の日あるかい？　仲間の遊女たち、面白い？」

いいえ、と志乃。そして護身術の稽古も、もうない。

「心のなかで鍛えれば、どなたも気づかないでしょう」

それから志乃は、鬼のような自尊心を静めなければならないと言う。そして、こんな身になってみて初めて、正しい振る舞いを学んだと。

「障子に目あり、ですからね」

座頭は足繁く通って来るらしい。独占欲が強いそうだ。あの男にも名前があるんだろうが、呼ぶ気にもなれなかった。志乃だって北斎を名前で呼ばないじゃないか。「あなたのお父上」って、まるで直接会ったことがないかのように言う。なぜ志乃の客としてやって来ないのかも絶対にきかない。銭がないってのは分かりきったことだった。ときどきまとまった銭が入ることもあったけれど、仕事がないときの埋め合わせをすると、あっという間になくなってしまった。何に使うのかって、そんなことをきいたら父は怒鳴りだすだけだ。

そのうち、ひょろりと長身でか細く悲しげな女が、次々に父の絵のなかに現れるようになった。いつも一人、柳の下で傘を持って恋人を待つ。それが志乃だということは一目瞭然だった。

「志乃には、眺める男と見つめる男がいるんだ。座頭が眺める男で、北斎が見つめる男」と、ある日志乃に言ったことがある。でも、座頭には目がないのだからその視線は空しいし、いくら父が真剣に、本当の志乃の姿を見てやったところで、身動きがとれないのだからやるせない。

「あるいは反対かもしれませんよ」と志乃。「私の真の姿を見るのはあの盲目のお方。目が見えなくてもね。お父上はその器を眺めるだけ」

「一人は紙の上に蘇らせ、一人は手をつけんのさ」

「まあ、なんてことを」

　志乃が泣きそうになったので、私は嬉しかった。嫌みで結構。座頭は今では志乃の唯一の顧客、生計のすべてだった。だから敬意をもって接しなければならない。志乃はこれを精神の鍛錬とみなして自分に課していた。あの男を幸せにしてやれれば、吉原での年季もいつか無事に明けるというもの。

「今では両替商になる手習いを受けておられるようです」と、志乃は言う。それから「免状を取るのにお金がかかるので、しばらくご登楼は控えられているのですよ」とつけ足した。

　これは父への言伝に違いない。私はそれを父に伝えた。


　歌麿が狂歌連に戻ってきた。手鎖はもうはずされていた。それなのに、その手は無用の長物のように前にだらりと垂れるのみ。肌は黄ばんで、髪もかなり抜け落ちている。鼻筋、あの誇り高い有名な鼻筋も、やつれて骨のようだった。

　大通りの住人は、歌麿もこれまでだと噂した。もう疲れて、あきらめてしまったのだと。口を開けば昔日の思い出ばかりだと。

　そしてさほどの時を経ず、歌麿は死んでしまった。

　手鎖のせいだと人は言う。

　噂話は止まらない。

　手鎖なんかで死ぬわけがない。もういい年だったからだ。

　それとも、手鎖による屈辱のために死んだのか。

　いや、そんなことはない。歌麿を侮辱することなどできるわけがない。

　でも手鎖をしていたら絵が描けないじゃないか。

でも手鎖ははずされたじゃないか。
もう生きていたくないから、死んだのさ。

15 座頭

町はいつも体でいっぱいだ。投げ捨てられた死体や塩漬けの頭のことじゃない。身軽で活発で狡猾な、生身の体のことだ。刺青をした町火消の男たちは、尻の割れ目と逞しい首を見せつけながら、梯子を立てかける。遊女たちは青白く丸い肩を出して、着物姿で見世先に座る。門前市の人だかりの足ときたら竹林みたいだし、橋の上で立ち止まろうものなら、すぐさまたくさんの腕に背中を押される。

体は町を動かす車輪の輻《や》のようなものだ。あるときは踊りの稽古をする娘たちを眺め、またあるときは見世物小屋の前で大道芸人が宙返りをして客を呼び込むのを見る。少年たちは河原で凧揚げをし、遊女たちでさえ祭りの日には表に出て、羽根突きをして遊ぶ。体、それが父を惹きつけるものだった。父のいきいきした筆がとらえるのは痩せこけた老人、まるまると太った子供、可愛らしい娘、祈祷中の僧侶。ありとあらゆる動くものが父の目を惹きつけ、それが目からそのまま筆へと抜けて、紙の上に蘇る。

鳶や瓦職人たちが通りから荷を運び上げて、せせこましい裏長屋に二階を造っている。古臭いしきたりは私たちを締め上げるが、私たちを抑え込むことなどできっこないのだった。張見世の格子にさらされる傷物の志乃にさえ、運はまためぐってきた。あの座頭が客になったのだから。

人生というのはなんと酷で、体というのはなんと脆いものだろう。魚河岸では疲れきった老人が足を引きずり、浅黒く日に焼けた若者が巨大なまぐろをあっちこっち投げ合うのをよけながら歩く。その妻は手押し車の荷台にていねいに貝を並べている。背は私より小さいくらいだが、その手さばきは見事で、カモメが飛ぶかのように素早く動かしながら、牡蠣をきちんと一直線に揃える。手を休めたときだけしか、その貝殻で切傷だらけになった皺くちゃの皮膚と、むくんで節くれだった手首の痛ましさは分からない。

女の体は新鮮な果物のように成熟するかと思ったら、あっという間にまた萎んでしまう。私はよく湯屋で夫を持つ女たちの体を盗み見た。棒みたいな若い体が熟れると、肉はたるみ、太ももには脂肪の固まり、それでいてあばらはガリガリだ。そんな体の持ち主はみな垢をすり、しっとりと桃色になった肉のたるみを愛でている。

男なら、何はなくとも自分の体だけは持っている。女だってそうだが、それは大人になるまでのことだ。大人になると、男がそれを欲しがる。そして手に入れると、ぼろぼろになるまで使い果たしてから返すのだ。そんなのを見ていたからだろう、私は無意識のうちに、男が欲しがらないような女になろうと決めたのだった。

私も、今ではまた娘の着物に体を包んでいる。十四歳で、醜かった。みながそう言うのだ。えらが張って角ばった顔、顎は節くれみたいに飛び出ている。提灯顔ってあだ名もついた。そして、北斎工房で、小間使いとして働いていた。

今でもよく覚えているのは、父について本屋の床店に行った日のことだ。私はいつものように道端で待っていた。砂があるときはつま先で、泥があるときは棒で、紙と筆と墨があるときはそれを使って、父がするように日常を描きとった。その日は西瓜売りの女のまわりをうろついて、一切れもらったのだった。齧りつくと、薄く赤い果汁が口の端から垂れる。それから黒い種を空中に吹き飛ばす。志乃が見たらびっくりするだろう。

それから香具師の前の人だかりに紛れてしばらく見物する。「スモモの花だよ、スモモの花」と男は叫ぶ。しかしその甘くて繊細な香りは、焼鳥屋の炭火の煙と、人々の汗のにおいにかき消されてしまった。それで私は父のところに戻った。

父は蔦屋に新作を披露しているところだった。小舟で商う夜鷹、黒いほっ被りをして隅に身を潜めている。「江戸の遊女」という連作の一部だ。下級も下級、冷たく湿った川のそばで人知れず客を取る女たち。黒と赤の色は深く、紙に染み込んでいる。

「さて、どんなもんかね」と版元は口を尖らす。「陰気くさいんだよ。とにかく、もう女郎ものはたくさんだ。最近じゃ検閲がうるさくってね」

不愉快だった。下絵を描いたのは北斎だが、実際に色づけしたのは私だったからだ。

父は別の作品を見せる。酔った女。泥酔した遊女が黒塗りの葛籠《つづら》にもたれかかっている。これも私が手を入れたものだ。

蔦屋は父の肩に重々しく手をのせる。

「いいかね、物事の暗い面を描こうって意気込みは分かるよ。あんたが満足すんなら、それはそれでいいさ。でもなあ、こんなのは売れないんだよ。よっぽどの目利きでも見つけないかぎりはな」

私は店の奥に行って彫師たちを眺めた。版元が私たちの図案を購入すると、彫師はそれを版木に貼りつけて、それから線を彫る。彫刻刀は三日月形、まっすぐな刃、赤子の指からこぶし大のものまで、形も大きさもさまざまだ。あぐらをかいて卓の上にかがみこみ、彫るごとに出るおが屑を吹き飛ばしながら、私たちの描いた文字の細い線や、人物の繊細な曲線を彫っていく。その器用さに圧倒された。私に向かって静かに会釈をするが、その集中力が途切れることはない。

父のところに戻ると、結局商売は成立しなかったようだった。

「なんであいつはお父っつぁんのをもう出してくれないのさ」

「俺のツキが悪いと思ってんのよ」と北斎。

父のツキの悪さは、そのツキのよさが原因だったと言ってもよい。歌麿亡き今、江戸で一番有名な絵師だということはよいツキだ。有名なのに貧しいというのは不思議でしょうがないが、それが事実だった。悪いツキは異人に人気があったことで、お上の目に触れるんじゃないかと出版人たちが不安を抱いたことだ。オランダ人はまた江戸に来ていたが、あの窓が目線より上にある奇妙な家屋に押し込められていた。気の長い見物人たちがその反対側の橋に張りついて、誰が入ったの出てったのと、日がな一日話すのだった。それは蘭学者やその生徒たち、有名な役者や遊女で、花扇でさえも目撃された。その花扇が、抱えの禿《かむろ》を寄こして、以前の客がまた北斎の作品を欲しがっていると伝えてきた。新しい商館長《カピタン》だ。

「俺に会いたきゃ、てめえで北斎工房までやって来い、って伝えな」と、父は言った。


なぜ父が要人を家に呼びたがるのか、私には分からない。

うちの工房ときたら、まるで盗っ人にでも入られたみたいだ。

それはたった一間で、そこに間続きのもう一部屋で私たちは暮らしている。少なくとも今は一人ひとりに布団があって、昔みたいに一緒に寝ているわけではないが、火鉢のまわりでくっつき合っているから余裕なんてあったものじゃない。朝になれば寝たのと同じ場所で飯を食う。家にいるのは私と姉の辰の女二人、それから崎十郎。異母兄は中島の鏡師のところで見習い奉公をしている。父が見習い奉公をしたのと同じ一族だが、父は何も引き受けず継承もしなかったものだから、これがまた母が父に振りかざす棍棒となっている。

しかしながら、中島家は奇妙なほど私たちに関心を持っていた。少年の頃、お城の長廊下で銅を磨く仕事など自分にはふさわしくないと思い込んだ父が恩を仇で返したにもかかわらず、異母兄をやとってくれた。兄の稼ぎはわずかだが、それでも私たちの誰の稼ぎよりも多かったので、文句を言う者はなかった。姉のお美与は父の門人の一人と結婚していた。辰と私は工房を手伝い、母は崎十郎を寺子屋に連れて行った。男の子は母の大きな誇り、そして崎十郎もそれを知っている。

「工房」といってもただの六畳一間、大きくなんかない。部屋の隅は版画や調べ物の紙を入れた物入れでいっぱいだった。いつでも弟子たちが一緒にいて、卓で日常を映す絵を描いていたし、籠に入れられた写生用の鶏や猿や兎までいた。それから、たいてい誰かしら鳥を入れた籠やら魚を入れた桶やらを置いていて、私の飼い猫たちがそれらを捕ろうと、うろうろして好機を狙っているのだった。

しかも、ここはうるさい。日中、お美与が赤ん坊を連れて帰り、その子が猫を棒で突っついたり、顔料の入った乳鉢をわざとひっくり返したりしては笑うのだった。私はこの子が嫌いだった。

これだけ懸命に働いているのになんの見返りもない、と母はよく言った。夫婦喧嘩は未だに絶えない。あきらめの悪い母は、夢見た生活が手に入らないとは露ほども思っちゃいない。喧嘩の原因はおもに父の金に対する無頓着さだった。しかも自分の楽しみ、たとえば絵描き大会とかちょっとした賭け事とか、そんなことばっかりに金を使う。たいしたことではないが、母は騙されていると感じるのだった。そんなわけで、鳥が籠を軋ませる音や、お美与が息子を叱る声や、父の狂ったような笑い声に、二人の怒鳴り声が加わるのだった。

でも、父は面白かった。左手でも右手でも描いたし、頭上で描いたり、膝のあいだから背後の床に置かれた紙に描いてみせたりもした。笑いながら爪で描いたこともある。以前には『不厨庖即席料理』という本を書いている。米、汁、酒、茶、餅、新鮮な野菜に乾物《ひもの》、甲殻類の卵などを茶化し、それから酒についてこんな詩を詠んだ。


まず男が酒を買う。

次に酒が酒を買う。

それから酒が男を買う。

酒が混乱へと導く道にはきりがない。


それは、風が店先の薄い日除け暖簾《のれん》をバタンバタンと吹きつける、ある秋の日のことだった。狂歌連の面々は浅草寺の近くの茶屋の外に腰掛けていた。私は字の練習をしていた。すると、着膨れした大男が通りかかる。定信だ。またかい。一同、その行く手を目で追う。

「何しに来やがったんだ」

「俺たちに呪いでもかけるってのかい」

「きっと黄表紙でも出す気になったんだろ」

冗談もいまいち乗りが悪かった。

「あいつも何か恐がってんだろ」と三馬。「歴史を築き上げたかったのに、歴史は勝手にどんどん出来ていく。しかも歴史のなかの自分の姿ときたら、あんまり格好のいいもんじゃねえときた」

天井から風が吹き込んできて、吊るし行灯《あんどん》を揺らした。その光が定信の顔をさっと照らす。まだらな明かりは、橙色、それから白くなり、そして消える。それは全員の顔を照らし出し、一つひとつ、赤裸々に浮かび上がらせた。

「俺たちに何か言いたいことがあるに違いねえ」と三馬。

定信が近づいてきた。あの独特の奇妙なやり方で、ちょうど私たちに対し自分が影になるような位置に立つ。突き出た腹、硬い顎、でかい鼻。まるで漫画みたいだ。三馬の嘲りなど気にも留めない。

「おまえたちに戒めを告げに参った。北斎と呼ばれる男はいるか」その声は低く落ち着いている。

狂歌連の男たちは不敵な態度をとる。「そんなやついねえよ。北兵衛、北馬、北津、それとも北田か。なんのこったかさっぱり分からねえな」

「そんな名の絵師もいたが、弟子に名を売っちまったよ」

定信は腹で静かに笑ったように見えた。それは膨れて、しぼんだ。

「北斎は、異国の者に国の詳細を伝えてはならぬという御意を心得ておくべきだな」と定信。

そして、行ってしまった。

私は父を見る。父は茶を手に取る。ついにこのときが来た。私たちはいったいどうすればよいのだろう。

できることなど何もなかった。

小さく戸口を叩く音がして、それから工房の戸がすっと開いた。父の体に緊張が走る。気づいた素振りは見せないが、ほんのりと頬が色づいた。

志乃だった。

格下の見世に移ってからというもの、志乃の面長の顔はますます尖ってきた。頬の傷も癒え、ちょうど顎の骨に沿っていたので、今ではほとんど分からない。頭上に結い上げられた大きな髪とその簪が、体からすべての精気を吸い上げているかのようだった。広袖の着物と厚い帯のなかで体が泳いでいるように見えるが、裾は脚に張りつくように巻きつき、足元でたぐまっていた。こんな生業《なりわい》に貶められたにもかかわらず、志乃は少しも品を失ってはいない。

どうやって吉原を抜け出したんだろう。何か仕事があるのだろうが、いったいなんだろう。

志乃のもとに寄る。もう何か月も会っていなかった。父が横槍を入れる。

「栄！ 棒八さんの絵を見ろって言ったろ」

「もう見たよ。だめだね、ありゃ」

師匠は大げさに肩をすくめて見せる。でも笑いは隠そうとしない。志乃に向かって「なんであいつはどんどん俺に似てくんのかねえ」と言った。

「お忙しくないようでしたら、栄を湯浴みへ連れて行きたいのですが」と志乃。

辰とお美与は怪訝そうな顔をする。やっかんでるんだ、きっと。

「今それどころじゃないだろ、まだ仕事があるよ」

「お志乃さんと仕事の相談でもするんだろ」

「なんでいっつも栄ばっかり」と辰がぼやく。私が戸口に近づくと顔をしかめた。

「泣きごと言う年でもないだろ、辰。さっさと仕事に戻んな」と父。

そして、私たちは湯屋へ。橋のたもとで物乞いたちが「南無妙法蓮華経と唱えなされ。日蓮上人を称えなされ」と言いながら椀を差し出す。山の薬草の包を首に巻きつけたりと、どこか野暮ったい。狂気を秘めた目つきの口寄せ師が屈みこんで、脚のあいだに両手で長い器をかかえている。「あんたの先行きを見てみるかい」とその女は言うが、志乃は申し訳なさそうに謝りながら避けて通った。

「先のことなど知りたくもありません」と志乃。「どのみち変えることができないのなら、教えていただいたところでなんになりましょう」

志乃がそう言ったとき、私は何かとてつもなく悪いことが起きると察した。

「何か悪い知らせでもあったのかい」

「知らせとは私たちが作り上げるものです。いつも望みを高く持たなくては」

吉原の暮らしは志乃を変えていた。日に当たると、目尻の皺やほうれい線がよく分かる。美しい髪も以前ほどは艶がなく、何日も前に結ったきり、という風貌だった。

湯屋に着いた。入口に木の矢印が掛かっている。大人十文、子供八文。志乃は四文銭をいくつか取り出した。女湯の番台にいるのは、隣の男湯を仕切っている男の女房だ。男湯の三助が壁から頭を出し、こちらを覗く。洗い粉をくれと言うのだが、志乃を見たかったのに違いない。志乃には人の視線を集める何かがあった。背はまだ私より高い。私たちはどちらも不美人だけれど、志乃は優雅だった。私は背が低くがに股、父そっくりだ。意固地になると顎が出るが、そんなこともしょっちゅうだった。でも志乃は味のある顔で伏目がちで、趣があった。男たちはそういうのが好きなのだ。おとなしそうに見えるから。

手拭いを取って、下駄を脱ぎ捨てながら帯紐を解いた。小さな木の手桶を取って座りこみ、磨き上げられた床板の上に泡をはね飛ばしながら、腋の下や股を洗う。肌を流し、滑る板の上を用心しながらもうもうと湯気の立つ湯船に行き、温かさを確かめた。三助が目を合わせる。

「熱すぎますかい」と三助。志乃に対してはいつも腰が低い。誰もがそうだった。「それとも冷たすぎますかい」

ほかの女たちが三助の気を引こうと、湯船の脇を叩く。

「もう少し熱いとちょうどよいかしら。ご親切にありがとうございます」と志乃。

女たちはひょいと顔を上げて志乃の言葉に耳を傾けたが、すぐにまた四方山話に戻った。

向かいにいるのは、眉をそり落としてお歯黒を入れた、奇妙な顔の二人のおかみさんたち。姑の悪口に花を咲かせている。一人の姑は気はいいが年老いていて、もう一人のは意地が悪い上にまだ若く、あと何年も生き延びそうだということだ。

「私のはどんなお方かしら」と、女たちのほうに大げさに首を傾けながら志乃が言う。

志乃はたった今、遠まわしに二つのことを伝えた。一つは、前の夫の元には戻らないということ。そしてもう一つは、嫁ぐということ。私は歯の隙間からスーッと音を立てて息を吸い込んだ。

「嫁に行くっていうのかい。いったいどうやって」

「夫が亡くなったとの知らせを受けました」そう言う志乃の顔に表情はない。

「じゃあもう銭を送らなくてもいいんだな」

「それが、今度は弟君が権利を主張されています」とささやく。

大鎌のように腰の曲がったお婆さんが湯船の端にやって来た。歯は全部抜けている。志乃が立ち上がって、湯船に入るのに手を貸そうとすると、三助がやって来て「いやいや、結構。あっしの仕事でさ」と言った。

それで志乃はまた湯に浸かる。湯をすくって顔を洗い、目を閉じた。志乃は考えるとき、いつも目をつむる。あるいは、泣くとき。

「でもね、私は遊里を去ることになるかもしれないのです。あの座頭が――あなたはその呼び名が好きね――身請けしてくださるとおっしゃるのです」

私は泡立つ湯面に向かってぶっと吹き出し、バシャバシャと湯を叩いた。「ちょっとそこの、やめな！」と女たちが一斉に言う。

「で、見返りはなんなのさ」

「妻になるのです」

三助は老婆の背を流している。灸をすえたあとの小さな丸い染みが体じゅうにあった。私は暗い顔でその老婆を見つめる。

「もし実現したら、私のために喜んでくれますか」と志乃。「まだ少し間がかかると思いますが……」

志乃が泣いてるってのに喜ぶ道理があるかってんだ。もし志乃がそれでいいんだったら、なんだって先のことは知りたくないなんて言うんだよ。

「おそらく何よりもよい結末でしょうから……」と、志乃は静かに言う。

私はフンと鼻を鳴らした。相談するふりをしているけれど、もう全部決まってんじゃないか。

志乃の隣の女が立ち上がりざまに手拭いを湯船に落とした。それはしばらく浮かんでいたが、やがて水を吸い込んで沈んでしまった。三助がいそいそとやって来て水中に潜る。下でいったい何見てんだか。

「何よりってなんだよ」

父が志乃を請け出して自由にし、一緒に暮らすってことだ。言わなくても分かっている。でも、そんなこと絶対に起こりっこない。その考えは湯のなかに沈んでしまった。

「お分かりでありんしょう」と志乃。

誰かが三助に湯の温度を下げるよう頼む。

「だめだめ！　冷たくしないどくれ」と私。志乃が好きな熱い湯がよかった。さあ、今度は湯からあがって垢をこすり落とし、一皮むけてからまた湯につかるんだ。志乃もそろそろ、といったところだろう、顔が上気して、肌もふっくらとしてきた。湯のせいか、それとも、もしや照れているのか。

「あの男のこと、好きなんだろ！」と、突然私は責めたてる。「どこがいいんだよ、あんな芋《いも》！」

「どうしてそんなに嫌うのですか」と、同時に志乃も言う。

「どうして、だって？」教えてやろうか。あの手。見世の格子窓に群がる客に紛れながらも志乃のにおいを嗅ぎつける鼻、その前に陣取るあの、のっそりと熊みたいにしまりのない体。低くて慇懃無礼な声。愚鈍なまでの強情さ。

「目が見えないということは、たいへん難儀なことなのですよ」と、志乃はかしこまって言う。

「ああそうかい、だからって好いてやんなきゃいけないのかい」

「見下してはならないということです」

志乃はくるりと背を向けて湯から出た。ゆっくりと手拭いを取りにいく。三助は志乃の背中を流す気も満々。私は女たちの話に聞き入る。姑の話はもう終わって、今度は髪型の話だった。

「新しい髪結に行ってみたんだがね、どうも思いどおりにならなくて」と一人が言う。

「あんたの気に入りの娘はどうしたんだい」

「故郷《くに》に帰っちまったよ。父親がよくないらしい」

「腕のいいのを見つけたと思ったら、いつもそうやっていなくなっちまうんだよねえ」

私も上がった。振り返ると目の前に志乃がいる。もうすっかりきれいになって火照りも冷めて、湯に戻るところだ。

「ところで」と志乃は言う。「あのお方にも名があるのですよ」

「そんなもん知りたくもないね」

体を洗い終わったあとの手拭いってのは、汚くていやなにおいがする。いつもそうだ。突然、貧しいってことに嫌気がさした。そんなこと気にしちゃいけない。気位を持ってってんだ。母より高尚になるって決めたじゃないか。それでも、泣きたくなった。私はすねて、だらだらと歩き、志乃に目線を合わせないよう、ぐるぐると訳もなく辺りを見回した。家のすぐ近くに来るまでひと言も話さず、志乃を苦しめる。でもついに、思っていたことがぽろりと口をついた。

「お父っつぁんは知ってんのかい」

「お父上のお望みです」

悪寒が走った。まるで服を着たまま、湯屋の三助に頭から水をぶっかけられたみたいだ。あんまりだ。もうこれ以上我慢できない。

「冗談じゃないよッ」私は道のど真んなかで叫んだ。「喜ぶかってきいたなッ。喜べるわけないじゃないかッ。あんなやつんとこに嫁に行ったって、こっちの女郎からあっちの女郎になるだけじゃないかッ。自分でも分かってるくせにッ」

志乃なんか大っ嫌いだ。なんでひと言、銭がないから、こうするよりほかにないんだって正直に言えないんだ。言ってくれさえしたら蔑んで笑って、それで済むのに。

工房の戸口で私の猫たちが鳴き声を上げて激しく尾を振る。誰も餌をくれなかったのだ。私は雄のほうの腹の下に足を引っかけて抱え上げた。それからごつごつの背骨を撫でてやり、また放す。しばらく部屋の隅でうろうろしていたが、誰かの肘に突き飛ばされ、絵具の入った皿をひっくり返してしまった。猫は驚き、辰がそれを抱え上げる。辰の腕のなかで猫はうなだれ、足は抗議のしるしに開いたままま。辰はそれを表に放り出してしまった。姉たちを見つめる。志乃の歩んできた人生などには露ほども馴染みのない姉たち。表で鍋が煮え立つ音に紛れて母の声が聞こえてくる。母はなんでも潰しちゃあ焦がす、とんでもない料理人だった。北斎はといえば、まるでいがぐり頭の幸せな仏様のように中央に鎮座して、自分の筆が描き出す天女が雲から浮かび上がるのを、悦に入ってうっとりと眺めている。

怒りがこみ上げてくるのを感じた。私たちはみな働いて絵を描くが、それで満足なのは父一人なのだ。そして私は父のお気に入り。秘蔵っ子。ありがたいこった。そのせいで姉たちは私を嫌うが、それがどんなもんかなんて分かっちゃいないんだ。私には父しかいない。しかも父ときたら気まぐれで、虫の居所が悪けりゃとんでもないことになる。

父の贔屓が重荷だった。姉たちは知らないが、母は志乃のことを知っている。北斎の仲間も吉原の連中もみな知っている。私は自分の家の者たちを眺めた。身内なのに、赤の他人のように感じる。これが私の一族。でも、つんとすました辰の横に座ってみたところでそんなふうには感じられない。父が私から血の繋がった者らを奪い去り、一人ぼっちにしたのだ。

そして今、愛する志乃でさえあの座頭の高利貸しの手に委ねようとしている。父の下賤な面を見た気がした。私たち全員を自分に、自分と遊女に仕えさせてきたくせに、今じゃ銭がないからってその遊女をほかの男に売ろうとしている。

志乃と父はどうやって逢瀬を重ねていたのだろう。見当もつかないが、会っていたのは確かだ。部屋をもう一つ借りているのか。それが父に銭のない理由の一つなのか。それとも二人で河原の舟を借りて、睦み合っていたのか。銭がないって理由で別れを決め、志乃をもう一度売り飛ばすなんて、なんでそんなことになったのか。「お父上のお望みです」志乃はそう言った。

だから、二人で決めたことなんだ。ああ、あの男の嫁になれ、父はそう言ったはずだ。こんな好機はめったにねえぞ。破滅した遊女なら誰でも涎《よだれ》垂らして欲しがる、新しい生活だぜ。そんなものを志乃が欲しがるとでも思っているのか。あの優雅で、強く、忍耐強い志乃が。

北斎なんか大っ嫌いだ。なんで私はこんな星の下に生まれてきたんだ。父とその恋人、それも実際には父のものではない恋人の元に。なぜ母は私を可愛がらないのだろう。そりゃ、こっちだってなんとも思っちゃいないけど……でも最初に突き放したのはあっちだ。父は工房のために私を選んだ。私が必要だということか。それともただ都合よく使われているだけなのか。北斎のことで確かなものなど何もない。なんでもかんでも尻切れトンボで適当で、ころころ変わる。すべては人並み外れた情熱、絵を描き名声を得るためだ。父が汲々として守りぬく筆。今だって私の作品に手を入れている。父を手伝うのは娘としての義務、父の小城を守るのは女房子供の義務。この、ぼろぼろの小城。

姉たちに共感することが一つだけあった。私たちは父の野望にがんじがらめとなり、その犠牲となったのだ。姉たちを理解してやらなきゃ、と思う。こんなふうに人の魂を食いあさる男たちに嫁ぐ以外、ここから逃げ出す方法はないのだろうか。

私は、脂肪の段が波打つ、男の太った腹の連作を描いた。父の売れ筋だった。「吉原一のおっ母さん」と呼ばれている父。その父が机の端から筆を伸ばし、畳の上で描いている私の絵の線を正す。泣きたくなった。志乃が私の表情を快いものにしようと教えてくれたことを思い出す。上手くできたためしはなかったが、今日ほどそれが難しいことはない。いつも考えていることだが、嫁に行きたがっている姉たちを見て、あんなふうにはなるもんか、と改めて思った。手の届かぬものを追い求めて怒鳴り散らす母のようにも、もちろんなるまい。そして今日、お父っつぁんのようにもなるもんか、と決心した。だめ父、だめ間男。

このまま何事もなければ、志乃と座頭は夫婦になるだろう。それはどうしようもないことだ。でも私は違う。今まで女の身に起こり得ることをいろいろと見てきたが、私はそんな定めに身を委ねることはしない。私はそれを避けてみせる。私は絵師になる。

男と女の情なんて、父と母の場合は一目瞭然、苦しみ以外の何物でもない。でも、志乃のは違った。それは貢献であり、悦びであった。正式でもなかったし、銭の絡むものでもなかったけれど、それは堀沿いに、茶屋の隅の暗がりに、漆の木の下に、確かに存在したのだ。外での逢瀬など、褒められたものではない。でも私は絶対に、そういうものがあると信じる。

頭がおかしいのかもしれないね。

私の紙の上に父が描いた線を見てみる。

私よりずっと上手い。

それをよく見る。とにかくまだ父から学ぶことはあるのだ。絵を描くこと。学ぶだけなら、父が男らしいか正直かなんて気にすることもない。私には才能があるとみなが言っているのだ。学ぶだけ学んで、あとは逃げるのみ。

第3部

16　三馬

式亭三馬が北斎工房にやって来た。

私はいつもどおり、恐ろしい門番のような面がまえで戸口に座っていた。弟子たちのあいだで指示する北斎の、凛として、かつ滑稽なはげ頭が薄暗いなかにぼんやりと浮かんでいる。その頃は両国の辺りに住んでいた。前の年の大火事が下町の大部分を焼きつくし、私たちの長屋も、それはもうたくさんの作品とともに焼け落ちてしまった。そのあとには、木が足りなくなったもんだから、酒樽から剥がしてきた菰《こも》を張ったあばら屋がまるで雨後の筍のように増え続け、その一つに私たちも引越したわけだが、少なくとも私たちが入居したときには小ざっぱりとして清潔だった。今では弟子たちも一緒に暮らしている。床の上は、絵具皿、籠のなかでそわそわと落ち着かない写生用の動物たち、うず高く積み上がった絵、そんなものでいっぱいだ。火事で行き場を失った野良猫たちが表をほっつき歩いている。食べ物の包まれていた竹の皮を投げてやると、魚のにおいのするものならなんでも舐めまわす。

三馬が低く屈みこんで、入ってもいいか、と私に耳打ちする。

あの出版祝賀会の晩に話した、滑稽本作家で芝居の批評家で白粉《おしろい》売りの三馬だ。

「絵の稽古でもしたいのかい。それとも親父の絵を見たいのか」

「おまえさんに会いに来た、ってのはどうだい」

「馬鹿も休み休み言え」

「おまえさんの絵を見せとくれよ」そう言って、三馬はまた頭を下げる。「ところで、おまえさんの名はなんと言ったかな」

「オーイだよ」と、父が私を呼ぶ名で言ってみた。最近じゃあ本当の名よりこっちのほうが気に入っているくらいだ。そのくだけた響きが私のガラガラ声に合っている気がするんでね。ドブんなかの蛙みてえだ、と父は言う。記憶にもない。魅力に欠けるのも無理はない。誰かに首でも絞められて魂を抜かれちまったんだろうか。志乃は私に唄を教えようとして、歌っている最中に今までに出したことのないような叫び声を上げてみるよう言った。本来の声を見つけられるよう促してくれたのだとは思うけれど、まるで効果はなかった。私の声は低く濁っていて、まるで菓子屋が搾り出す栗の餡《あん》みたいだ。とにかく、甲高くて甘ったるい声の女たちと一緒に歌うのは御免だね。

ところで、志乃はもうここにはいない。あの、湯屋に行った日を最後に、志乃には会っていない。

今ここにいるのは、私を覗きこむ三馬だ。

「そんなに根《こん》つこめて何やってんだい」

「帳簿つけてんだよ」

父は私に、男のように読み書きする道を教えてくれた。好きにできる時間などほとんどない女たちは、普通は簡単な文字だけを教えられたものだ。免状をもらうのだって何年もかかった。それだから、とにかくありがたかった。私に読み書きを学ばせたほうが、父にとっても都合がよかったのだけれど。これで銭の貸し借り、まあ、おもに借りのほうだけれど、それも上手く取りしきることができるというわけだ。

　字を習うのは楽しかった。遊びながらやればすぐに覚えられる。二隻の帆船が形作る「五」、松の木が表す「宝」。二、三、四、六、七の字の線の一つひとつが絵の一部になっていた。豊穣の神の宝の山に腰掛ける鼠、空飛ぶコウモリ。無駄なものは何もなかった。「鏡師」の文字は、床に座り込んで金だわしで銅の表面を磨く小太りの陽気な男の、丸い頭と肩とが成す三角形をなぞりながら覚えた。父が描いたものだ。鏡師のもとで奉公していた頃、主人やお内儀の顔を直接見ることはご法度《はっと》だったが、鏡越しに眺めれば誰にも気づかれなかった、と父が教えてくれた。

「邪魔してすまんがね、オーイさんよ。オーイだって？　こりゃ名じゃねえな」と三馬。「鳥を呼んでるみたいだ。オーーーイ」

「親父はそういうふうに呼ぶよ」と私。「簡単だからね」

「そんで、呼ばれたら飛んでくのかい」と三馬。どうやら、しおらしく父に仕える娘の仮面の下にうごめく、陰気な洒落心に気づいたらしい。

「飛んでくんだったらそんなにしょっちゅう呼びつけることもないだろ」

　三馬は笑う。

「ほかにも名があるんだよ」と私。

「へえ、そりゃなんだろうねえ」

「たとえば、アゴアゴ」

　三馬が私の顎をじろじろと眺めるのを感じたが、無視してやった。

「力強さの象徴ってとこかね」と、三馬はもったいをつけて言う。「ところで、俺のこと覚えてないのかい」

「覚えてるよ」

「俺の本に挿絵を描いてくれる絵師を探してるんだがね」

「北斎の仕事っぷりなら知ってんだろ」

「ああ、でも、どんなもんかちょっと見てみてえんだ」

「なんだか上手いこと釣られている気がしないでもないが、それでも私は大福帳を背後に押しやって、工房の隅まで慎重な足どりで歩いていった。どの失敗作の山なら踏んでもいいか、ちゃんと分かっている。

北斎の図案を引き出し、一枚一枚、ていねいに床の上に広げ、三馬が見終わったそばからまたしまっていった。これは舟で商う夜鷹の図、売れ残りのやつだ。艫にうずくまって、布に手を突っ込んでいる、黒頭巾の女。見ているだけで湿気と寒さが伝わってくる。志乃に似ているけど、それを言ったら北斎の女は全部志乃に似ている。それから、次は江戸の夜景をいくつか見せた。

「いいだろ、これ」と、私は心にもないことを言った。

「どこがいいんだが教えてくれよ」

「まあ、構図と色合いかな」と私。「でもとくに、この嘘がたまらないね」

「嘘だって。そんなこたぁない」と、三馬は笑う。

「だってそうじゃないか。たとえば、絵師が描く夜景にゃすべてが描かれているけど、そんなわけないだろ、暗いんだから。そう考えると、嘘だろ」

「嘘とは違うだろ」

「じゃあ、なんだってんだい」

「技」

「だから、そう言ってんじゃないか」

「若けぇのにずいぶん頭固てぇんだな」

言い争うのは好きではなかった。指先でぱらぱらと絵をめくる。

「だってそうだろ。ほら、これを見ろよ。根付工房の絵だ。女たちもみんな働いているけど、そりゃ嘘だ。ここで働くのは男のみ。でも男ばっかの絵じゃ買い手がつかないから、女も描き込んだんだ」

「なるほどねえ」

「摺物も見るかい」

「ああ、頼むよ」

それは冠婚葬祭のおりに北斎が注文を受けて描いた詩歌の札だ。たとえば、引き潮の浜辺、海草や貝殻や錆びた錨の打ち上げられた浜にたたずむ人々、遠景の富士――どれも繊細な作品だ。西洋画風で、オランダ人に好まれた。

三馬はそれらの札を眺めた。遠くの景色の縮小図、曲がった水平線。

「ずいぶん変わったもんだな」と三馬。「あの年の絵師にしちゃ、たいした度胸だぜ」

「いつも変わり続けてるよ、親父は」

「今は何描いてんだい」

このところ父は漫画本、『伝神開手　北斎漫画』に取り組んでいる。あちこちの集いで書き溜めた素描を本にまとめ上げ、初心者向けの簡単な絵の手ほどきにするという。私に絵を教えるときもそんな簡素な線画を用いた。こんな、がに股のむっつりとした娘だけれど、私のことを考えながら漫画本を作ってくれたのなら嬉しいねぇ、などと思ってみたりする。

漫画には人々が小さく細々と描き込まれている。樽を抱え上げようとしゃかりきな者、鍋をかき混ぜる者、小太りの者、老婆、酔っ払いに盲目の参詣者。雛形は一切使わない。父はどこかで一度目にしたものは決して忘れない。あるいは私も一緒に見たのかもしれないが、私はそんなことはきれいさっぱり忘れてしまった。それらの描き方を示した初編はまずまずの売れ行きとなり、みな、ことに版元は大喜びした。

「親父は今、女たちに捧げる絵を描いてんだ。人生のいろんな岐路に立って、いろんな激しい情にとらわれた女たちを描くんだよ」と私。

「そんじゃあ、忙しいな」

「そんなことはない。なんでも請け負うさ。どんなんが欲しいんだい」

「忠臣蔵を新しく書き直そうと思ってな。ほら、四十七士だよ、有名だろ。あれに秘話をつけ足してえんだ。あの話、また歌舞伎になんだよ。歌舞伎、知ってっか」

私はめずらしく微笑んだ。滅多にないことだ。器量が悪いんだから、笑ってなんになるのさ。おとなしい切れ長ではなく、丸くひんむいたデカ目に硬いまぶたがのっかっている。そんな飛び出たまぶたで笑ったって、頑固で生意気に見えるだけだ。すると、急にほかの粗まで気になりだした。堅く閉じても大きな猫がすり抜けられるくらいのがに股。女にしては賢すぎとでもいうように広い額。胸は洗濯板、青い綿の着物から鎖骨が飛び出ている。私は笑うのをやめた。

「そりゃ、知ってるには知ってるけどね、歌舞伎小屋にゃ行ったことがない」

三馬はまだ何か探りを入れたがっているようだ。何か言いたげだが、黙っている。父は仕事に夢中で聞こえないふりをしている。私は父が何年も前に試作した図案を見せた。

「これが北斎版赤穂浪士さ。聞きたいかい」

誰もが知っている話だが、うちのにはひねりがある。

「ああ、頼むよ」

「浅野内匠頭にはたくさんの忠実な家臣がいた。敵は吉良上野介、浅野の奥方に恋心を抱いているのが密やかな憎悪の理由。吉良から恋文を受け取ると、浅野の奥方は良妻かくあるべしと、それを夫に見せた。それで内匠頭は吉良に小刀を突きつけた」

「へえ、そうかい」と三馬。「そりゃまた面白い解釈だな」

「そして浅野内匠頭は切腹を申し渡される。かくして、忠実な四十七人の家臣たちは浪人、つまり浪男《なみおとこ》となった。浪男たちは暇に任せて波のあいだをユラユラと……ちょっと、聞いてんのかい」

「おちょくんなよ！」

「おちょくったんじゃないよ、聞いてんのかどうか試しただけさ」

三馬と話すのは楽しかった。年上の男を楽しませるのはお手のもの。父親だってこんなふうにもてあそんでいる。

「切腹して死ぬ破目になった浅野内匠頭は、家臣から本当に慕われてたんだ。それに、吉良に切りつけた浅野に非があるわけじゃない。吉良が奥方のことで浅野を怒らせたから悪いんだろ。それで家臣たちは策を練って長いこと機が熟すのを待ち、手打ちにしたってわけさ」

「手打ちにしたって、何をだよ」

「手打ちとくりゃあ蕎麦に決まってんだろ」

うまい駄洒落だろう。父と私はいつも駄洒落を言い合っていた。三馬にも受けたようで、私たちは笑い出した。

「これを見な。敵討ちの場面を摺ったもんだよ。夜なのに全部見えている。さっき言っただろう、技だよ。絵師の技」

「欺き嘘つき、真《まこと》を語るってか」

「ええと、真か嘘かのどっちかだ」

三馬は上手に揚げ足をとるので、自分でも何を言っているのか分からなくなってきた。私はゲタゲタと笑った。弟子たちと姉たちは顔を上げ、父は顔をしかめる。私たちは表に出た。

「もし興味あるってんなら、もっと教えてやるよ」

「ああ、あるよ」

「親父の秘密なんだ。口外しないと約束するか」

「口外しない」

「そりゃ嘘だ」

「俺の嘘なんて、おまえさんのお父っつぁんの絵の技のようなもんじゃねえか。嘘も方便だ」

突然、分かった。今までそんなこと一度だってなかったからすぐには気づかなかったけれど、三馬は私に気があるのだ。

「そうかい」と私。すっかりあがってしまった。これから大事なところを話そうと思ったのに。「この憎らしい吉良上野介はな、北斎のほうの婆さんのひい爺さんに当たるんだ」

「おまえさんのお父っつぁんのお袋さんのひい爺さん?」三馬は目を回して指で数え始める。「そりゃ一体何代前だ」

「四代。五代かな。婆さんはそう言ってるよ」

実のところ、祖母はいつもその血筋のよさを自慢していた。それがどうして百姓に落ちぶれてしまったのか、そこのところは説明しようとしなかった。

「そりゃたまげた話だな。おまえさんの先祖が忠臣蔵の登場人物とはね」

「まあね」と言ってみたが、疑わしい。「でも、悪者じゃないか。浪士違いだね」

三馬はまた笑う。「すげえ話を聞かしてもらったな。俺が読者じゃなくてよかったろ」

「そんなこたぁ一目瞭然だ。読者ならもっと肥えて、ましな着物着てるだろ。たいてい小さなひげも蓄えてるし」

「そりゃそうだ」と三馬。

北斎が手を拭きながら戸口に顔を出した。まだ眉をひそめている。三馬に愛想笑いをすると、「オーイ」と言って顎をしゃくり、私になかに入るよう合図した。「オーイ、弟子見てやってくれよ」

「今度は親父が話し相手になるよ」と、私は三馬に言った。

「こりゃたまげたね」と、三馬が父に言う。「あの子は──いってて十二かい、弟子がどんなふうに教わるのか、見てみてえもんだな」

「十五だよ。あいつらはみんな喜んで教わるよ。上手いからな」と、満足げに父は言う。

それから仕事の話。

「新しく仇討物を書くんだがね、挿絵がいるんだよ」と三馬。

「おめえの常套手段だな。今度は誰のを真似すんだい」

「おめえのじゃねえよ。誰も欲しがんねえからな」

いつもこんなふうだった。ここぞとばかりに相手のことも自分のこともけなしている。それから顔を寄せ合って話し込む。父が母に茶を持って来るよう言いつけた。それからは並んで、さも楽しそうに指差したり、見比べたり、頷いたり。私は座り込んで、一対の櫛に使う図案を描き始めた。

17 悪戯《いたずら》

それからしばらくして、父は家を出ていった。

はじめは仕事仲間の馬琴の家に転がりこんだ。馬琴の本にも挿絵を描いている。

「馬琴のやつ、いい気味だよ」と母は笑う。「そのうち北斎のせいで家んなかが汚れた着物と皿だらけになっちまうよ」

父が成功すればするほど、母は冷めていった。

「北斎のことが頭にあると、ろくなことにならないんだよ」

馬琴とはしかし、数か月を過ごしただけだった。きっと互いに嫌気がさしたのだろう。あるいは、ついに定信の戒めをまともに受け止めることにしたのかもしれない。また取締りがはじまる気配があった。

すると程なく、参詣者の笠を被り、振分行李《ふりわけごうり》を肩にかけた父が家の戸口に現れ、「旅に出る」と宣言した。

それは、芽や蕾が顔を出し始めた、寒くすっきりとした早春の一日のことだった。

「雨具は入れたんだろうね」と、母は怒ったように言った。

もちろん入れたはずがない。袋はいっぱいだし、道中必要とあらばきっと、写生したり、女たちの扇子に絵を描いたりして、それと引き換えに蓑笠を手に入れるつもりだろう。

「なんで行くのさ」と私はたずねた。

「描くもんを探しにいくのよ」と父。

「日本橋に立ってりゃ、この世のすべての物が目の前通り過ぎてくじゃないか」と母。

「夜明けの静かな河原にいる漁師は見えねえだろ」と父。「松林のなかの岩を落ちる滝も見えねえ。江戸ではな。下総のほうまで行かなけりゃ」

「そんなもん描いてどうすんだよ」と、母は訳知り顔の横柄さで言う。母もその他大勢と同様、本当に絵になるのは江戸の景色、美人の着物、役者の大きなしかめっ面だけだと思っている。

「へえ、今度はおめえも知った口ってわけかい」と父。

これには少し頭に来た。ふだんなら父に同情するところだが、今度ばかりは母が気の毒になった。自分は偉そうに好き勝手やっているくせに、母に対するねぎらいなどあったためしがない。ちょこちょこ無駄に動き回り、間抜けな笑顔を浮かべて男に尽くす、そんな女たちを今までたくさん見てきた。下座につき、歩くときは一歩下がって——母にもそんなときがあったが、それが父をつけ上がらせたと気づいたようだった。

「ああ、おまえさんのことを文人墨客だなんて呼ぶそこらの間抜けよりはましだね」と、母は鼻を鳴らす。父の毒舌から学んだのか、最近では母もより巧みにやり合う。

「学もない、貧乏人の娘が」

自分のことは好んで「本所の百姓」と呼ぶくせに、結局、自分の眉唾ものの高貴な血筋をもって母をなじるのだ。本当のところはどうなのだろう、と不思議に思う。下賤な身か、高貴な生まれか、それともその不浄な交わりの結果か。北斎の父親は本当に中島なのか。それとも、四十七士の物語に出て来る悪役の子孫なのか。心臓がドクン、ドクンと、まるで二枚の羽子板を行き交う羽根のようにあちらへ、こちらへと波打つ。ドクン、ドクン。ああ、めまいがしてきた。

滝や夜明けの静けさなんて、母は聞いたことはあっても見たことなどない。ほかの誰もと同じ、母だって諸国のすばらしさや、ここ日本橋で交わる街道の行き着く先を見てみたいのだ。母はいつも、自分は子供たちと、そしてもちろん夫のせいで、こんなつらい単調な毎日を過ごすはめになったとこぼしている。私は「嫁には行かない」と心に誓っていたけれど、子を作らない、という項目もつけ足すことにした。

父がいないと、私は一人ぼっちだ。あの湯屋での悲しい話のあと、志乃もいなくなってしまった。座頭に出くわすのが恐くて、その後は志乃の廓にも行っていない。夫婦《めおと》になったのだろうか。子はできただろうか。遊女は普通、子を持たない。妙な薬と、たび重なる子堕ろしのせいで、子を望めない体になってしまうのだ。きっと子はないだろう。

「一人で行くのかい」

北斎は嫌味な笑いを見せ、「棒八が一緒に来る。剣間さんと大古さんに絵と指南書を残しといたから、おまえが見てやってくれ」と言う。

私は反対した。棒八は北斎工房の生徒だが、もとは町役人だ。年老いたので今では隠居して、銭があり余っているので絵の稽古をしているが、父について何里もの道を行脚することなどできるわけがない。棒八は、六十近い北斎よりも若かったが、父の歩く速度と距離といったらとんでもないのだ。

「おめえ、やっかんでんだろ」と父が言う。そのとおりだ。

そして、二人は行ってしまった。娘たちに工房を託して。

口論となると、姉たちは母にそっくりだった。前妻の娘たちなのに、不思議な話だ。母と私の中間ほどの年齢で、私よりずいぶん上だ。お美与ときたらまるで牝牛みたいに目をひんむいて、低く傾《かし》げた頭を夫に向かって陽気に振ってみせる。夫の重信はまだ北斎の門人として工房にいたが、その無能なことといったらなかった。そのうえあの甘やかされた息子ときたら、猫をいじめるのをやめたかと思ったら、今度はご近所から食い物や着物を盗んで来る始末。

北斎がいたときは工房内は混沌としていた。絵は部屋の隅に枯葉のように積み上がっていたし、こしらえた金は小さな紙包みに入れたまま、そこかしこに置きっぱなし。父が発ち、静かで、妙に単調になった今、辰が部屋の隅に散らばった紙を整理し、羽子板で遊ぶ子供の素描やカラスの肉筆画などのあいだから、ちまきを包んでいた笹の葉を取り除いた。辰はまじめで賢くて、秩序正しい。私はこの姉が好きだった。辰は誰に対しても親分風をふかせ、たいていのことは思いどおりに納まる。だからといって絵の才能があるということにはならないのだが、そのことには気づいていないようだった。一方、弟の崎十郎のほうは修養を積ませてもらえ、母はまるで夫に接するような態度で尽くすのだった。

私は遅れていた仕事を仕上げた。生い茂る杉、か細い枝の垂れ下がる柳、そんな木々の絵の写しを作った。それから、手足が妙ちきりんな、出来の悪い女の絵。北斎はこういうのが得意ではなかった。女にとって手足は道具であるということを考えなかったのだろうか。宿場の茅葺き屋根、波と浜。その丸く巻き立つ水の霊を見ていると、父と一緒にそのなかで戯れたときのことが思い出される。その私を女たちといっしょに置き去りにするなんて。ひどすぎる。

絵の上に屈み込んでいるかぎり、料理とかごみ捨てとか、そんなつまらない家事から免れることができる。末娘で、次男よりは年上、そんないっとう悪い位置づけから逃れてすっとぼけられるよう最善を尽くした。買い物は得意だった。表で何刻《なんどき》か好き勝手にできるから。

ときおり、磨きのかかった店の銅鏡に映った自分の姿を目にすることがあったが、みなが言うほど醜くもないように思われた。しかし、人がどう見るかなど分かるはずもない。自分の姿など知りもせず、それでも何不自由なく、無頓着な悦びのうちに生きている猫たちを手本にすることにした。ときには舟に乗って吉原にも行った。ミツや湧に会いに行ってみたが、志乃のことは何も聞かなかったし、こちらからもあえてたずねはしなかった。

父はなかなか帰ってこなかった。落ち葉が通りの脇に吹き溜まり、夜が冷え込み始めた頃、やっと帰るとの知らせを受けた。

「寒くなってねぐらに戻る獣みたいだねえ」と、母は満足げに呟いた。にもかかわらず、北斎はなかなか現れない。町に戻っているのに家に帰らないという仕打ちに、三日も甘んじなければならなかった。

その日、私の前に広がった画紙の上に、父の影が落ちた。寒さのなか、父の温もりが伝わってくる。私はその影をなぞり始めた。頭のてっぺん、そして横の小さな突起は耳。円だ。すべての物が円でできているのだと、以前父が教えてくれた。私は紙の上に低く屈み込んで、その姿を見上げないでいた。喜んで笑い声を上げる父。膝で私の背をつつく。私たちのあいだの、小さな秘密の合図だった。涙を見られないよう、私はうつむいたまま。

「天」と「地」の文字をすでに学んでいたので、それらを慎重に、一つ一つ、筆で書き込んでいった。父が喜ぶのが分かる。

「どこ行ってたんだよ。どうやって帰ってきたんだい」と私。

「どうやってって、一つ方向に向いてずっと歩いてだよ、前向きにな」と、父は微笑みながら言う。「後ろ向きにゃ歩けねえからな」

これは内輪の冗談だった。

「それで、やっぱりこの世は丸いのかい」

「それが分かるほど遠くにゃ行けなかった。ま、またの機会だな」と父は言い、私たちは笑い出した。

冬になった。乾いて寒く、死んだ地肌は岩のように固い。銭が必要だった。父は町外れの護国寺に行き、巨大な絵を描くと宣言した。弟子たちが七十畳の大広間の中央を空ける。見物人を押し戻して空いた場を確保するのが辰と私の役目だった。それからそこで、紙を何枚も何枚も貼り合わせて巨大な一枚の紙にした。まわりを取り囲んだ人々はぽかんと眺めている。北斎は墨でいっぱいの酒樽を持ってきた。使うのは棕櫚《しゅろ》の皮で作った箒。まるで重い斧のようにその巨大な筆を持ち上げると、通りを掃くかのように、紙の上に描き始めた。

まず円を描く。筆を持ち上げ墨を散らす。円のなかにさらに円を描き、そうしてから弧の横にまっすぐな線を描く。父が心の目で見ていることは承知しているが、それにしても私たちにはそれがなんなのかさっぱり分からない。私たちが立っているところから見えるのは、途切れ途切れの太い線ばかりだ。

父は箒の柄をひねり、片足を後ろに跳ね上げて踊る。ひねればひねるほど人々は笑う。見物人が当て推量を叫ぶなかを掻き分けて、私は部屋の隅に行った。

「そりゃ海沿いの街道だろう。黒い点は湯女のいる旅籠だ」

「北の山脈だ」

それから一斉に声があがる。

「いいや、違うな」

「いや、そうだ」

「おめえはいったい、いつ山を見たってんだ」

「三つ……いや、二つの交わる線が山の頂だな」

「山じゃねえよ、屋根だ。待てよ、屋根じゃあねえなあ……折れた枝……眉か」

見物人は押し合いへし合いして首を伸ばすが、なんせこの平らな部屋で見える範囲といったら、父の心を勘ぐるのと大差ない。野次馬のなかには絵師仲間もいる。幕府の密偵も、版元も。私たちに祭壇飾りと燈籠を注文した坊主も。人々は輪になるが、絵は大きすぎて全景が分からない。

そのうち火消たちが寺の屋根に登り始めた。柱をよじ登り、手と膝で瓦にしがみつく。

北斎はまだ箒で掃いている。

屋根の上から火消が叫んだ。「そりゃ、達磨だ！」

そのとおりだった。見物人が声を上げる。そんな大きなものを、どうやって心のなかで設計したのだろう。天才だ、とみなが言う。北斎はお辞儀をすると、投げられた銅銭を拾い集めた。

三馬もその場にいたが、とくに感心したふうでもなかった。

「簡単さ。誰だってできらあ」

ああ、男ってのはなんでこう嫉妬深いのかねえ！

「じゃあ、なんでみんなやらないんだい」

「そんなくだらねえこと、誰もやらねえよ」

「誰も思いつかないってことだろ」

「目新しくもねえや。江漢だとか白隠だとか、先にもでっかい絵描いた坊さんもいるじゃねえか。北斎は小遣い欲しさにやったんだろ」

「だからどうだってんだい」私は噛みついた。「誰だって銭は必要だろ」

三馬が私の腕をつかむ。

「そうだよな、おまえさんは北斎の忠実な娘だもんな」

「おう、そうよ。友だってんならあんたもそれらしくしな」

どんな絵師だって銭のために描いているのは分かっている。でも北斎は違う。北斎は銭には無頓着だ。たとえ私たちのための銭だとしても。北斎が気にするのは、評判だ。名を馳せるためにやったのだ。そして私はそれにつき合っていかなければならない。しかし、私にもやっと分かってきた。あの幼少の日、父の腕に抱かれて雪を口に含んだ日に垣間見たもの——幕府でも飢えの苦しみでもなく、父の野望、偉大な絵師という名声への渇望、それこそが真に恐れるべきものであるということを。

18
芝居

私が十六のときのある秋の日のこと、花魁道中で横に並んだ遊女と禿《かむろ》の、こめかみのか細い髪を描き込んでいると、式亭三馬がやって来て、長いことつっ立ってそれを眺めていた。私は顎を引いて集中するのみ。

「何かご用でありんすか」と言ってみる。私たちはよくふざけて、吉原の里詞《さとことば》を使った。咎《とが》める志乃も、もういない。

「邪魔はしねえよ。何してるか気になっただけさ」

私は夜、床について眠りに落ちるまでに何か楽しいことを考えて落ち着きたいとき、三馬のことを思うことがあった。三馬の存在、誰も気に留めもしない私への気遣い、あるいは、あたかも他人はどうでもいいと言わんばかりの、二人のあいだの暗黙の了解。すると、こそばゆいような温もりが胸に湧き、喉をこみ上げてくる。

三馬と父の仲というのは、競争心に基づいた奇妙なものだった。三馬は自分が書き物だけで食っていける江戸で唯一の男であると豪語していたし、北斎はそれを、三馬は質より量の金の亡者で、名作を真似ていい加減な本を書くへぼ作家だとこき下ろす。いわく、売れるものというのはいつも安っぽい紛《まが》い物であって、本物ではないそうだ。とにかく、もし本当に三馬がそんなに売れてるってんなら、生薬と紅白粉の店を続けて若さの秘訣を切り売りする必要がどこにある、とこう言うのである。

「たぶん本当に若さの秘訣を知ってんじゃないのかい」と、私は言った。

三馬は本当に生薬と紅白粉の店を営んでいて、吉原のすぐ近くで鉄漿《おはぐろ》や紅や白粉を売っていた。看板商品の不老長寿の妙薬に加えて、「江戸の水」という名の独自の化粧水も生み出した。それを父は苦い顔でまやかしだと罵る。

「あんなん、川から汲み上げてきたもんだぜ、まったく馬鹿なやつらだよ」

そうはいっても、店を持つ文人墨客は多い。京伝は煙草屋を営んでいたし、北斎自身も薬味の辻商いをしていたことがある。私には父が三馬だけを罵る理由が分かる気がした。いくら安っぽい仇討物ばかり書いているとはいっても、その才能は本物だったからだ。

自ら考案したその薬以外は何を信じるふうでもない皮肉屋で、無口で身なりに無頓着な三馬だが、いったん口を開くとその毒舌は北斎工房の誰をも、母でさえも笑わせた。苦汁をなめてきたおかげで信用もある。私が生まれる前のことだが、町火消ともめごとを起こしたそうだ。火事を恐れる江戸っ子にとって火消は神のような存在。ただ、筋骨逞しくてもおつむは弱いのが町火消。三馬がその風刺本を書くと、やつらは三馬の家に火をつけた。

この大騒動で三馬は一躍時の人となった。幕府は火消ではなく三馬を罰し、五十日の手鎖の刑を受けた。その手首を見たことがある。それは江戸っ子の名誉の証、鉄の縛めが皮膚を切り裂いて残した傷跡。歌麿のと同じだ。

「ありがてえことよ」と三馬は言った。その手首の周りから前腕にかけて白く浮き上がる傷跡のまわりに、湧が猫の爪の刺青を彫った。意外なほどに、逞しい腕だった。

三馬は、幾月も音沙汰なしかと思えば、たとえば今日みたいに、私がちょうど花魁の髪を描き終えるようなとき、ひょっこり姿を現す。私は教わったとおり、ていねいに筆を運ぶ。三馬が私の背に脚をもたせかけるので、背骨の両側にそのごつごつしたすねを感じる。

「よう、歌舞伎に連れてってやろうか」

「今仕事中だよ」

三馬は北斎に向かって「よう、この子ちょっと休ましてやんな。使いすぎだよ。娘なしじゃやってけねえって思われるぜ」と言うと、小さくわざとらしい咳をした。

三馬は北斎の自尊心のつつき方をよく心得ている。私はさらに前屈みになって描き続ける。すると三馬は私の耳元で「この娘にもちったあ世間を見せてやろうじゃありんせんか」と、わざとまわりにも聞こえるよう耳打ちした。


巳の刻だった。薄黄色や灰色の雲が海からの強風に流され、あとにはすっきりとした青空が顔を出した。三馬はまるで俺が師とでも言わんばかりに、あれこれと説教しながら一歩前を歩いていく。それにしてもその声の大きいこと。

「華麗なる大江戸、ここで売れなきゃどこでも売れねえって、そんな文句聞いたことねえか」

ある。

「俺が考えた文句だ」と三馬。「俺が最初に使ったんだ」そう言って、また続ける。「この世に一日で千両落ちる場所が三つある。言えるか」

「まずは、魚河岸だろ」と私。

「ご名答」

「それから、吉原」

「賢いねえ」

三つ目は分からないふりをした。

「あとは、歌舞伎小屋周辺よ」

「ふうん」

三馬の後ろを小刻みに走る。

「ほら、こっち来な。あとにひっついてくんじゃねえよ」と、三馬の命令。「おめえは俺の連れだ、下女じゃねえ」

吉原はまたも火事で焼け落ちたところだった。黒こげの木材と灰だらけのなかを進みながら、吉原の住人たちが自分で火をつけたという噂についてしゃべった。現に、放火の罪に問われた遊女たちがいる。三馬はそんな女たちの味方だ。

「いい厄介払いってもんよ。近頃じゃ吉原も変わっちまったからな。楽しんでるのは黒頭巾の盗っ人だけだ」

三馬は遊女たちが拷問にあったという地下壕を指した。その上の廓は崩れている。

「蛮行はまだまだ続くだろうねえ」と三馬。「楼主たちは他所で一年仮商いする許しをもらって、有頂天よ。こりゃ、ますますひどくなるよ。新地は無法地帯になるな」

私たちは新吉原となる予定地の辺りを通りかかった。屋根はないが、廓は次々と建てられていた。私たちの住む掘っ立て小屋のように、壁は酒樽を包んでいた菰《こも》だ。どこでも手に入る。頭を剃り上げた盲人の一行が、互いに方角を教え合いながら荒地を通り過ぎていく。

それから大川を舟で下った。三馬は舟のへりに腕を沿わせ、伸ばしている。

「一番の悪所からお次の悪所へ連れてってやるよ」

浅草の中村座のことだ。通りかかったことは何度もあるが、なかに入ったことはない。銭がないからという理由だけではなかった。とにかく忙しかったのだ。

「俺は毎日のように通ってるよ。音曲が始まる頃にはもう舞台のまん前に陣取ってるね。といっても、ときには客席のほうが舞台より面白いこともある。水や泥をかけられたりな。途中で食いもん買いに出てくこたぁまずないね。饅頭いくつか茶で流し込めばそれでよし。まったく、飽きないねぇ」

「どうしてさ」

「そりゃ、俗世にどっぷり浸れるからよ。坊主たちゃあきれるだろうがな」

「信心がないんだな」

三馬は笑う。

その日は初日だったので、木戸銭は無用だった。三階建ての芝居小屋の横に建つやぐらで、男たちが太鼓を叩く。外壁一面に役者絵や貼札に提灯。握り飯に茶、鰻や土産物の売り子たちを押しのけながら進む。奥女中が、茄子色に染められた美しいちりめんの傘を傾け、顔を隠す。着物やはちまきや傘にまで七代目團十郎の紋章をつけた贔屓連中が列をなし、大向こうからは早くも「いよっ、成田屋、日本一！」の声。

「芝居とはなんの関係もねえよ。決まり文句並べてるだけだ」と三馬。

客席に面する桟敷席では、ほっ被りをした役者たちが扇子を揺らす。それは女形の男たち。女が芝居に出ることは許されない。

「そんでもって、女形は不美人じゃなきゃいけねえってのがお上の定めなんだ」と、三馬が呟く。「風紀を乱さねえためだな」

お上も考えが甘いもんだ。

西瓜の棒手売《ぼてふり》を見かけると、三馬が数切れ買ってくれた。紅から朱へ、そして桃色へと移り変わる色合い、さくさくとした果肉、甘い汁、黒光りする種とそれを吐き出す瞬間、そのすべてがたまらない。

私たちが待つあいだ、駕籠かきが人ごみを押し分けてやって来た。私のべたべたの指から、三馬がそっと西瓜の皮を抜き取る。

「そら、金主のお出ましだ。芝居が当たって儲かるか、はずれて貧乏人になるか。俺の品定めにかかってるってわけよ」

そう言って、やや自嘲的に微笑んだ。

すらりとして身なりの整った男たちが駕籠から降り立った。その立派な着物を見せびらかすかのように四方八方を見やると、肩越しに絹地を広げて、小屋に向かう。あんまり急《せ》いて歩くので、地面に穴があくかと思ったほどだ。その青白いふくれっ面を見ていると、その緊張が伝わってくる。そのうち一人か二人、三馬のほうをちらと見やったように思われた。

「ほらな、下町の紅屋でもちょっとしたもんだろ」と三馬。「俺のこと分かってんだよ。いい評判たててもらいてえからな。いやいやなんの、俺の言葉は売物じゃないね」

一番前のお客が、優雅に扇ぐ美しい役者たちを一目見ようと、じりじりと高土間のほうへ詰め寄るのを、木戸番が押し戻している。三馬が私を脇に引き寄せた。すると、戸口から頭取が顔を出し、指をくいと曲げて合図する。

桟敷席では、三馬の足は手すりにつっかえているのに、私のは届きもしない。頭上の上桟敷では女たちが歓声を上げている。目前の平土間では、人足たちが弁当を広げて陣取っている。後ろを振り返る頭、耳また耳、鼻に首、隙間も見えないほどだ。後ろから舞台にかけて延びる板張りの通路は花道、團十郎が登場するときに通る道だ。贔屓連中は私たちの後ろですでに大騒ぎをしている。役者も絵師と同様、人に非《あら》ずとされてはいるが、もし七代目市川團十郎が人でないというのなら、とても裕福な馬か牛に違いない。

三馬が筋書を買ってきてくれた。妙に薄っぺらい紙で、丁がたがいにくっついている。私はそれを胸元で抱えた。もらってもいいのだろうか。

「世話物の愉快なやつを見せたかったんだが」と言って、三馬は笑う。「そんなもんはどうせ毎日飽きるほど見ちまってるだろうと思ってな」

「嫌みだねぇ」

「そのかわり、不憫な色恋の話だ。こんな話だ。女が色に、飽きちまったから自分を捨ててくれって頼むんだが、こりゃ本心じゃない。男のためを思ってのことだ。だが、男は女の思いやりが分からず、女を殺っちまう。それでも女は化けて出て男を守ろうとするんだが、男のほうは気が触れちまう」

「怪談ならいっぱい知ってるけど、そんな嘘くさいのは聞いたことないね」

「そうかい、俺は逆だね。こんな惨い話なら山ほど知ってる。いいか、お栄、おめえのお父っつぁんはおめえを世間知らずにしちまったのよ。おめえが知ってるのは道楽者だけだ。だから、世間の悲しい定めだとかしきたりとかが分からねえんだよ」

話の筋はさっぱり分からなかったが、役者が見得を切るときの声とかその姿とか見物人の送る拍手とか野次とか、そんなものが面白かった。役者の白塗りの顔に走る赤い線と、それが動くさまを眺めた。時間の経つのも忘れ、そのおどろおどろしい芝居に没頭した。やっと終わって、日も暮れかけた表に出る頃には、まるで目が四つになったような気がした。今までの目が二つと、新しい目が二つだ。鳥のように高いところから自分自身を見下ろす。三馬と私は一心同体となって叫び、悲しんだ。湿った空気が冷たいので、三馬に寄り添う。三馬はちょっとだけ体を寄せると、また離してしまった。

七代目團十郎に会ってみたいかって？　決まってんじゃないか。上の立役部屋に行ってみた。いい気分だった。誰もが三馬を特別扱いする。

「や、先生。どうぞこちらへ。いかがでしたかな。お考えをお聞かせ願えませんか」

階段を上りきった三馬が呼びかける。すると戸が開いて、そこに團十郎がいた。壇上にいるときより小さく見える。衣装はもう脱いでいて、汗だくで、隈取りがけばけばしい。三馬は着物のどこからか手拭いを取り出し、「ちょっとこれ、頼むよ」と言って、團十郎に手渡した。

團十郎はその四角い木綿を受け取り、本のように広げて両手に載せた。それから私たちを見る。

「お熱いねェ。火花が見えるぜ」

「そんなもん見えやしねえよ」と三馬。「これは北斎の娘だ。働きすぎだから連れ出してやったのよ」

團十郎は隈取りが残る顔で、眉を吊り上げた。狭いところで見ると、また迫力だ。

「大絵師は娘たちを春画の雛形に使っていると――」

「そんなん悪い噂に決まってんだろ」と、三馬がはねつける。

「噂だと」と團十郎。「式亭三馬が噂に物申すとな」そう言って笑うが、その笑いは羽のように危うげに私たちの頭上を漂った。

顔が赤らむのを感じる。

「なんでもいいから、さっさと魚拓を取りやがれ」

「もちろんでございます、先生。私はあなたの僕《しもべ》」と、偉大な役者がわざとらしく言う。「今日の出来についてはどう書く気だ。まあいいさ。知りたくもない」

それから團十郎は私を見る。

「どう思うかね。当たると思うかね」

私はなんと言ってよいか分からなかった。

「あんまり出来のいい芝居じゃあねえな」と三馬。「だが、当たるかもしれねえぜ。怪談は人気だからな。季節柄ぴったりだ」

「お客といったら、こちらさんのおっしゃることがすべてだからな。最高潮の場面だってのに、うつむいて能書きを読んでやがる」團十郎はそう言って、笑い出した。そして、三馬も笑う。

客席から團十郎に呼び声がかかるが、團十郎は慌てる素振りも見せない。手拭いを持ち上げ、手のひらに広げられたその布に素早く、力強く、顔を押しつけた。布を顔に、顔を布に押しつけ、じっとしている。それから、はがしたその布を私にくれた。そこにあるのは團十郎の顔。眉、鼻、唇、頬骨。顔の版画だ。


それから三馬と、河原に繋がれた屋形船に行った。暗くてじめじめしていて、狭い。誰にも見つからない場所――なぜか突然、それが重要なことのように思われた。船のなかにいると、内に傾いた壁と褐色の木材が心地よかった。三馬は煙管《きせる》に火をつけて私にくれた。深く吸い込むと、煙は喉を焼き、目に染みる。酒も飲んだ。店主がやって来て、色絡みの冗談を言う。私のことを含んでいるのだ。きっと三馬はいつもこんなことをしているのだろう。ここにも以前、女としけ込んだことがあるのに違いない。慣れた手中にあるということが嬉しく思えた。店主は三馬に次々に酒と煮豆を出し、それから傍らで蕎麦をすすっている男たちを愉しませようと、艶話まで振る舞うのだった。

「よう三馬、尼さん引っかけるにはどうすりゃいいかね」

「堂々とやんな」と三馬。「尼ってのはちょろいもんよ」そう言って、さらに酒を飲む。「いっときの思い込みで出家しちまうから、男が恋しくてしょうがねえのよ」

「でも、罰当たりなんじゃないのかねえ」

「いいや、まったく」と三馬。「仏様が房事を咎めるってんなら、そりゃ癖になるやつが多いからだ。不義密通ってえのは甘くていいもんよ。深入りさえしなけりゃ大丈夫だ」

正座していた私は少し身をよじり、煙管をふかした。喉に焼けつく荒々しい煙がいい感じだ。自分の体を痛めつけるようなものだが、なぜか心地よい。

飯《めし》が済むと、三馬は私に自分の仕事場を見せたいと言う。船の舳先のせせこましい部屋に移ると、布団が敷いてある。三馬の頭にはどうやら違う考えがあるらしい。

「よう、團十郎が言ってたこと、本当かい。北斎が娘たちを春画の雛形にしてるっていう」

ある意味、本当だった。だが、みなが考えているようなことじゃない。

「じゃ、まったくの純粋無垢ってわけでもねえんだな」

「まあね」私は笑う。

触られたことはないが、見られたことはある。それで何かを失ったというのなら、それはあまりにゆっくりのことで、気づきもしなかった。確かに、私は春画の材料となった。私だけではなく、幼い頃は姉たちもそうだった。私たちは一部屋に寝ていたので、父は私たちのはだけた着物から太ももや、ときには尻を見ることもあった。まっ平らな胸も、股の裂け目も、全部調べられた。

「なんだってその娘《こ》たちを使うんだよっ。廓に行けばいいじゃないか。女房がいるってことを忘れちまったんならね」と、母が土間から怒鳴ったのを覚えているが、それはいつものこと。母はいつだって父の粗を探し、金切り声であれこれ指図するのだった。娘たちの体を見ることに憤慨し、いくらそれが手っ取り早い方法とはいってもやはり、よい作法でも粋でも、身内ですることでもない、と咎めた。

だからといって、人にとやかく言われるようなことでもない。

私は父の役に立ちたかったのだ。着物をはだけて仰向けに寝転がり、ひっくり返ったクワガタみたいに脚をばたつかせた。私は笑い、姉たちも笑う。すべては絵のためだ。父は非常に正確に私の局部を写し取り、そのあと、当時出回っていた蘭学の解体新書の挿絵と見比べた。父はいつも母を古くさいと言っていたが、それとは裏腹に、母には進んだところがあり、当時にしてはめずらしく、私事や秘め事という考え方をしていたのだ。狭い部屋に一緒に暮らしているのだから、昼も夜もいつも一緒。互いを聞き、嗅ぎ、見た。私は姉たちの着物を盗み、姉たちは私の絵をくすねる。しかし、父がどこかにやってしまった銅銭を探すときには一丸となるのだ。

私は三馬の前で帯を解いた。秘め事なんて考えはない。

今のところは。

三馬とほかの者の目に体をさらす。気づかないうちに失っちまった何かを、取り戻さなければならない。そうすれば、それをちゃんと与えることができる。

「どうやら北斎の娘を水揚げすることになっちまったみてえだな」と、三馬は呟く。

「この期におよんで娘なんて呼ばないでおくれよ」と私。「栄だ」

「そうだな」と三馬。「力を抜きな」

そう言われると、難しい。「頑張って抜いてるつもりだけど」

「頑張るってのがよくない」と三馬。「逆効果だ」

三馬が私の着物の下に手を滑り込ませる。ごつごつした指がまさぐる。でも、慣れた指に違いない。裂け目の扱いも上等だ。肌が縮んで、私は顔を隠した。すると、三馬の胸のにおい、着物のにおいがする。そこまではよかった。感じさせようと躍起になって触られるのは好きではない。私の体の秘密を知ってほしくなかった。

でも、三馬は続けた。私の反応は普通ではなかったかもしれない。私の落胆も、悟られた。それに、ものすごく痛かった。それでも、なんとか済ませることができた。

そのあと、深い眠りに落ちた。三馬が起こして、家まで送ってくれた。團十郎の顔型を押した手拭いもちゃんと持っている。家の戸をそっと滑らせると、冷たい空気が部屋に流れ込んだ。

北斎はまだ働いていた。顔は上げない。

「煙草のにおいさせてご帰宅か」と、のたまう。「しかも、わりと安全みてえだな」

「ああ、わりとね」

それから、二人で朝まで横になった。


吉原で事件があった、と、店に立ち寄るとミツが教えてくれた。志乃のことだよ、あの座頭が切見世の楼主に、志乃を請け出す旨一筆書き届けたんだってさ。私は何も聞いていないふりをした。

「でもね、それで終わりじゃないんだよ！　ああ、これが災難の始まりなんだよ！」

楼主は請け出しにあたり、それ相当の額を要求した。そこへ、前の楼主の甚三が口を出してきた。

ミツは、まるで歯が痛いとでもいうように頬に手を当て、片手で台座につかまる。足元から吹っ飛ぶほどの一大事、というわけか。

「なんだい、災難って」

「カナと甚三が、志乃はまだ自分たちのもんだって言うんだよ」

「そんなわけないじゃないか。売り飛ばしたんだから」と、私はもの憂げに言う。タツノオトシゴがないかと、飾り棚を覗いてみる。私は優雅で繊細なタツノオトシゴが大好きだった。生娘でなくなると、違って見えるものなのか。ミツは気づくだろうか。

「それが、売ってないって言うんだよ。懲らしめただけで、ちょうど連れ戻すところだったって。甚三んとこにも借銭があるし。怒りにかまけての売買だから、正式じゃない、志乃は角玉屋のもんだって言うんだよ」

「じゃあ連れて帰りゃいいじゃないか」

父の顔が赤らんだり、悔恨の念が浮かんだりするかどうか、見てみる。そんな気配はまったくない。

「全部ご破算になるかってとこだったんだよ。貰いたいって言う男がいるってのに、もったいない話じゃないか。でも大丈夫。銭がすべてを解決するよ。あの男は払うね。なんてったって、喉から手がでるほど志乃が欲しいんだから」

ミツにしては上手い説明だ。おかげで北斎が一瞬たじろぐのを見ることができた。

ミツが表の明かりのなかに出て行き、私もそのあとについて行った。

「カナと甚三のやつ、いつだって志乃のことは娘のように可愛がってきた、なんてぬかすんだよ。あの座頭も気の毒なこったねえ、骨の髄まで搾り取られちまうよ」

ついにミツが私を見る。変化に気づいたのだ。「なんか変わったねえ」と、呟く。

北斎は口をひんまげる。「いったいどんだけかかるんだ。志乃だっていつまでも器量よしってわけじゃなかろうに」

私は面と向かって笑ってやった。「あの按摩は盲人だよ、爺さん。志乃が器量よしかどうかなんて、分かりっこない」

「分かってるよ」とミツ。「目は見えなくたって、その手も耳も志乃を知ってるだろ」

なんだってこんな話をしているのだろう。互いに傷つけ合っているだけだ。

私たちは黙りこくって離れた。ミツは眉間に皺を寄せ、それから乳母が子供を呼ぶかのようにポンと手を叩いた。

「まあ、よしとしようじゃないか。志乃のことはこの先語り継がれるよ。吉原で三回も売られ、二十七の歳に請け出される遊女なんて、そうそういやしないよ」

それでは、やはり嫁ぐのだ。普通の暮らしをする女房たちのような、縞織の藍染の、木綿の着物をまとうことができるのだ。だが恥ずかしいことに、父と私のどちらも、喜びを表すことができなかった。

私たちは歩き続け、ミツはしゃべり続ける。

「そんでもって、もう一つ。あの盲人ときたら家族がいるんだよ。まったく、虫みたいにどっかから湧いてきてさ。哀れで間抜けな按摩んときは一人寂しく吉原で遊んでたのに、今じゃ幕府ご公認の高利貸しだからねえ」そう言って、ミツは親指と人差し指とをこすり合わせた。「田舎に両親と弟がいるんだってよ」

この、ちょっとした人生の皮肉がミツには面白いらしく、笑い出した。涙が頬骨を伝う。

「で、志乃はどこにいるのさ」

ミツはゆっくりと大仰に肩をすくめ、それからガクンと落とした。そして黒い瞳を私に定める。

「さあ、知らないね」

夕暮れ刻、堀沿いの見世に行ってみた。格子の向こうに志乃の姿はない。喜ばしくもあり、心配でもあった。燈籠の下、志乃がもといた場所にひざまずいている女にたずねてみた。「角玉屋」と、白く浮かんだ顔が、ほとんど口も開けずに言う。

角玉屋では、カナが両腕を広げて歓迎してくれた。

「あんた、女になっちまったんだね」

「まあね」嬉し恥ずかしの心境だ。「なんで分かったんだい」

「そりゃ分かるさ。秘めた笑顔を作るようになったからね」

私は何も秘めず、ただ笑った。

「志乃に会いに来たんだろ、分かってるよ。祝ってやるんだろ。でも今ちょっと手が放せないんだよ」

「そう」

「今準備中なんだ。今日は最高の日だからね。最後の道中だ。請け出されたんだよ、知ってるだろ。自由の身になってここを出てくんだ。盛大に祝ってやりたくてねえ」

「何してるんだい」

「髪結が来てるんだよ。化粧して、最後の盛装をしてるとこだ」

カナは、角玉屋は志乃のためならどんなことでもする、とでもいわんばかりに、もう一度腕を開いてみせた。

「そんでもって、あとでその着物は誰かにくれてやるんだよ。今夜は夜具もくれてやるんだ」

あんなもの欲しがるやつがいるもんか。

請け出しのときは道中を張るのが習わしとされていたが、実際に見ることなどほとんどなかった。

「ほら、もう行きな。しばらくしたら戻っておいで、そしたら会えるよ」

大通りの脇に立って見ていると、角玉屋から御一行が出てきた。二代目二三《ふみ》と夕湖がそれぞれ志乃の脇を固める。志乃はしっかりした足取りでこの最後の道中を歩み、うっすらと笑みを浮かべ、顎を上げて前方を虚ろに眺めている。ご祝儀の品々を抱えた新造があとに続き、最後はごみを抱えたあの「若い衆」と呼ばれる貧弱な老人だった。

辺りには人だかり。

「ああ、あれが志乃奴《やっこ》でありんすよ。傷跡が見えんすか」

「なんと美しゅう歩くんでありんしょう。あんなんは二度とこの吉原に現れんでしょうなあ」

「自由の身になれてほんによござんしたねえ。志乃はお優しい、よい方でござんした」

請け出しはある意味、遊女の死だった。いい意味での死。男への隷属の終結。そして、その名も終わるのだろう。明日からなんと名乗るのだろうか。普通の女として、親元を離れて嫁ぐ娘のように、角玉屋を去るのだ。もちろん、男が金を渡してからのことだ。明日、もう「志乃」はこの世に存在しない。いったい誰になるのだろう。

志乃は右も左も見ない。その目は誰のことも見ていない。それが遊女のしきたりなのだ。これから待ち受ける日々をまっすぐに見つめ、非の打ちどころのない外八文字で進んでいく。その後ろに軽く蹴り上げる歩みの一つひとつが、堕落した悪所に別れを告げているようだ。

家に戻ろうかと思ったが、志乃を置いていくことができなかった。角玉屋に戻り、カナをせっついてなかに入れてもらった。逃げられては困るので、その晩志乃は外出禁止だった。二階に上がると、楕円の鏡の前に座る志乃の眉を、二三が剃り落としているところだった。嫁いだ女の証だ。いつも前もって、志乃の気分や、危険を伝えてくれた、あの眉。その柔らかな黒い弧を、二三が濡らす。そして、残りを一本一本抜いていった。

「広い世に出て行くから、広い額になるんでありんすね」と夕湖。女たちはくすくすと笑う。

「髪を下ろして、ここの外のお方のように蒼い縞の着物を着るんでありんすね」

それはそれはたくさんの祝いの言葉がかけられた。婚礼用の白い絹の着物や、そのあとの儀式で使う赤い絹の襦袢が衝立に掛けられていた。座頭から贈られたものだ。その家族が志乃を待っていた。前の晩、お披露目の宴に来ていたのだが、唄や踊りに秀で、当たり前のように詩歌や仏教について語る志乃にすっかり魅了されてしまったという。

「そりゃあもう、すばらしかったんでありんすよ。衝立の裏で聞いておりんした」と、新造の一人が言う。「音曲について、もう本当にお詳しゅうありんす」

そして、儀式の締めは厨で行われた。下女が水を張ったたらいを持ってきた。吉原はもとは湿地、ここを去る遊女たちは足を洗って泥を落とすのだ。志乃の細く、反った、傷一つない足は、新しい生活を始める頃には清いものとなる。

腰掛けに座った志乃は片足をたらいに入れ、その冷たさに身をすくめた。私たちは交代で、片足ずつぬか袋で洗ってやった。洗い流し用のきれいな水を張ったたらいが来たので、夕湖がもとのたらいをどけようとしたとき、滑って転びそうになり、ほかの娘の肩をつかんだ。押された娘が後ずさりすると、志乃はつま先を深く沈めて、カナの顔めがけて水を蹴り上げた。私も腕を突っ込んで、辺り一面にしぶきを上げる。

「エーーイ!　この小鬼め、びしょ濡れでありんすよっ」

二三はたらいを受け取り、その半分を私の上に注いだ。

「懲らしめるでありんす!」

「ああ憎らしい。もっと水をっ」

今では全員が水をかけ合い、床板の上を横滑りしながら笑い転げている。

隙を見計らって、義理の母はどんな感じか、志乃にたずねてみた。貝殻、白粉、黒い櫛や毛抜きなどの嫁入り道具は、もうすでに先方に運び込まれているという。門番の四郎兵衛に何年も預けていた短刀でさえも。これで、欠けているのは志乃本人だけだ。みなが言うように、望まれた娘として家族の一員となる、というのが本当であるよう願った。それから、カナにその晩泊めてくれるよう頼みこんだ。父は三馬のところに行ったと思うかもしれないけれど、どうしてももう一度、子供の頃にしたように、遊廓に泊まってみたかったのだ。

それで、志乃の布団に寝かせてもらえた。

「今度はなんて名になるんだい」と、私はたずねた。「前はなんだったの」

「名は変えません。主人とも話し合いました。ここへ送られてきた若い妻は死んだのです。でも、志乃は死んでいません。名を変えるのはもうたくさん、そう思いませんか」

翌朝遅くに起きると、志乃はその白い足を足袋に入れた。足袋！　十年近い年月のあと、やっとふたたび許されたのだ。いつも冷えていた足。私たちは志乃を新しい着物で包んだ。志乃は、私の姿を肩越しにとらえるなり、夜具を堀沿いの見世の女たちにくれてやるよう言いつけた。「あの者たちには、これが必要なんですのよ」と。

儀式はほとんど葬儀と同じだ。甚三とカナは死人の旅立ちの印に、戸口の両側に松明を点した。駕籠に乗った座頭とその弟が戸口に現れた。カナが清めの米を撒く。そして志乃が乗り込むと、駕籠かきたちが志乃を、思案橋の向こうの、もとの世界に連れ去った。もうそれ以上、志乃を見ることは出来ない。

それから一年というもの、志乃が恋しくてたまらなかった。婚礼の記念日が近づいてくると、もういい加減志乃を恨むのはやめ、それが生き延びる道だったということを分かってやろうと努めた。私たちはといえば、相変わらず朝から晩まで働き続け。もしかしたらいつか、日本橋や芝居小屋の辺りで、遊女の滑稽な髪ではなく、軽い結い髪や下げ髪の志乃を見かけることもあるかもしれない。そう思うと、使い走りにも精が出た。でも、江戸は広い。偶然に出くわすなんてことは、まずないだろう。

19 絵描き競演

質素な身なりをした三馬が、ときどきふらりと立ち寄るようになった。あるとき、私たちが芝居に行く計画を立てていると、北斎がこちらを向いて「年寄りだと思って馬鹿にしてんだろ、ええ」と言った。

「してねえよ」と三馬。

それでも、北斎は私を引き止めようとはしない。

その日は世話物、悪徳商人とその放蕩息子たちの芝居を見た。お気に入りは時代物だったが、江戸の政治を風刺しているということは私にも分かった。人殺しの極悪人、貞淑な女房。役者たちはなんと真に迫った演技をするのだろう。私は見物人と一緒になって叫ぶ。そんな私を三馬は本物の芝居好きとよぶ。

終わると、その興奮も覚めやらぬうちに店に行って、煙草をふかす。それから私はその出来具合について述べる。思うに、物書きはモグラの穴に頭を突っ込んで生きているようなものだけれど、役者というのは本当に眺めがいがあって、気分も若返るようだ。それとも、あの衣装のせいでそう思うだけか。

「おめえがしゃべってんのを聞くのは楽しいよ、アゴ女」と、三馬はよく言ったものだ。私はよく三馬を笑わせた。とくに酒を飲んだときは。そして酒を飲むと、三馬は私を床に連れていきたがるのだった。私も三馬をそこそこ悦ばせてやれるのだろう、でなきゃ誘い続けるわけがない。

夜明け前、家にこっそり忍び込む。まだ星も見える丑の刻だ。それでも必ず、父は起きていて仕事をしているのだった。

四十七士の案は立ち消えとなった。少なくとも、三馬は書かなかった。私の情人《いろ》は決して締切を守らない。それが三馬のやり方だった。でも、本当に必要とあらば版元の家に間借りし、それでもだめなときは雲隠れしてしまう。そして、ときには何日も経ってから、出来上がった原稿を手に上機嫌でひょいと姿を現すのだった。小さな息子がいるので家では仕事にならないと言う。一体どこ行ってたんだか。そして再び現れると、大川の船宿の酒場に一緒に行った。三馬は通風のせいで膝や足首に痛みがあったので、ゆっくりと歩く。たくさんの絵師や戯作者や、昔は父の仲間だった取り巻きたちと一緒に飲んだ。

私はまんざらでもない気分だった。北斎の娘で三馬の女、そして新進の絵師。ちょっとした存在だ。父がいつも言うみたいに耳が大きいとか、その他の不都合がいったいどうしたというのだ。この体は私を、そして三馬を、楽しませてくれる。

私にもやっと人並みの春が来た。

父は貧しかったが、それを誇っていた。だんだん、なぜだか分かるような気がしてきた。それが父に似合いの姿なのだ。そのおかげで名が売れたのだ。

ある日のこと、北斎工房に将軍の使いがやって来た。それだけでも驚きだが、さらに驚いたことに、北斎は即座に顔をしかめ、忙しいといってこれを無下に斥けたのだ。

「絵を買いに参ったのではござらぬ」と、使者は言った。「お召し状を持って参った」

その言葉とは裏腹に、表情はまるで苦々しかった。

北斎は絵を描いていたわけではないが、構図を考えているところだった。それは、ときにかなりの時間を要する。布団の上に座り、戸口にひざまずいている使者をまじまじと眺める。それは夏で、私たちは薄い木綿の着物を着ていたが、その男は葵の紋の入った、明るい色の裃《かみしも》を着けていた。ついに北斎が手で合図し、男は話し始めた。

「将軍家斉公のお鷹狩である。そちに余興を申しつける」

「狩りだと?」と、父はごく低い声で呟く。「そんなもん、俺が見せてやらあ」そう言って、私に袢纏を持って来るよう言いつける。

父は、絵には上等の別珍の布を掛けるが、自分の袢纏といったらくたびれてみすぼらしく、おまけに一度も洗ったことがないのだった。衝立の上に掛かった袢纏を取り、そのにおいに思わず顔を背けながら、それを渡す。それにしても、将軍の使いに少しは敬意を表さなくていいのだろうか。

父は袢纏を受け取ると、膝の上に広げた。襟元を伸ばして目を細め、二本の指を毛抜きのように構えて、素早く一突き入れる。それから、満足げな唸り声。もう一度襟元を指で撫でながらよく見る。「おっ」と言って、また一突き。「ううむ」

虱《しらみ》を捕っているのだ。恐ろしくて、使者のほうに顔を向けられない。男も私も身じろぎしない。

父はそのほとんど目に見えないほど小さな生き物を親指と人差し指で次々に潰し、その度にわざとらしく声を上げるのだった。完全に一人悦に入っている。邪魔をすればさんざん罵られることだろう。お城でへりくだることに慣れているのか、使者はじっとしている。見つけてはつまみ、つまんではまた見つける北斎。

やっと飽きが来たようだ。

「オーイ、おまえ」と北斎。「あいつ、まだいんのか」

「もちろんさ、お父っつぁん」

「詳しいことを聞こうじゃないか」


それは浜御殿での鷹狩への招きだった。白河の谷文晁も召されており、将軍は御前で絵を描かせて競わせることを望んでいるという。敵の懐に飛び込むようなものだ。それに定信は文晁を贔屓にしている。それなのに、北斎は突然うきうきと陽気になった。

「それはそれは、喜んで。一つ注文だが、娘を連れていかせてもらうよ」

「介添えなら必要なだけつけてつかわすが」

「いやいや、そんなんじゃねえんだ。筆を任せられるのはこいつだけなんでね」


敵地への長い道のりはまだよかった。厄介だったのは生きた鶏だ。北斎はがに股で一歩先をずんずん歩いていく。私は墨と、すねにぶつかるたびにキイキイとやかましい鳥籠を持って、そのあとを行く。まるで私がとめどなくげっぷをしているとでもいうように、人々は目をそらす。そして私の後ろには、一巻きの紙と大きな座敷ぼうきをもった将軍の家来。

目指すは大川が内海に流れ込む湿地。十八で将軍となった家斉も、今では四十を越えていた。定信の改革が裏目に出て、家斉は放蕩で贅沢で、まるで分別がなかった。城内に格子つきの廓まで建てた。湿地で鷹狩に興じるため、よく午後の謁見をすっぽかすのも、江戸じゅうの知るところだった。

狭い門から潮が引いては打ち寄せる。片側には大きな松、樹齢百五十年という有名な松だ。ふっくらとした紫色の菖蒲が満開で、満ち潮が小さな茶室のまわりを囲む。女たちの散歩のために、富士をかたどった築山もある。

将軍の従者がそこに立ち、騎乗したり起立したりする恰幅のいい武士たちが構える。家斉その人が私たちに向かって合図をするが、その軽々しく微笑む姿は太った子供みたいだ。私たちはしぶしぶと、高く伸びた草の合間を雁行する八つ橋を三つ渡って、そちらへ向かう。少しばかり水に浸かった橋脚には、塩が白くこびりついていた。

海の存在を感じる。潮が満ちてくる。沢蟹が砂の上をちょこちょこと歩む。日差しは強く、水かさが増えるにつれて泥が鉛のように輝いた。柔らかい砂地の上、池のへりを鴨が縁取り、伸び出た海草には小さな黄色い鳥がとまり、その先端をしならせている。

優雅な鹿皮の手袋をまとった将軍家斉の手首には鷹がとまっており、その羽毛で覆われた足首に鎖が繋がれている。小さな鉄の頭巾を被せられ、それが日の光のなかで燦然と輝く。みな恍惚としているようだった。静けさのなかに虫の音が響く。尻を掻く北斎。お抱え絵師の文晁は将軍の存在にも慣れたもので、落ち着いている。その傍にいるのは定信、小太りで尊大で、それでいてどこか女々しい。北斎に向かって嫌味な笑みを浮かべてみせる。

列のなかから呟きが聞こえる。

誰も動かない。

鶏が、まるで首でも絞められたかのように耳障りな鳴き声を上げる。笑ったのは家斉だけ。ずっと籠を持っていたので腕が痛くなった。少しだけ下げてみる。

ところが父が顎をしゃくり、上げとけ、と指図する。それでまた上に。

父が何を考えているのか、さっぱり見当がつかなかった。それにしても苛々していたので、心配する気にもならなかった。これは危険な賭けだ。この侍たち、そして将軍本人は、ほんの気まぐれで私たちを不埒だといって投獄することもできるのだ。北斎がふざけるのは、武家の血を引く誇りなのか、それとも百姓としての誇りなのか。父が家の外にいつも掲げる、「北斎、本所の百姓」という札のことを思い出した。

また鶏が鳴きわめく。私は籠をもう一方の手に持ち替えた。家斉の合図で犬が放たれると、とある方向に勢いよく吠えちらした。それから泥を跳ね飛ばしながらあちらこちらへ突進し、ぐるぐると輪を描き、鷺やひばりを追い払う。前方の茂みから鶴が一羽飛び立った。鶴！　幸運のしるしだ。

家斉は鷹の頭巾をはずし、鎖を解いた。猛禽が将軍の手首でよろける。私たちはみな将軍の華麗さに息を呑むが、それは実際には鷹の華麗さ、自然の驚異なのだった。絵師たちはじっとしている。ああ、腕が痛い。鶏が叫ぶ。私は片足ずつ浮かせて休ませた。足場はきしみ、水がたゆたい、草が揺れる。鳥の鳴き声が鷹を挑発する。

ついに家斉が合図した。鷹は矢のように鋭く飛び、鶴の心臓を一撃し、叩き落とす。すかさず飛びかかる犬。鷹が凱旋すると、家斉はその首を愛おしそうに撫でた。

また一羽、鶴が飛び立ち、その幸運の鳥を鷹がふたたび殺め、犬はふたたび血に騒ぐ。

その日、ひばりやほかの鳥も捕らえられたが、私はすぐに飽きてしまった。やっと終わると、将軍の一行は鶴を流儀にのっとって調理させるため、料亭に赴いた。私たちは競演のため、回向院に向かう。

回向院といえば勝手知ったるこちらの地元、技比べにも有利というものだ。

まずは文晁。今さっき行った浜御殿の様子、家斉の陣取る足場、湿地の葦原を描いた。その筆運びは常に一定で、止まりもひっかかりもしない。お鷹様も偉そうに、頭巾のなかで耳をそばだて、筆の音に聞き入っているようだ。描き終えると、しばらくそのままじっとしていた。そして、仰々しく頭を下げる。

側用人たちが絵を持ち上げ、みなに見えるよう掲げる。一同、感嘆のため息。

家斉はあちらへこちらへと、重く厳かな足取りで歩き回っている。その顔に浮かぶのは、我が身可愛さとひとりよがりの満悦。すべてがいつもどおり、思いどおり、つつがなく運んだ。死があり、服従があり、崇拝があり、悦楽がある。だが、それがなんだというのだろう。家斉はあまりにも若くして将軍となったため、何も学ばなかったのに違いない。将軍のなかでさえ、学ぶ者と学ばざる者、ふさわしい者とふさわしくない者がいるのだ。

「さて」と、家斉は北斎に向かって大声で言う。

北斎の大きな耳はひっくり返って、将軍の言うことなど聞いてもいないようだ。小さく口笛を吹いている。鷹は睨みつけるだけで、身動きもしない。父はその集中力をかき乱そうと、鷹をからかっているのだった。騒ぎを起こそうとしていることなど気づきもしない。

定信が、さも遺憾だとばかりに咳払いする。まるで、老中時代におまえたちを潰してやらなかったのはなんたる誤算、とでも言っているようだ。

粗末な身なりの頑固な老人が巻紙を持って立ち上がると、家斉は笑った。

「いつまで待たせる気であろうの」

「へい」と、父は快く返答する。「あっしの番ですかい」

私は斧を振り下ろされたような気がして、頭をうなだれた。恐れを知らぬ、という、定信がよく下々を戒めたあの罪が、紙に書いて父の頭上に貼ってあるかのようだった。でも、父は恐れを知らないのではない。恐れを拒むのである。

家斉は笑った。

北斎は筆を探して懐をまさぐり、紙を取ると、前に進み出た。額には喜びで皺が寄っている。家臣たちは怪訝そうな顔をしている。家斉は面白がっているようだった。鼻歌をうたう北斎。私はこの馬鹿げた鳥籠の重みによろけた。この鶏ときたら、この場で振る舞う道を知らない唯一の鳥だった。籠のなかで暴れ回り、叫び、羽が飛び出してくる。こいつも、私も、もう何がなんだか分からなかった。

誰もが北斎を見つめる。北斎は確かに有名になった。将軍だって父の絵を見たことがあるのだから。私たちがここにいるというその事実が、江戸の変化を物語っている。洗練された能や狩野派の絵は士族のあいだで人気を失っていた。公には下品で小癪と蔑まれていても、吉原文化より粋なものなどないのだ。

紙を広げる北斎。私が前の日に貼り合わせておいたもので、十五畳の長さだ。端がめくれ上がって落ち着かない。警護の侍に向かって身振りで指図する。おい、おめえ、ちょっとそこの上に立って押さえてくんな。おめえはあっちの端だ。

家斉はまた笑う。侍たちに北斎の言うとおりにするよう合図する。「行け」と言うと、四人がそれぞれ持ち場に向かった。

将軍があんなふうに笑うなんて、悪戯《いたずら》な幼少のおり、奥女中の蕎麦に毛虫を入れて以来のことではないだろうか。

定信は歯ぎしりして見ている。それでも、侍たちが槍をかたかたと鳴らしながら持ち場に着くと、将軍に合わせて笑いだす側衆もいた。

北斎は笑いを請う芸人のように、目の前の空気を手ですくうような仕草をする。笑い声はどんどん大きくなり、しまいには角を押さえる警護の侍たちまで恥ずかしそうな笑みを浮かべる始末。もはや誰かを笑うのではなく、みなが笑うのだった。

私は鳥籠を下ろした。

北斎は座敷ぼうきを手に取る。私は手桶に藍と水とを混ぜ合わせる。北斎は腰をかがめてそのなかに箒の先を浸すと、紙のほうに歩み寄った。あちらこちらに目線を配り、しまいにはほくそ笑んで私に手を振る。

定信の隣の文晁も、深く下げていた頭を上げた。その優雅で控えめな自作品の前で、文晁までもが微笑んでいた。

北斎は四つん這いになって顔を紙に押しつける。手桶から箒を持ち上げると、液が一滴垂れ落ちた。少しゆるかったか。それから観衆を見渡して微笑むと、箒の筆を下ろしてそのちょうど染まった一点に当て、そこから描き始めた。

誰もがはっきりと、流れが変わったのを感じた。もはや鳥も、空も、門前市も従者も眼中にない。将軍の存在も関係なかった。道化芝居ももう終わり。本番なのだ。

紙に沿って、長く青い線を一本描く。その大筆を押しつけ、ねじり、反対側も押しつけ、色を出し切る。長い、波打つ一本の青い線。ずっと話しかけて安心させようとしたのが功を奏したのか、鶏でさえも黙りこくってしまった。安心させる、というのは間違っているかもしれない。あとに何が待っているのか分からないのだから。あるいはそれは犠牲かもしれない。

北斎が私に向かって頭を振る。「お栄！」

「よっ、爺さん！」

次に私は桶にたっぷりの赤色を用意した。

「お栄、鶏をこっちへ！」

私が籠を開け放つと、鶏は狂ったように、羽をばたつかせて鳴き叫んだが、外には出てこない。手を突っ込んで捕まえようとしたが、死に物狂いで抵抗するのでなかなか押さえられない。その混沌としたさまに、鷹はさもうんざりといった様子で顔を背けた。犬たちはひどく興奮したようだったが、それでもじっとしている。ついにその両脚をつかみ、異様に耳障りな鳴き声を立てる鶏を静かに罵りながら、白い羽の雲もろとも引きずり出した。

北斎がやって来る。裾をまくり上げて帯にたくしこんでいるので、痩せぎすなすねが見える。その半狂乱の生き物を父に手渡す。逆さまにぶら下がり、自分はさっき見た鳥たちのように優雅な死に方はしないだろう、とでも言っているかのようだった。しかし諦めて、羽をばたつかせるのをやめた。

北斎はそれをひっくり返して正す。その足を二人がかりで、赤い液体にとっぷりと浸した。それを持って北斎は、侍が押さえる、青い帯が波打つ紙の上に戻った。

それからいやに大仰な所作で、鶏を宙に解き放った。あまりの興奮に節操を失った犬が、叩かれる。羽をつまれて高くは飛び上がれない鶏は、着地すると走り出した。その赤く染まった足が、青い帯の上を行ったり来たりする。父の足元に来ると向きを変え、バタバタと宙に跳び上がりながら駆け戻り、視界から消えてしまった。しかしその赤い足跡は紙の至るところに残り、最初の濃いものからだんだんとかすれていった。

誰もが紙を見つめる。

北斎は将軍に作品を見せる。

「こちらは」と、紙を指して言う。「秋の竜田川にございます」

将軍は大喜び、みなは拍手喝采。

二人でくたくたになって帰る道すがら、競演に勝った喜びを噛みしめる。

「お栄さんお栄さん」と父。「おめえよ、なかなかのもんだったぜ」

「爺さん爺さん」と私。「おめえもな」


三馬との関係にもだんだんとお決まりの型ができてきた。どこであろうがその「仕事場」へと一緒に出向き、少しでも平らな場所へ布団を敷く。用意ができると三馬は自分の横の布団をぽんと叩き、私を呼び寄せる。私は横たわり、三馬の体に自分のを沿わせ、三馬はおいしょっと私を引き寄せ、そのごつごつした脚を私のに沿わせる。

さらに近くにずり寄る。三馬は私の耳の後ろ、うなじ、肩に口づける。その唇は温かいが、体は冷えている。私は強くしなやかだったが、あまり温かくはなかった。言葉も少なく、三馬の腰の動きに合わせてただただ悦びの喘ぎを漏らすだけ。

葛飾栄と交わっているなんて、三馬はどんな気分なのだろう。私が六歳の頃から知っているのだ。私の成長を見届け、工房では私の局部が描かれた絵を見ている。だが、驚くこともない。父がそうしたように、中身で選ばれたと思いたかった。張見世の遊女や夜鷹や、寺で見せ物になり売り物にもなる踊り子など、星の数ほどいる。しかしそんな下級のなかの下級の女にだって、代金を支払わなければならない。でも、私は金で買われる類いの女ではないのだ。

恥ずかしがることなど何もない。私は若く健康で、正直だ。きっとそのおかげで幸せになれたのだろう。

「おめえってやつは、たいした玉だな、お栄」

「私が？　なんでだい」

褒めてくれているのだろうか。

「物怖じしねえからよ」そう言ってコホンと、あのいつもの咳をする。

私は三馬にまたがり、その、嬉しいことに硬く勃起した一物をいい角度で挿入する。それから手足で軽く支えながら下腹に座る。私の顔のすぐ下に三馬の顔があり、そして私の胸の小さく尖った乳首の下に三馬の胸がある。私の膝のあいだには三馬の尻が。それを挟み込んで、左右に揺らしてみる。

「ってことは、おとなしくしろってことかい」

私は掛け布団を投げ捨てた。目も次第に暗がりに慣れてきた。三馬の体の曲線を、すべてを見たかった。

そして物憂げに起き上がり、着物を掻き集めて帰り支度をするときは、よく志乃のことを考えた。私も女になったんだよ。今でも会いたいと思ってくれているだろうか。そして、志乃みたいに淑やかな女になってほしいと望んでくれているだろうか。名字もない江戸っ子がごまんといる町の喧騒のなかで、消えた志乃を見つけ出すことなど、とうてい不可能だった。

20 約束

二十歳近くなったある日の午後遅く、三馬と一緒に吉原を散策した日のことだった。それは祭りの日で、物見湯山の客であふれかえっていた。ところが、低い木造の廓の上に黒雲が壁のようにたち込めたかと思うと、やがて雨になった。橙、芥子、緑、紫と、色とりどりの傘がいっせいに開く。その上部の突起や、柄が互いにぶつかり合って、四方八方にしぶきが飛ぶ。傘がないのは私たちだけだった。揚屋の軒先に駆け込んだ矢先、雷が轟音をたて、人々はみな逃げ出した。雨が激しくなった。雷はごろごろと、遠ざかっていくようにも聞こえたが、ふたたび頭上で爆音がする。それから稲光が空を駆け、唸り、白い舌をちろちろと出す。私は稲妻を見るのが好きだった。軒下にたたずむ私たちのすぐ前を、水が滝のように流れ落ちる。

稲光の合間に、父が東海道を行脚中に一度、雷に打たれて草むらに投げ出されたと話してくれたことを三馬に教えた。父は長いこと動けず、そこに横たわっていたそうだ。その後はしばらく、雷神にかけて「雷震」と名乗ることにした。

雷が鳴るたびに首を伸ばしてあれよあれよと言いながら、長いこと待った。ついに轟音も稲光も遠のいた。通りに踏み出すが、人だかりはなくなってしまった。陰気に落ちる雨のなか、泥を踏みつけながら小さな茶屋へと急いだ。

赤土色の茶屋の壁を提灯が照らしている。四席しかなく、私たちは若い男女の横に尻をねじ込んだ。一段下、以前へっついだった土間にある帳場の裏に、子供のように小さな女が立っている。その女の娘が注文を取りにきた。三馬が抹茶を頼む。表ではふたたび雷がなり、小石のような雨粒が屋根を転げる。私たちはのんびりと、その心地よい隠れ家を楽しんだ。

女がぺちゃくちゃとしゃべり続ける。ああ、うるさい雷だねえ、客も行っちまったよ。女郎も商売あがったりだね、大嵐のときに男と交わるのは凶だからね。雷は恋仲のもんの命を縮めるんだ。雷神様の手を逃れることはできないよ。どうせ終わりが来るってんなら、逃げる道理がどこにあるんだい、そうだろ?

三馬が相槌を打つ。「終わりってもんがあると信じるかぎり、終わりは必ずやって来る」

これには言い訳の余地がなかったので、茶屋の女はすっかりたじろいでしまった。三馬は笑う。

私は陶器の湯呑を唇に当て、深い鶯豆色の濃厚な茶を味わう。安全な場所でぬくぬくとしているのは心地よい。こんな嵐のなかでは、神にも、他人の言葉にも逆らわずに腰を低くしているのが賢明だというのに、三馬の不遜な態度といったら。

「不届き者だな」と私。

「嵐を笑ってんじゃねえよ」と三馬。「おめえのこと笑ってんだよ」

「なんでだい」

「おめえは冗談みてえなもんだ。神様はおめえを偉大な絵師にしたのに、女として生を授けた。親父よりもすげえ絵師なのによ。悪い冗談だ」

「何言ってんだい」頭上では、天がひっくり返ったような怒号がする。「親父よりすごいなんて」

「親父以上じゃないんなら、やめちまえ」と三馬。「嫁入って家にこもってろ」

これは私にとって、もっとも触れられたくない話題だ。三馬も知っているのに。コホンといつもの咳をして、嫌味ったらしく微笑む。

茶屋のなかの静寂に、表の轟音が響き渡る。ゆっくりと、とてもゆっくりと、二筋の涙が目尻から流れ出た。瞬きすらできない。

「いや、もとい」と三馬。「悪い冗談ってのは間違いだ。不憫な話と言うべきだったな。ま、どっちにしろ、俺がそれを確かめることはないがな」

雨水が瓦を伝い、木の雨樋から流れ落ちる音がそこらじゅうで聞こえる。

「どっか行っちまうのかい」

三馬は答えない。

隣りの男女は立ち上がって行ってしまった。

丸顔の小さい女はさっきから何度も何度も帳場を拭いている。それから皿を拭き、磨きをかける。娘も隣で働いていたが、やっと二人とも動くのをやめ、横並びになった。嵐はおさまり、空は静まり返っている。

私たちも表へ出た。菖蒲色の空。辺りには誰もいない。私たち二人だけだ。長々と廓が立ち並ぶその向こうで、女がおずおずと、傘を下ろしてその青白い顔をさらしながら、表に出るのが見えた。私はぼんやりとそちらの方向を眺める。顔を撫でると、涙で濡れていた。私の人生もこんなふうに、細く暗い小路の果てに垣間見えるだけの、臆病で中途半端なものなのだろうと、ふとそんな考えが頭をかすめた。

遊廓の楼主たちが次々と表に出てきて、大きな提灯に火を点す。そしてそれらが壁を伝う光の数珠となる。三馬と道を分かつ。もう一度ひとり考えてみる。なんで私はほかの女たちと違うんだよ。呪われてるっていうのかい。父が災難だって言うのか。

怒りにかまけてそんなことを考えるのは馬鹿らしいと、脇へ押しやろうとする。父は師であり、尊敬している。私は忠実な娘なのだ。父が悪影響だと三馬が言ったのが気に食わない。きっと、私を手放さないので焼いているのだろう。それにしても、三馬への情と父への情は相容れないものなのだろうか。

そして、私は本当に神仏の冗談でしかないのか。

私たちのところにはたくさんの門人がいた。なかには旅先で見つけてきた者もいる。尾張や大坂に住んでいて、書簡のやり取りで絵を学んでいる者もいれば、私たち家族と一緒に暮らしている者もいた。しかし北斎には、弟子の面倒を見る時間はほとんどなかった。作品にざっと目を通すだけで、あとは辰や私に任せるのだった。

お美与の亭主の重信は我が強く、北斎の指図には我慢がならないようで、結局仲たがいしてしまったが、それでもお美与だけはあの悪童を連れて、今でも訪ねてくるのだった。

当時、のちに渓斎英泉と呼ばれることになった男が工房にいた。十分で、美人画に長け、風景画もまずまずのものだった。父は英泉に教えはしなかったが、ちょっとした作業、たとえば自分の絵の模写などをやらせた。ところが北斎ときたら、この優しい大男をつまらないことでけなすのだった。どの弟子に対してもそうだったが、英泉に対してはとくにひどかった。作業の速度、それから、正直言ってほかの弟子たちとあまり変わらない作癖。弟子たちは模倣する上でも個性を発揮する必要があり、同時に師匠のものとは一線を画すべきである。あの野郎は飲兵衛の廓通いの放蕩者だと言って、父は英泉を育てなかった。確かにそのとおりだが、だからって英泉がすばらしい遊女の絵を描くことに変わりはないじゃないか、と私は言った。

「橋とか神仏とか、そんなんがちゃんと描けなきゃだめだ。そういうのが要るんだよ。美人画なら間に合ってるぜ。栄、そんなんはおめえがやればいい」

ほどなく英泉は工房を去ってしまった。

ある程度の水準に達した一部の弟子たちは、代金を支払えば、北斎の名の一部を使用することを許された。北渓に北鴻に北園、それから商家出の美女、北明もいた。一時期、工房が女ばかりになったこともあった。私たち三人の娘と、北明だ。北明は父の意志、というか酔狂につき合っていく覚悟があったようだ。ほかにどうしろというのだ。北斎工房以外に女絵師の働けるところなどなかったのだから。私たち娘だって、仕方ないからここにいるだけだ。

もちろん、父はそんなふうには思ってやしない。座りこんでため息をつきながらものすごい図案を描き上げると、私たちが作業しているほうへそれを寄こし、それから多勢に無勢とばかりに軽口を叩く。

「あっしはただの僕《しもべ》よ」と父は言ったものだ。「ここで働かせてもらってんのよ。姉さんたちが大将！」

そんな出まかせでも、いい気分になったものだった。


三馬にはもうずいぶん会っていなかった。そんなおり、行司が工房にやって来た。男は下唇を噛むのと、口ひげを歯でとらえようとする仕草を交互に繰り返しながら、戸口に座っていた。私は笑い絵の図案を描いているところだった。夫が見物するなか、その妻に襲いかかる丁稚の絵だ。もちろんそんな絵はご法度だったが、よく売れるのだ。役人はシーシーハーハーと口で音を立てながらこちらを眺めている。私が相手をしないので、いい加減蔑《ないがし》ろにされている気がしてきたのだろうが、しかしそんなことを確かめる術《すべ》もないので、ついに私に話しかけてみる気になったようだ。「式亭三馬が病で伏せているのはご存知か」

なんとも言い難い、鈍い衝撃が走った。木槌で殴られたようだった。父は目の前の絵を見つめたままだ。

「いいや」と、父が答える。

「そうか」と行司は、これからおいしい噂話を聞かせてやるとでも言わんばかりに、さも嬉しそうに語り始めた。「労咳だ。不治の病だ。それで今……」

私のよく知っている、あの小さな、乾いた咳。芝居小屋のみなも知っている。それは三馬の専売特許だった。幕間での口上の際、言っていることをもっともらしく聞かせるための小技だ。病の兆候なんかじゃない。この男、私と三馬の仲を知ってて言ってんだろうか。

「風邪かなんかじゃないのかい」

「いやいや、そんなのではないね。もう長くないそうだよ」

「誰が言ったんだい、そんなこと」と、私はきつく言う。こんな嘘八百、出所を押さえて鼠みたいに踏み潰してやる。

「そこの煙草屋で聞いたんだがね。ミツも、胸のなかに何か入っておる、というのが医者が見立てだと言っとる」

「どこの医者だい。蘭学やってるやつか、それとも漢方医か」

三馬は蘭学者たちの、体の構造を解明しようという飽くなき心をよく笑いものにしていた。いわく、解らないものは解らないままでよい、と。勘が鋭く、感覚的で、いつだってあの自ら考案した奇妙な薬や飲物を信じている三馬。

「赤毛の医者たちが来て、もう手遅れだと言ったそうだよ。さて、あの自分で売っとる不死の妙薬が効くかどうか、お手並み拝見といこうじゃないか」と、役人は嘲《あざけ》る。細い眉を片方吊り上げて私を見ると、表に出ていった。

あの嵐の日の、茶屋での会話を思い出す。三馬は私がいつか生み出すであろう絵について語った。そして、「俺は見ることができない」とも。

父は肥えた男を描いている。膝を曲げる男、手を伸ばす男、風呂に入る男、歌う男。父の筆先から太り肉《じし》の男がぞくぞくと誕生する。それからその手を休め、私のほうに伸ばすと、私の描いていた丁稚とおかみの陽気な結合の絵をそっと抜き取った。そしてかわりに、自分の描きかけの、上下二枚の荒波の絵を寄こした。下半分では、波が平らにおさまり、その黒と灰色の線が紙の白さの上に緩やかに流れている。上半分では波が梅林のように立ち上がり、黒い線が紙の白さを鮮明な空白として残していた。

「仕上げろ」と、父が命じる。

仕事とは私にとってそういうものだった。部分仕事、流れ作業。女の胸を描いていたかと思えば、次の瞬間には巻き上がる大波の泡を描いている。ぶつくさ文句を言うが、もちろん無駄。それで、波に集中するしかない。私の細かな筆使いで、黒い曲線を紙の端に向かって高く高く描き上げ、父のものと融合させ、遠ざかるにつれて小さくしていく。波が画面いっぱいに描かれているので水平線はない。背中が痛くなってきたので、立ち上がって伸びをした。父が顔を上げる。

「行っちまえ！　仕事になっちゃいねえ。いっつもやってるみてえに、とっとと行っちまえ」

あまりに不当な物言いに私は笑い出した。

「行けって、仕事はどうすんだよ、ご老体」

「どうにもなんねえよ。そんなこたあ分かってる。でも、おめえは三馬のことを考えてやがる」と、父は口をとがらす。

「分かってるよ、焼いてんだろ」

「焼いてるだあ」と父。「おめえが三人娘の一番下だ。三馬の具合がよくねえんなら、俺がおめえの面倒見なきゃなんねえ」

「どっちにしろ私の面倒は見なきゃなんないだろ、三馬にゃ女房がいるんだから」

「ほら、探しに行ってこい」

小雨が降っていた。傘と袢纏を手にすると、河原の船宿へと急いだ。銭は持っていなかったが、顔見知りの船頭をつかまえて、北に向かうよう頼んだ。顎をしゃくって乗れと合図する。雨は止み、雲が上がって水際が開け、太陽の沈む方角から、棒のような黄金の光の筋が扇のように広がった。

私は舟の中央に座っている。手の届きそうなところに川の静かな水面、それを舟の舳先《みよし》が砕き、分かたれた舟底の水が白い渦のように後方へと流れる。先ほどの男は前方に、相棒は艫《とも》にすっくと立ち、その長い櫓が空中に高くそびえている。後方の男が櫓を川底深く押しつけ、柄の先がみぞおちに食い込むほど全体重をかける。「それうてー、すすめ、それうてー、すすめ」と、歌いながら拍子をとる。

川を行くあいだにも、陽はだんだんと沈んでゆき、水面に低く広がる光も消えてしまった。町は暗く、よそよそしい。川沿いに並ぶ茶屋に小さく火が点り、川に面する柱に提灯が提げられている。舳先の漕ぎ手が揺れる。そのすねには筋肉が硬く盛り上がり、この寒さのなか素足だ。自信たっぷりの様子で、舟から外側に大きく上体を乗り出している。

水から湿ったにおいが立ち昇る。それが三馬の黒い着物にこもる親密なにおい、三馬の存在を思い起こさせる。会ったばかりでも、次に会うときにはいつも別人のように思われた三馬。なんだい、この変な爺さん、とよく思ったものだ。横になったときは、近目《ちかめ》の三馬は顔を近づけて、とても甘い笑顔を見せる。手は冷たくて……。絵を見せたときは緊張した。気に入ってほしかった。

「はっきりした色使いだな」と、三馬はまず最初に言った。顔料を砕くのは幼い頃から私の役目で、自分の調合する色には自信があった。

「へぼ絵師だって強い色は使えるさ」と私。「そんなことにはなんの意味もないよ」

「いいや、あるね。色使いは大事な要素だ。それにおめえはへぼ絵師じゃねえ。おめえはすごいやつかもしれねえが、俺たち残りの者にとっちゃ脅威になるだろうな」と三馬。「いい師にも恵まれてるしよ」

私はうなずいた。

「だがな、おめえは父親を超えなきゃならねえ」

三馬がそう言うのは二度目だ。

「それでだな」と三馬は続ける。「おめえはすごいやつになって、俺たちゃみんな震え上がっちまうのさ」

「どの絵師も私を畏れるようになるってことかい」

「今だってもう畏れてるよ」そうささやいて、三馬は笑った……。

私は自分の手元を見下ろした。そこでひとり悦に入っている船頭に、もっと激しく、もっと早く漕いでくれと言いたかった。

「年をとるってのはつまんねえこった」三馬はそうも言ったっけ。「おめえは若くて、これからなんでも手に入るんだ。俺にもそんな時があった。おめえが年とったら、若い男ができるかもしれねえな。そんときゃ俺の言ってることが分かるだろうよ」

浅草に着いた。一膳飯屋や茶屋の外で男たちがたむろしている。猿回しが言うことをきかない猿を叱りつけ、見ている者たちが野次を飛ばす。そして、また雨。

「お大名もご覧になる猿曳《さるひき》、初お目見えだよ！　山の手の殿様も奥女中もお楽しみの芸、寄ってらっしゃい見てらっしゃい」

猿は女物の着物を着せられ、優雅に笛を吹くよう仕込まれていた。小僧が見物客のあいだに椀をまわし、汚れた手から落ちる小銭のくぐもった音が響いた。

見物人の体を押し分けて進もうとするが、どっしりとしてなかなか動かない。やっとのことで長屋の角を曲がり横道に入ると、明るい人ごみから出てきたものだからよけいに暗く思われた。そこからは三、四軒目のはず。戸口の前で立ち止まる。なかには小さな行灯《あんどん》が灯っている。

戸が開いたので、深々と頭を下げた。傘をさしたままだったので、顔は隠れたままだ。

「式亭三馬どののお住まいにございましょうか」と、たずねる。

「誰だい、あんた」

その女はしゃっちょこばって、声は力強い。傘に穴が開くほどの視線を感じる。私は傘を傾げて、その顔を見つめた。私より年だが、醜女《しこめ》ではない。女は息を呑んで、後ろへ、前へと軽く揺れた。そう、この女にも分かっている。そして私に仕返しするのだ。

「へえ、下々の者にまで知らせが行き届いたってわけかい」

その無礼な物言いのおかげで、少し元気が出た。何も後悔することはない。私はきっと頭をもたげた。

「お具合はいかがかと」

「よくないね。どうやったらあれに気づかずにいられるんだか」

どうやら責められているようだ。あたかも私が病の兆候から目をそらし続け、病状を悪化させたとでも言わんばかりだ。傘を畳むと、雨が頭に降りかかった。この女がお望みなら、ここで雨のなか溺れ死んでやってもよかったのだが、そういうつもりでもないらしい。

「しょうがないねぇ、お入り」そう言って、女は後ろに下がった。私は戸口をすり抜ける。奥のほうから三馬の声がする。元気だが、陰のある明るさ。
「かわいい女房よ、なんか面白い話かい」
「そんなわけないだろ」と、三馬の女房はきつく言う。「病人のこと気にかけてんだよ。その病人っての
は、あんただろ」
「ああ、そうだったな」そう言って、三馬はあの乾いた咳をする。「忘れるところだったぜ」
咳がひどくなる。でも、声は弱まらない。低く男らしい声に混じる陽気な調べ、笑いを誘う、くす
ぐったい響き。病なんかじゃない。いつもと同じ、三馬だ！
三馬の女房は、私が元気づいたのを感じ取ったようだ。
「ぬか喜びすんじゃないよ」と、冷たく言い放つ。「耳だけじゃ分からないよ。自分の目で確かめてみ
な」
「お楽しみじゃないってんなら、いったい誰が訪ねてきたんだい」と三馬。本当に、声はいつもどおり
だ。
「あんたのいい娘《こ》だよ」
沈黙。悪さが見つかったときの子供のような三馬の顔が目に浮かぶ。三馬の女房は手を横流しに振り、
行け、と合図する。
三馬は天井を眺めていた。空き瓶が光っている。あの自分で考案した、馬鹿げた不死の妙薬を飲んで
いたのだ。
こんなに痩せこけた顔の三馬は見たことがなかった。肌は黄ばみ、頬は窪み、まつげの周りには結晶
のようなものがきらきらと光っていた。
「三馬……」

「ああ、女房の言うとおりだ！　俺の娘っ子だ！」そう言って、三馬はよろよろと手を差し出した。

私は小娘なんかじゃない。出会った頃はそうだったが、もう二十二だ。

傍らに寝そべって、その温もりのなかに顔をうずめたかった。でも、三馬には熱があり、いやなにおいがして、思わずひるんだ。それに、女房がそこにいるんだし――それにしても、息子はどこへ行ったのだろう。

「何がしてえか教えてやろう」あたかも私がたずねたかのように、三馬はそう続ける。「外に出てえな。芝居小屋で落ち合おうじゃねえか。握り飯を買って、中村座に持っていこうぜ。でもな、一日じゅうるんじゃなくて、夕暮れ時にゃ出るんだ。三又まで舟で行って、木陰に寝そべるんだ」

正座する私の背後には三馬の女房が立っている。

「おめえの親父によく言っとけよ。十五夜の夜だ。……って、そりゃいつだ。すっかり訳が分からなくなっちまった。寝そべってるあいだ目ぇ開けとこうと気張っても、日はどんどん過ぎちまう。でも、それまでにはよくなるからよ」

「十五夜は五日後だよ」

「その日、俺たちゃ中村座で会うんだ。その日おめえが出られればな」三馬の目線が揺れる。

私は、呑気に切り取られた三馬の非日常のなかの、置き去りにされた人形の名残に過ぎなかった。私と過ごす時間は、三馬の人生、この女房、この布団、この三馬の見つめる天井とはなんの繋がりもなかったのだ。ここに私の居場所はない。それでも、この声、この暗闇の横顔――それは三馬。私のものだった。

三馬の女房が私の尻の下につま先を突っ込む。

「ほら、なんとかお言いよ」三馬を連れ戻せということだ。

「よう、三馬」私はささやく。

「うん」

「笑い絵の目録がだいたいできたんだよ。丁稚とできてる女房の話、覚えてるかい。その女の夢とき たら、小僧を連れて旅に……」

そういうふうに仕事の話をしてみる。

三馬は軽く息を吐き出した。「上手くいくといいなあ」と言う。何もかも分かっているような口ぶりだった。仕事のことも、夢のことも、私の尻の下のつま先のことでさえも。

「おめえは絵師だ。それは決して楽なことじゃねえ」と三馬。「運がよくて賢けりゃ、やってけるさ。一つ約束してくれ」

いったい何を……なぜ約束しなければならないのだろう。

「なんでもいいさ。望みを持ちてえからな」

「じゃあ、江戸一番の色を作るよ」と、私は言った。

「ああ、いいねえ」

ああ、三馬の体とこの小さな家、そのなかに捕らわれたこの声を盗むことができたなら。布でくるんで厚紙で巻いて、巻物入れに仕舞うのだ。この部屋と病から逃してやるのだ。私が夜、布団に横たわって夜空に浮かぶ星を見つめるとき、いや、寝転がった絵師たちが思い描いたように、屋根がなければ浮かんでいるであろう箇所を見つめるとき、それをひもといて解き放つのだ。三馬の声は星の彼方へ、そして私もそこへ行く。下界を見下ろし、道、障子、壁、小路、そして狭い堀が入り組む江戸の町を行く、小さな指人形のような私たち自身の姿を見るのだ。

「三馬？」

三馬が戻ってきた。「ああ」

「もしその日、抜け出せなかったらどうする」

「そしたらまた練り直せばいいさ」

「また」と言ったとき、三馬の声が割れた。低く男らしいしわがれ声の、ほんの一瞬の割れだったが、私は聞き逃さなかった。まるで、もし話すのをやめたなら、そこで崩れてしまうかのように。まるで皮が裂けてそこから何か熱く強烈で、真《まこと》で深い、乱暴な何かが生まれ出るかのように。その「何か」がなんだったのかは決して分からない。もし以前のように普通の状態なら、三馬はなんと言っただろうか。

それが三馬の別れの言葉だった。


私の顔は涙でびしょ濡れだった。女房は座ってぼんやりと私の顔を眺めている。怒る気力もないらしい。器量よしの十歳の息子が入ってきた。助けが来た。三馬は眠っているように見えた。一緒に過ごした時間、役者の白塗りの顔の赤い筋、寝ては起き、酒を飲みに行ったことを、夢のように思い返す。陰気な仇討物や流行《はや》りの心中物、それを書き留める三馬と、叫び声を上げる私——そんなものはみな、まやかしだった。これが現《うつつ》、湿気《しけ》て気が抜けて黄ばんでしみったれた残りかすが、悲しい勝利を飾るのだ。後ずさりで戸口に向かい、敷居をまたいだ。傘の上に落ちる雨が、はじける炎のように鳴る音を聞いてはじめて、表に出たことに気づいた。

父は私の顔を見てすべてを悟った。友の不幸にはなんの感情も示さない。波の絵を点検し、それから櫛の図案を私に寄こす。私たちは黙々と働いた。父の厳しさが、かえって私を落ち着かせた。何も言わずとも、思っていることが伝わってきた。今まで何を考えていたのだろう。人には女房がある。当たり前じゃないか。人は病にかかり、倒れ、崩れ、死ぬ。人は弱いもの。三馬も犠牲となったのだ。

父は勝者だ。それは言い訳なんかじゃなくて、すごいことだった。歌舞伎に明るく、皮肉屋で、仲間だった三馬。不死の妙薬の調達人でもあったその式亭三馬が、亡者の手に落ちた。ところが、北斎は生きている。数えの六十三歳、世間からしたら、まるで「古《いにしえ》の人」だ。でも、北斎は死なない。まだまだ。

私たちは座って働いている。世のはかなさと、生き長らえることへの父の揺るぎなき執念を感じる。仕事は尽き、行司に尻尾をつかまれ、病がはびこる。もう一度やり方を変え、名を変え、やり直す。迫り来る脅威にも向かい合わなければならない。そして誰よりも長く生きるのだ。

それにしてもなんだって私は父のことなど考えているのだろう。三馬はもうすぐ逝っちまう。空気でそう感じるのだ。あと何日ももたないだろう。

あまりに疲れたので、机の上に腕を組んでその上に突っ伏した。まぶたを腕に押しつけ、父の小言を待った。

しかし、父は何も言わなかった。それどころか、驚いたことに、私の肩に手を置いた。右肩、うなじ近くの、重く優しい手。ともに闘う者に捧げるような手。仲間から仲間へ。生、死、芸の戦い。そして、生き残る。

父の手は私を温めた。それから、小突いて起き上がらせる。

私は袖で顔を拭った。

父は櫛の図案を取り上げ、眺めた。ううむ、ふうん、ああ、と呟く。どうやら気に入ったようだ。私は表の井戸に行き、冷水を顔にかけた。戻ってくると、父はすっきりとした顔で私を眺める。

そして、言った。「おめえ、嫁に行きな」

21
夫

北斎工房にもう一人絵師がいた。油問屋の息子で、名は南沢等明といった。子供のような目をした優しい男で、足をひきずりながら歩く。北斎に弟子入りすることを望んでいたが、北斎は弟子の面倒など見やしない。それで私がかわりに教え、等明は私の絵を手本に学んだ。

いいやつだった。仕事がひけたあと、よく飲みに行った。首を傾げて三味線を弾く女たちに聞き入り、等明は鳥のような声で歌った。そして一緒にふざけ合った。三馬亡き今、私は道化者となった。

一緒になると告げたとき父は、「なんで酒を飲むんだ」と、一言だけたずねた。

「時間が経つのを忘れるためだよ」

「ああ、そりゃそうだ!」と父。「俺は違うね。一刻一刻にへばりついてやらあ」

私は意地の悪い女房となった。「お栄は大絵師の娘だから、油問屋のへぼ絵師のことを鼻で笑うのだ」と言う者もいた。そんなことはよく言われるつまらない難癖の一つだ。馬鹿らしい。私が等明を笑ってやらなかったら、もっとたいへんなことになっていたはずだ。

その頃私は、かつて名が売れて落ちぶれた者がきっとそう感じるように、急に年老いた気分だった。昔は式亭三馬の連れで、芝居のあとには人だかりに囲まれたものだった。しかし三馬亡きあと、私は本来の身の丈に戻り、なんの足しにもならない夫と暮らしている。ああ、たしかにいいやつだよ。気味の悪いくらいに優しい。でも、若い女ってのは優しさに対してよく不当な扱いをするものだ。いつもいつも優しくされると、ありがたみを忘れてそれを馬鹿にするようになる。

優しさねえ、そりゃなんだい。一種の吹き出物かい。ぬか袋で洗い落とせるのかねえ。三馬ならそう言ったことだろう。

所帯を持ったので眉を落とした。この広い額、それが私の生活での、目に見える唯一の変化だろう。それでも、くっきりと刻まれた眉間の皺は残っている。相変わらず酒を飲み、そして愛に飢えていた。固く結い上げたうなじから紙撚《こより》のように髪をつまみ出し、それを噛む癖がついた。眉の剃りあとから草のように伸びてくる毛を擦る。朝飯を買いに表に出ると、前方に三馬の姿を見るのだった。あの独特の肩の線、もの憂げに小股で歩き、人ごみを離れて脇の本屋に入っていく姿。

新刊本の並ぶ一角にふらりと立ち寄る。英泉や広重の真新しい美人画を眺める。美しいが精気のない、味気ない絵。ひょろ長い体の、むくんだ顔がにやけている。父の絵はといえば、漫画の八編、「盲人」「太った人」「痩せた人」を描いたものが並んでいる。面白いけれど、馬鹿々々しいといえば馬鹿々々しい。跳ね上がる馬、その馬を繋ぐ縄の上に立つ、黒装束の高下駄の女。文政の世というのに、時代遅れではないのか。「北斎は死なない。才能があって、おめえがあるからな」と、三馬は先読みしたものだが。台の下には春画が並ぶ。禁制品だが誰でも手に取れる。父と私が描いたものだ。絡み合う男女、都合よく風にめくれる着物からあらわになった巨大な男根。

こんな私をもらってくれて、等明に感謝しなければならないのかもしれない。けれど、私は何かにつけて、吐き捨てるようにして夫を追い払うのだった。茶を持ってくれれば「フンッ」冷めちまってる、筆を紙に当てれば「フンッ」絵具が多すぎる、そんなふうに。

それでも等明が気を悪くすることはなかった。微笑み、そして紙から目を上げ、筆先から絵具が垂れるがままにする。

「見ろ、台なしじゃないか」

私が怒ると口づけしようとする。私はといえば、口づけする気になるのは等明がつれないときだけ。そして、そんなことなどほとんどないのだった。

「ほらほら、鰻でも食いに行こうじゃないか」と、等明は言ったものだ。「今日は実入りがあったんだよ。墨堤を歩いて行こう」

私は肩を怒らせて唇を噛む。

「気が散るじゃないか。仕事してんのが見えないのかい」

等明に問題があるのではない。でも、等明は三馬ではないのだ。等明は私と三馬とのことを知らなかったが、知っておくべきだったのだ。周知の事実だったのだから。手馴れた夜の営みにも気づかないようだった。結局、夢見がちな幼な子のような男だったのだ。

そして私の更なる罪は、等明を見下したことだ。分かっている。ときどき、目を当てることもできなかった。一切れの西瓜に大喜びして、汁で顎をベタベタにする姿。ああ、昔は私もそんなふうに無邪気だったよ。それから、おみくじ売りに手を叩く姿。それからあの、フフフッと、まるで上から吊られてでもいるかのように肩をすくめる内気な笑い。

「なんであんたが絵師になったんだか皆目見当がつかないよ」

ある日、通りにひっくり返された、へっついの炭の燃えかすを掻き集めようとしゃがみ込む夫の横に立って、そう言ったことがある。

「本気で絵に興味があるわけじゃないんだろ」

なぜそんなことを言ったのか自分でも分からない。「崩れたものにしか興味がないんだろ」と、うんざりしたように吐き捨てた。

「そのとおり、崩れたものが好きなんだ」と、等明は微笑む。そうかい、だから私が好きだって言う気だな。

「でも、おめえは崩れちゃいねえよ、俺のかわいい女房よ。おめえは強くて申し分ない」

私の心を見透かすなど、言語道断。私は顔をしかめた。

等明は私に口づけた。なんでなんだ。なんでそんなに私のことがいいんだよ。三馬が恋しい。でも、三馬は死んじまった。愛されたかったら冷たくしろ、と等明に率直に教えてやった。私を蔑《さげす》め、秘め事とは闇にこそ燃え上がるもんだ、と。

しかし等明は恥ずかしげもなく、ところかまわず簡単に燃え上がり、そして燃え尽きてしまった。私を、春画でいうところの絶頂、「真っ白」にしようとした。無。「あんたのせいじゃないよ」と、憐れんで言ってみる。等明は次第に離れていった。私はまるで、茹でても開かない、死んだ貝だった。

等明の私への愛情をもみ消してやりたかった。

そしてもちろん、その気になればもみ消すことなど簡単だ。等明はだんだん笑わなくなった。夫の愛を殺したのは私だ。そうすると今度はそれが惜しくなる。「見捨てないでおくれよ」等明が眠りに落ちたあと、そう耳元でささやいたものだった。「これでも、努力してんだから」

その後しばらく、北斎が世間に飽きられた時期が続いた。ぱっとしない一年が過ぎ、そしてまた一年が過ぎた。そして、その次も。一難去って、どころか、災難は去りもせず居座った。一族のうちで何人逝っちまったか数え上げてみよう。まずは前妻の息子。かつての北斎のように、鏡師を継ぐために、おそらく血縁のあった中島家に引き取られていた。父と違うのは、兄はそこで成功を収めたことだった。兄が死んだということは、兄の稼ぎも死んだということだ。

お美与はついに、酒や博打と手を切れない夫の重信から逃れるため、縁切寺に駆け込んだ。それで息子と一緒に出戻ってきたのだが、この息子というのがたいへんな厄介者だった。お美与はその子を父親の元へ返すが、そこでも厄介者扱い。結局、近所をほっつき回っては、小さな子や物乞いに乱暴する始末。まだ十にもならないとき、矢場で勘定を集める男の首を絞めようとするのも見たことがある。そのうちお美与が妙な咳をし始め、三十のときに死んでしまった。それで、私たちがその子の面倒をみるはめに。母は努力したが、手に負える代物ではなかった。

そして、辰。辰が弱っていくのも目の当たりにした。咳の発作が始まると、背後にしゃがみ込んで、両腕で胸をかかえて支えてやらなければならなかった。私の心臓の温もりを、強い心を分けてやりたかった。ときには血を吐くこともあった。もはや描くことはできず、私たちは辰の秩序だった仕事ぶりを恋しく思った。また以前のように、部屋の隅に紙がたまっていった。その死は大きな痛手だった。

北明、短い間だが私たちの工房に優雅な華やぎをもたらしてくれたあの商人の娘も、工房を去ってしまった。私は夜は夫のもとへ戻ったが、朝から晩まで北斎工房を切り盛りして過ごした。その頃には私にもすでに数人の弟子がいた。そのうちの一人はムネ、北明の娘で、私の友となり、姉たちのいない寂しさを少し紛らわせてくれた。

女たちがいなくなってしまうと、父は笑うのをやめた。仲間の絵師や、弟子たちでさえ、北斎を蹴落とそうと狙っていた。以前破門した英泉は、今では売れっ子の絵師となっている。北斎は英泉が私たちの作品を使っていると糾弾した。政美《まさよし》は北斎を物真似猿と呼び、犬北斎とかなんとかいう以前の弟子は贋作を作っていた。私は北斎にかわり、大坂の版元に宛てて書状をしたためるはめになった。

「門人、戴斗二世の北斎の名を騙りしは言語道断、ただちに取締るるべし」

父がその名を名乗らせるのは、私だけだ。


ある日のこと、北斎が横向きに寝ころんで、ぶるぶると震えているところに出くわした。右腕を投げ出して振ってみせるが、それは腑抜けて、枯れ枝のようだった。

「どんだけそこに座ってたんだい」

父の顔は歪み、言葉は喉に引っかかっているようだ。「し、し、しびれ――ちまった」と、絞り出すように言う。

私は恐ろしくなった。

「しびれてなんかいねえよ！　動いてるじゃないか」

「た、立てねえ」と言って、ゆらゆら揺れながら立ち上がろうとする。

私は父に手を貸した。

「な――な――なんとか、し、しねえと――」

そう言って足を引きずりながら小さく輪を描く。私はおかしくなった。きっとふざけているのだろう。座って寝ていたものだから、脚がしびれただけだ。

「しびれたってのに歩こうってのかい」

「な、なんとも、ねえ、なんとも、ねえ」

足を引きずり、やっとの思いで息をしている。それでも必死の形相で進んでいく。その姿を眺めるうちに、私は悟った。お父っつぁんもついに、本物の老人になっちまったんだ。私が生まれたときから、自らそう呼んでいるように。

「す、すわ――すわらせ、くれ！」

その頃父は机というものを持っておらず、米櫃を使っていた。私はそれを父の前に押し出し、筆を持たせた。

筆運びは堅く、定まらない。それが父を苛立たせる。「おめぇ、やれ」と父。「せ――そこの、せ……」父は背中の線を太く、脇の下の曲線を細くしたいのだった。「そこ――せ――そうだ。いや、違う、違う！ちが――かわ――つ……」

それは、ほんの始まりだった。

中風のせいで、北斎ももはや終わりかと思われた。それは永遠に続くかのようだった。偉大な絵師の、体を小刻みに震わせ、涎を垂らし、ぐらつく姿。父には体がままならないことが耐えられなかった。忍耐強く接してやれるのは私だけ。私たちは一緒に、『三体画譜』という本に使う図案をたくさん描いた。父が山や木や、海に延びる漁師の影を描くあいだ、私はその手を支えてやった。微笑みながら日向ぼっこをする、はげ頭の漁師たち。

またある日、昔話をしてくれた。

岩山を描き、その後ろになだらかな山々、その合間合間の切り立った渓谷を描く父。「むか――軍、たに――あいだを――とおくの国をせ、せ、せめ落とそ――」

それから、頂に雪を被り、岩と氷と埋もれた木以外何もない山々のあいだで立ち往生する軍勢を描いた。敵の姿はない。武将と足軽たちは進み続ける。大将も徒《かち》だ。その隣を歩く馬は雪の深さに疲れ切っている。

疲弊し切った大将は、兵たちにかける言葉もない。彼に残されたのはこの茸のような男たちだけだ。父の手はよくなってきていた。隊列の一人ひとり、陣笠の下に顔を描き込んだ。隊列は背景の端の端まで続き、谷間に消える。

偉大な大将はたいへん孤独だった。「ぁぁから、うまにき――たんだ、分かあるかぁ」

「ああ、馬にどうすればいいかきいたんだな」

「そ――だ。『うう、うまよ、どおする。行くかあ、か、帰るかあぁ』」

その馬さえも年老いていた。何年も何年も待っていたこの問いを、やっときかれたのだ。

絵は父の筆の下でどんどん出来上がっていった。不自由なほうの手を達者なほうの手で支え、線を引く。足軽の蓑の一筋一筋、長蛇の列の陣笠や旗ざおの一つひとつ、岩や積雪から頭を覗かせる木々をすべて、描き込んだ。

馬の前方に足跡はない。後ろにいるのは大将と、果てしなく続く兵たち。父の筆が描きだす馬は、その背筋と頭の角度や、地面に落とす目線から、激しく疲労し、逃げ出す好機を注意深くうかがっていることが分かった。

棹は高く掲げられているが、幟《のぼり》はぼろぼろだった。男たちの黒い股引姿の小さな足は、先行く者たちの足跡やぼこぼこに踏みつけられた雪道の上で、ふらふらと揺れている。兵馬は目の前の地面を見つめている。

「このまま行けば、征服者になれるのだ。将軍になるのだ。富と栄光とを手にし、勇ましさを賞賛されるのだ」大将は手綱をぽろりと手放した。「それとも、引き返すべきか。そうすればまた故郷に帰れるものを」

馬にはためらいなどまったくなかった。富にも栄光にも興味はない。くるりと方向転換して、故郷へと駆け出した。

「きょう――くんは、なんだ」と父。

「負けを認めるってことかい」と、私は当て推量で言う。

父は頭を振る。

「負けない心」

これも違う。父があざ笑う。「ち、ちげえ、よ」

「じゃあなんなんだよ、いったい」

「へ――ぼん」

平凡?

いったい何を言おうとしているのだろう。私が馬で――なぜならみんな死んじまったから――だからこの先、戦いも夢もあきらめて、家に帰れってことか。私に、心、芸、考え、すべてにおいて平凡になれというのだろうか。

父もそうするのか。あきらめるのか。

あまりの戸惑いに、何日もそれについて考えた。

平凡になど興味はなかった。等明は平凡だ。私に触ろうとし、私がよけると、それでもとりあえず笑って、頭の後ろで手を組んで私を眺める。

「何眺めてんのさ」

「おめえ、きれいだなあ」

何言ってんだい。不細工だってことぐらい分かってらあ。

それともこんな平凡さはどうだ。等明には亡霊が見えないのだ。幸せなこった。私には、三馬の亡霊を見ずに等明と寝ることなどできなかった。そいつは三馬のにおいまでするんだ。あの、葉っぱや松葉の半分燃えたような、きなくさいにおい。きっとあのへんてこな薬のにおいだろう。ああ、いいにおい。

夫は稀に見る正直者だ。人生を楽しみ、怒りを知らない。古臭いわけでもない。私が何をやったって受け入れてくれるんだから。だけど私は等明に対して、自分でもなぜだか分からないが、残酷な感情しか持てないのだった。

22
縁

ある日、母のもとを訪ねた。

頬がすっかりこけている。長年の苦労のあいだに無口になることもなく、口うるさい貧乏人へと落ちぶれてしまった。絵師の暮らしに銭はなく、絵も本も母にとってはどうでもいいことだった。母に必要だったのは食い物と暖かい住み処だったのだが、北斎はそんなものを馬鹿にしていた。その父も今では、まるで老いた犬の相手でもするかのように、母に対してすっかり円《まる》くなった。

母は妹の家で、布団にくるまれていた。叔母はすすり泣き、子供たちは部屋の隅に立ちすくんでいる。ひと騒動あったのだ。母は魚屋に群がる客のあいだで倒れ、家に運び込まれたのだった。

子供を一人使いに出し、もぐりの接骨師《ほねつぎ》を呼んでこさせた。男は母に手を当てると、骨盤の一部が折れていると言う。

「接《つ》いどかなきゃなんないねえ。しばらく絶対安静だ。さもなきゃ曲がっちまって一生歩けなくなる」

父はどもりながら、かかあは死んじまってるように見えるが、その気になりゃまだ生きられんのかい、とたずねた。

「蘭医は折れた骨のことは分かるがね、折れた心のこたぁこっちの神様たちに任せとけってとこだね」

と、接骨師は言う。

「魚屋で倒れたからって心が折れちまったのかい」

「もっとそのずっと前からだよ」と叔母。

母が動いた。

「お、おれたちの、話、き――てる」と北斎。「も、も、も、もどって――言ってらあぁ」

「なんだい、読心術でもできんのかい、ご老体」と私。

「お、おれぁ――かぁお――読め――」

「じゃ、その顔はなんて言ってんだい」

父は頭をうなだれた。

「話しかけてやれよ、気がかわるかもしれないよ」

「は、は、はなせぇ――ねぇ」

神様は今こそ必要というときに、父からあの饒舌を取り上げてしまった。

私がかわりに言うことにする。

「おっ母さん、お父っつぁんがな、『女房よ、戻ってきておくれ。おまえなしではやっていけない。逝かないでおくれ』って言ってるよ」と、ぎこちなく言ってみる。

北斎が手を振り回す。どうやら気に入らないらしい。

弟の崎十郎もそこにいた。今では厳めしい若者となり、算勘《さんかん》の才があったが、それはうちの家の出としてはめずらしいことだった。けれど、その瞳には洒落心が宿っている。やっぱり北斎の子だ。私のことまでからかう気だ。

「アゴアゴ姉さんが言うんじゃ説得力ねえなあ。旦那のことはコケにしてるくせに」

「こういうことはあんたの何倍もよく分かってるよ」

北斎が目をしばたたく。

「やっぱり死んだほうがおっ母さんのためかもしれないよ」と私。

崎十郎が私を静かに見つめて言う。「姉さんもおっ母さんも同じ穴のむじなだな」

これには驚いた。母は何も分からない、しがない女じゃないか。まあ、顔は確かに母に似ていたが。

「姉さんを追っ払ったのはおっ母さんだ。その強い心をへし折ってやらなきゃって言ってね。それで今度はおっ母さんを追っ払うのかい」

「追っ払いやしないよ。おっ母さんの心に安らいでほしいだけだよ」

母は布団に横たわっている。その目がまぶたの下でさっと動いた。叔母が世話をする。父は黙ったまま。和解などありえなかった。

母はいったい、そのまぶたの下で何を見たのだろう。母の人生という景色は灰色だった。そこには祭りの花火も、大川を渡る舟も、花魁道中も、淫らな小唄も、暖をとるための笑いと酒もないのだった。夢のなかでさえ、赤い縞模様の別珍をはだけることも、頭上を覆う桜の天蓋を見上げることもない。母に見えるのは、自分が閉じ込められた袋の内側だけ。それはいったいどんなふうに見えるのだろう。

私は以前、姉のお産に立ち会った。色——血の赤、排泄物の黒、そして七色に輝く後産。死も見た。刑場の、肉のただれ落ちた骨、そしてそこへ運ばれていく科人《とがにん》の、憮然とした蒼い顔。魚屋でさばかれる魚。母が最後に見たものは魚だった。銀や緑や青の横腹、桃色の鱗。それらは時が経つにつれ、その冷たい水の精神が引いていくにつれ、色褪せていく。

きっとまだ目方秤でも見ているのだろう。人生の釣り合いを夢見て。

「何か気の利いたこと言えよ」と、私は父に言う。「志乃に言ったみたいなことだよ。言えったら。戻ってきてほしいんなら」

今度ばかりは私も父を黙らせたようだ。北斎は唇を開き、音もなく動かす。「い——いえねぇ——」

私たちは母を見下ろした。この体が私を創り出し、そして見捨てたのだ。理由は分かっている。初っ端から、私が自分の分身であることに気づいていたのだ。強情だった母、そのなれの果てを見るがいい。母は私を救おうとしたのだ。

「哀れな北斎よ」と、人々は言った。「またも女房に先立たれちまって。この先誰が家を切り盛りするんだろうねえ」

嫁が石女《うまずめ》なら夫は離縁することができる。しかし等明は私を責めはしなかった。等明によると、悪いのは北斎だった。

「おまえの親父がおまえの赤子のようなもんだ」と言う。

そんな単純な理屈が的を射ることもしばしばだった。

子供はできなかったが、そのせいで夫婦《めおと》の縁が破綻したわけではない。破綻の理由は、食い物だった。その作り方と振る舞い方だった。私はてっきり夫婦ともども絵師として、銘々稼《めいめいかせ》ぎで暮らしていくと思っていた。ところが等明は手料理を望んでいたのだ。

私は菜屋や四文屋が大好きで、食事とはそこで調達してくるものだった。茄子の味噌田楽に、皺の寄った蒸し饅頭に、真っ赤に熟れたザクロに、黄金色に焼けた白身魚……どれもこれもすばらしく美味だった。それから、丸まった海老の赤く透きとおった殻に立派なひげ、赤かぶの酢漬け、烏賊墨に浮かぶ厚揚げなど、見るも楽しい。ある日、わずかばかりの絵の代金を手にした私は、等明の好物の焼魚と茄子と厚揚げを手に、いそいそと家に帰った。

それなのに等明は、竹の皮の包みを放り投げてしまった。

「何すんだよ」私は開いた口がふさがらない。惣菜から湯気があがる。

「おまえが俺のために作ったたんじゃねえ」

表のへっついに突っ立って煮炊きして、ひざまずいて膳を運べっていうのかい。

「ああ、でもあんたのために買ってきたんだよ」

「それとこれとは違う。女房ってのは飯を作るもんだ」

「何言ってんだよ。私は絵師で、稼いでくんのも私じゃないか」

等明は怒鳴りだし、箒を振り回した。「おまえはあの男に仕えてんじゃねえか」と、父の家の方角にむかって顎をしゃくる。「俺にも仕えろってんだ」

私は笑った。このときは、その下手くそな絵ではなく、私に家のことをさせるという馬鹿げた考えを。しかし、怒れる男を決して笑うもんじゃない。

夫が不満を持てば、たいてい妻を箒で表に掃き出してしまうもんだ。そういうふうに追い払われれば運がいい。殺されてもおかしくはないのだから。男がカッとなって犯した罪（それとも、欲得による罪というべきか）は重くは罰せられない。子は父親の元に残り、あとは新しい嫁を娶ってその面倒を見させればよいだけのことだ。そして、追い出された女房は親元に帰って恥をかく。

等明が箒に手をかけたとき、面倒から救ってやることにした。着物に筆をしまい、袢纏をはおって表に出ていった。ああ、それにしてもあの惣菜のもったいないこと。

「鎌倉に駆ける女を見たら、何もきかずに道を示すべし」と人は言う。

東慶寺はさる高貴な女人が開創した寺で、縁切寺と呼ばれていた。走る、それが女にとって夫と離縁する唯一の方法だった。夫に捕まる前に寺に駆け込めたらひと安心。寺の門に草履を投げ込む妻と、その髪を後ろから引っ張る夫の絵を見たことがある。

私は下町の人ごみのなかを駆け抜けた。顔に当たる風が気持ちいい。生きた心地がする。私は怒っていた。いつも怒っていたが、このときは怒りが表に、外に向けてほとばしっていたのだ。でも、等明と離縁できるかもしれないと考えると、なんとも爽快な気分だった。私の自尊心は傷つけられたのだ。それだけでも大きな発見だ。父のことはさんざん言ったけれど、自分にも自尊心があったなんて知らなかった。

大きな荷の運び屋にぶつかり、大声で怒鳴られる。涙が出てきた。少し落ち着いて考えなければ。これは人生の分かれ道だ――悲惨な生活に向かうか単調で平凡な生活に戻るか、どっちにも転び得るのだ。「頭で考えな、アゴアゴよ」と、私は自分に言いきかせた。志乃ならきっと「癇癪を起こしてはなりません」と言っただろう。「幽霊に追われるこたぁない。落ち着け」

夫に追われてなどいないことは分かっていた。それでも落人《おちゅうど》のように感じた。どこにも行き場がなかった。江戸に留まれば、家に戻らなくてはならなくなるだろう。かといって実家に戻れば、出て行けと言われるだろう。「離縁はもうこりごりでい、お美与のこと思い出してみな！」と、どやされるのがオチだ。行くだけ無駄だ。やはり縁切寺に行こう。

東慶寺は東海道五番目の宿場の戸塚から、街道を離れ山々を越えたところにある。番所を通るには町の東端に行かなければならないが、女一人で江戸を出ることはできない。入り鉄砲と出女《でおんな》はご法度だ。誰かの助けが必要だった。でも誰に頼れるというのだろう。思い浮かぶのは弟子のムネだけだった。

雪が降っていた。湿った雪が岩の上で溶ける。刻々と降りしきる雪の白さに上手く身を隠しながら歩き続けた。雪は荷車の音を掻き消し、人々は遠くに感じられた。一日じゅう歩き続けたに違いない。私はえも言われぬ幸福に浸っていた。長年のしがらみからも歩み去れるのだ。その喜びが、蘭学者の集う和泉屋市兵衛の店まで私をはるばる運んでいった。

その小さな店では、暖かな光のなかで、黒い十徳羽織を着たはげ頭の学者の一団が茶を飲んでいた。何か議論をしているようだ。私の住む世界とはなんという違いだろう。戸を引き、なかへ入る。

その昔、私に男の子の衣装をくれた店主は、この北斎の娘を忘れてはいなかった。喜んで迎え入れてくれたが、しかめっ面の学者たちは私には目もくれずに語り続けている。私はずぶ濡れで髪はぼさぼさ、着物の裾から水が滴っていた。市兵衛は私を火鉢に当たらせ、茶をいれてくれた。

「先生はお変わりなくお過ごしですかい」

「ええ、まあ」と、いつものように答えた。北斎の病状のことは伏せておいた。

外では雪が増し、垣根の上や木の枝のすみずみまで積もっていった。黒猫が足を濡らすのをいやがって、柱から垣根へ、そして軒下へと跳ぶ。

蘭学者たちはやがて立ち上がり、扉の鈴をちりんと鳴らして出ていった。

「さて、話してもらいましょうか。いったいどういうことかな」と、市兵衛は言う。

「江戸を出なければならないんです。番所を出るのに助けが必要なんです」

「で、それはまたなぜで」

逃亡する妻の幇助はご法度だ。「お知りにならないほうが身のためです」と、私は言った。「使いを出していただければ、私の弟子が助けてくれるはずです」

本屋の見習い小僧が、本を背に抱えてよろよろと入ってきた。雪で本を濡らしたといって怒鳴られる。傘に積もった雪があまりに重かったので、落としてしまった、と小僧は言う。そして、ムネに文を届けるべく、またも使いに出された。

私は父がよくそうしていたように、火鉢の横に寝転んで眠った。表でも、私の夢のなかでも、雪は降り続け、私の足跡を隠した。朝、すっかり乾いて温まったところへ、戸がちりんと鳴って開いた。そこに立っているのは、黒い旅装束のムネだった。

ムネに行き先を告げる。東慶寺。

「ああ、かわいそうなお栄さん」とムネ。「なんと言ったらよいか」

「情けは必要ないよ。虐げられてるわけじゃない。というより、虐げてんのは私のほうだよ」と言うと、その滑稽な響きに二人して笑った。

御簾のかかったムネの駕籠に乗り、番所に近づく。駕籠かきは、商家の女房が一人乗っているだけだと言うよう指示されていた。しかし、刀を携えた番人たちは、駕籠をやっとの思いで担ぐ男たちの様子を見逃さなかった。

「待て。何か隠しているな。何を乗せている！」

私は駕籠を降りるよう命じられ、凍えるような寒さのなか、二人の野暮ったい番人の前に立たされた。痰を切りを唾を吐き、股を掻く。女の通行人を苛めるよりほかに何もすることがなく、何時も暇を持て余していたのが一目瞭然だ。

「手形もないのに、どこへ行く気だ。訳《わけ》を言え」

この日初めて、お美与はどうやって番所を抜けたのだろうと、不思議に思った。それを知りたい今となっては、お美与はもうこの世にはいない。こんな下衆相手に嘘をつくのも馬鹿々々しくなった。

きょうは縫い物もしないんでね。夫はあまりにも私の調えたお膳が気に入らなくて、追ってもこないんです。縫い物もしないもんですから」


「縁切寺へ行くんです」

男たちは笑った。「なぜだ」

「夫は私の手料理に我慢がならないんです」

さらなる笑い。それから私の腕をつかむ。

「煮炊きなら俺たちが教えてやろう。そのうち亭主が迎えに来るさ」

「お言葉ですが」と私。「夫はあまりにも私の調えたお膳が気に入らなくて、追ってもこないんです。縫い物もしないもんですから」

男たちと一緒に私もゲタゲタと笑った。ムネが御簾をそっと上げ、咳払いをする。静まる一同。

「お楽しみのようですが」とムネ。「お栄どのは、並外れた絵師にございます。私の師でもあります。この度は祭壇の絵の制作のため、寺へお連れするのでございます」そう言って、文をひらつかせる。「こちらが注文書にございます」

番所の長が小さなやぐらから顔を出し、さっと手を振って私たちを招き通した。やつらが頭を寄せ合って知恵を絞り出さないうちに少しでも遠ざかろうと、私たちは道を急いだ。

それから半刻《はんとき》ほどして、ムネは私にその黒頭巾を託し、私の肩に手をかけた。

「これより先はご一緒するわけにはまいりません。戸塚の旅籠でお休みください」

そう言い残すと、ムネと駕籠はきびすを返し、まもなく見えなくなった。

また一人歩きだす。雪は天からの贈り物に違いない。それは行く手の道を滑らかに整え、後に残る私の足跡をかき消してくれた。江戸の外に出るのは子供の頃以来だ。旅気分に浸っている場合じゃないのは分かっているが、それでも美しいとしか言いようのない景色だった。両側に見渡すかぎり続くのは、雪に埋もれた畑、それとも湖だろうか。色のない世界。ただ黒装束の、まるで黒子か墨の染みのような私がいるだけだ。得体の知れぬ存在になる私。

この雪じゃたいへんだってんで、親切な荷車引きが私を川崎まで乗せていってくれた。お礼に、その男の荷馬の絵を描いてやった。海は次々に白ひげをたくわえていく。降り積もった雪の重みに笠と自分自身とを傾げて、旅人が過ぎていく。さらに先へ。足が冷えてきた。茶屋に立ち寄って暖をとる。誰も追ってこない。誰も私のことなど要らないのだ。どこへ行ったか、誰も知らない。

私は行き場のない猫のようにさまよった。女の一人旅。一人気ままに暮らす自分の姿を思い描いて楽しんだ。寺に行き、夫婦の契りを無効にしてもらうのだ。そこまでは法やしきたりに従う。そのあとは、なんのしがらみもない。

舟で六郷川を越えた。夏であれば川崎は広大な麦畑だ。ところが今は、一面に敷きつめられた雪から茶色の茎が突き出ているだけだった。この空では戸塚の宿までたどり着けそうもない。仕方なく、とある寺に泊めてもらった。そこからまた荷車に乗り、戸塚で降りる頃には魚のにおいがすっかり体に染みついてしまった。どんよりした空から今も、雪がしんしんと降り続けている。

ムネの話していたその宿は、東海道のすぐ脇にたたずんでいた。宿を営む文蔵は浮世絵師たちのよき理解者で、父から巻物を購入したこともあった。名を名乗れば歓迎してくれるだろう。でも、もしほかの客にまで紹介されたらどうしよう。このツキに見放されたくない。

やはり、黙っていよう。じろじろ見て訝しがる者などいないし、誰も気にかけちゃいない。私は遅くまで部屋の隅にうずくまっていた。客の合間を行き来する文蔵は気のいい男のようで、この天候のなか現れた女たちにもよくしてやっていた。私もそんな落人の一人と思わせておくことにした。顔を見られたところでどうということはない。父なしでは、私は何者でもなかった。運よくわずかばかりの銭を携えていたので、火鉢の横の寝床を得ることができた。

朝になると、魚の干物と握り飯の弁当と茶を持たされた。文蔵は戸口に立ち、黙って腕を伸ばし、指し示した。鎌倉への道。私は東海道を後にし、その方角へ辞した。

雪は止んでいた。青空が広がる。何百年ものあいだ、飛脚や迷える女たちや怒れる男たちによって踏み固められてきた道は、起伏が激しいが広々としていた。ところどころ、天蓋のように広がった松の木々に雪を遮られ、地面がむき出しになっていたが、それ以外は深く雪に覆われていた。行く手に足跡はなく、私の後ろに新たな足跡が生まれていくのだった。下り坂で飛脚を見かけると、男たちは前方を示して「先は長くねえ！　ここが一番急な坂道だ」と教えてくれた。そのうちの一人は温かい茶を振舞ってくれた。

小さな稲荷神社にたどり着いたときには辺りはもう暗く、また雪が降り始めていた。神社にはろうそくが灯されている。なかに入ってその炎の上で手をこすり合わせた。手を重ね合わせて、そのなかに息を吹きかける。その息をまた吸い込むと、温かかった。ふたたび道に戻ると、ついに、そのすぐ先のところに、丘を上がっていく石段が見えた。

木々のあいだを抜けてその石段を上りきった。提灯があり、寺の屋根が見える。ここにきて初めてためらいを覚える。わざわざここまでやって来たのに。でも、これは正しい行いなのだろうか。男が牛耳る世の中で、男の庇護を切り捨てようとしているのだ。ひょっとして馬鹿げているんじゃないか。

たぶん。

じゃあ、煮炊きをする気はあるのか。

いいや、ないね。

目の前には山門がある。追って来る者は誰もいない。草履を投げ込んで先駆ける必要もない。ゆっくりと、慎重に、その歓迎の門をくぐり抜け、中庭にひっそりとたたずんだ。尼僧たちの読経が聞こえる。

その声のほうに向かう。

その晩、どんなふうに迎え入れられたかは覚えていない。どうやって温まったのだろうか。私は骨の髄までこちこちに凍っていた。膝上まで濡れていた。

「追っ手があるのですか」と、尼僧たちがたずねた。それから香を私のほうに漂わせた。

「いいえ」

「このような天候のなかをはるばるやって来るとは、そなたの強さの現れでしょう」

私はそこで三月を過ごした。池の傍らにたたずみ、水面に映る満月を見つめ、小さな水月観音像に無垢な夫のことを語る。

「夫は怒ってはおりません。暴れるわけでもありません。飲みすぎることもなく、打たれたこともございません」

水面が光る。観音像はまだその笑顔に好奇の断片を浮かべている。「それでは、いったい何が問題だというのです」と、そう言っているようだった。

「私の真の姿を見ないんです。煮炊きや繕い物をしろなどと言うんです」と私。「私ではない、ほかの何者かになれと」

それは自分の耳にもなんとも虚しく聞こえた。ほかの女たちには青痣や火傷があり、夢にうなされては泣き叫んでいる。

「真の姿を見てほしい女などいるものですか」

ここにいる。

「子はありますか」
「いいえ。石女《うまずめ》です」
「それでご亭主は小言を？」
「いいえ。私は子供など欲しくはないんです。絵を描くので精一杯なもんですから」そうだ、やっと夫の落ち度を思いついた。「夫は私の仕事に怒り、父に怒り、私を恐れ、その恐れゆえに残忍になるんです」

慈悲深い尼たちは、それを聞いても私を咎めはしなかった。よく考え、よく拝む必要があるとして、そっとしておいてくれた。芸が私という人間を造り上げているということを理解してくれているのだ。私の望んだ離縁の手筈も整った。いったん始まると、争いごともなく事は順調に運んだ。夫側は三行半を記せばよいだけだ。そしてついに、寺に保管されたほかの何百もの文に混じるべく、厚い桑紙にていねいにしたためられた等明の書状が届いた。
「これはまともな妻にございませぬ。もはや必要ではなく、離縁いたします。ゆえに今後、心の赴くままどこへ行こうと、誰と縁組しようと、異議はありませぬ。私には無益な妻にございました」

私はそれを池のほとりで読んだ。観音様が目くばせをする。私を救ってくださったのだ。「無益」と呼ばれたのが気に食わないけど、まあそれぐらいの痛手、なんということはない。私はその書状を折りたたみ、袂にしまい込んだ。

春が来た。地表や古岩は苔に覆われ、真新しい草が輝く。古《いにしえ》の高名な尼僧たちの眠る墓地を散策する。庭を歩き回り、水仙や紫陽花を描いた。港まで足を伸ばしてみた。それは四月、かつおの漁が始まる頃だ。

かつおは黒潮に乗ってやって来る。網を持った漁師たちが小舟で沖へ出ている。波のそばを歩き、それを眺めた。父はさぞかし私を恋しがっていることだろう。浜からは、輝くような雪を頂に被った富士が見えた。

（続く）

【著者】
キャサリン・ゴヴィエ（Katherine Govier）

カナダの作家。元ペン・カナダ会長。Canada's Marian Engel Award for a woman writer (1997)、Toronto Book Award (1992) を受賞。2003 年、代表作 *Creation* がニューヨークタイムズ紙ノータブル・ブックの１冊に選ばれた。

【訳者】
モーゲンスタン陽子（Yoko Morgenstern）

作家・翻訳家。東京都出身。2014 年にアメリカで小説 *Double Exile* (Red Giant Books) を刊行したほか、おもに英語圏の文芸誌などに短編小説を発表している。日本では、『英語の雑談力が上がるちょっとしたフレーズ』（幻冬舎）ほか、ニューズウィーク日本版（ウェブ）などに執筆。またウィメンズ・アクション・ネットワークにて翻訳ボランティアとして協力している。

北斎《ほくさい》と応為《おうい》［上］

2014 年 6 月 25 日　第一刷　発行
2019 年 4 月 13 日　第二刷　発行

定価はカバーに表示してあります。

著　者　キャサリン・ゴヴィエ
訳　者　モーゲンスタン陽子
発行者　竹　内　淳　夫

発行所　株式会社　彩　流　社
〒102-0071 東京都千代田区富士見 2-2-2
電話 03（3234）5931　Fax 03（3234）5932
http://www.sairyusha.co.jp
e-mail sairyusha@sairyusha.co.jp

印刷　明 和 印 刷（株）
製本　（株）難 波 製 本
装幀　坂川栄治＋坂川朱音（坂川事務所）

ISBN978-4-7791-2027-5 C0097

カナダの戯曲

孤児のミューズたち

ミシェル・マルク・ブシャール 著

母の出奔、父の死、残された四人の子供たち。孤独な人々の哀しみと奥に潜む残酷性。別離の儀式が始まる。それは家族の崩壊か出発か。ケベックの人気劇作家の作品。

（リンダ・ガボリオ 英訳・佐藤アヤ子 訳／四六判上製・一五〇〇円＋税）

洗い屋稼業

モーリス・パニッチ 著

カナダの人気劇作家が、格差社会の底辺を描いた現代版「どん底」。高級レストランの地下にある皿洗い場。陽もあたらない穴倉でひたすら汚れた皿を洗う3人の男たち。

（吉原豊司 訳／四六判上製・一五〇〇円＋税）

やとわれ仕事

フランク・モハー 著

リストラされた若い男。今の生活から抜け出したいと思いながら、日々、仕事に向かうその妻。認知症がはじまった数学者の老婦人。若者の就職難、独居老人の行く末を描く。

（吉原豊司 訳／四六判上製・一五〇〇円＋税）

カナダの文学

荷車のペラジー
アントニーヌ・マイエ 著

十八世紀植民地戦争に敗れた仏系のアカディア人は民族離散という悲惨な運命を辿る。アメリカ南部から故郷を目指して遠路帰還を試みた人々の叙事詩。ゴンクール賞受賞作。

（大矢タカヤス 訳／四六判上製・二八〇〇円＋税）

やあ、ガラルノー
ジャック・ゴドブー 著

ケベックの住民は保守的民族主義を脱し、新たなアイデンティティを模索し始めた60年代「静かな革命」の時代を、青年ガラルノーの目を通してユーモラスに描く。

（小畑精和 訳／四六判上製・一九〇〇円＋税）

戦争
ティモシー・フィンドリー 著

第一次大戦の凄惨を極める戦場の狂気に耐えきれず逃亡し、自滅していくカナダ軍青年将校の半生を実験的手法で描く。世界各国で翻訳された傑作。

（宮本淳一 訳／四六判上製・二五〇〇円＋税）

アン・クラーク・アモール 著
オスカー・ワイルドの妻

コンスタンス・メアリー・ワイルドの生涯
十九世紀末イギリスでセンセーションを巻き起こしたワイルドの妻にして、「新しい女」であったコンスタンスの評伝。
（角田信恵 訳／四六判上製・二八〇〇円＋税）

マーク・トウェイン 著
それはどっちだったか

南北戦争前のアメリカ南部の田舎町、〈嘘〉をつくことによって果てしなく堕ちていく町の名士——グロテスクで残酷な笑いと悪夢の物語。幻の「傑作」、本邦初訳！
（里内克巳 訳／四六判上製・四〇〇〇円＋税）

ジュール・ヴェルヌ 著
名を捨てた家族

十九世紀前半のカナダ、圧制に苦しむ仏系住民は謎の青年とともに立ち上がる。しかし、彼には明かせない過去があった……SFの先駆者ヴェルヌの、知られざる歴史小説。
（大矢タカヤス 訳／四六判上製・二八〇〇円＋税）

アリス・マンロー 著
愛の深まり

キム・チュイ 著
小川

ヒロミ・ゴトー 著
コーラス・オブ・マッシュルーム

平凡な人々のありふれた日常。その細部からふと立ち上がる記憶が、人生に潜む複雑さと深淵を明らかにし、秘められた孤独感や不安をあぶり出す——珠玉の11編。

（栩木玲子 訳／四六判上製・三〇〇〇円＋税）


ロケット弾や銃弾が横切る空の下、私は生まれた。母の続きの人生を生きるために——現在と過去、ベトナムとカナダを行き来して語られる自伝的小説。

（山出裕子 訳／四六判上製・二〇〇〇円＋税）


祖母と孫娘が時空を超えて語り出す——マジックリアリズムの手法で描く、日系移民のアイデンティティと家族の物語。コモンウェルス処女作賞・加日文学賞を受賞。

（増谷松樹 訳／四六判上製・二八〇〇円＋税）